メリバだらけの乙女ゲーで推しを幸せにしようとしたら、執着されて禁断の関係に堕ちました

序章　禁断の果実

俺は、義妹《いもうと》の推しだ。

——と、ロイ・クレスウェルは自負している。

なぜなら、ロイの義妹《いもうと》アンナがよく口にしているからだ。

「ロイさまは……わらしの、推し……」

このように、寝言でふにゃふにゃと。

「ふふ……好き……」

リビングに差し込む夕日が、猫脚のソファに横たわるアンナを優しく照らす。

気持ちよさそうに転寝《うたたね》している義妹《いもうと》を黙して見守るロイは、黒髪から覗《のぞ》くオリーブとレッドのオッドアイを細め、耐えきれずはにかんだ。

『推し』という馴染みのない言葉は、アンナによると『特別に好き』という意味らしい。

つまりアンナは、夢に見るくらいロイを特別に想ってくれているということ。

ロイは緩《ゆる》んでしまう口元を片手で覆い、落ち着かせるよう息を吐く。

（本当に……君は変わらないな）

父の再婚により、一粒種のロイに年の離れた義妹《いもうと》ができたのは八年前。ロイが十八歳の時だ。

当時八歳だったアンナは、その頃から耳慣れない言葉を時々使っていた。

推し、尊死《とうとし》、萌え、沼すぎる。

どれもいい意味だとアンナは言うが、なぜ自分がこうも彼女に好意を寄せられているのか、いまだに不思議でならない。

しかも、出会ってすぐに懐かれた。自分は人を不幸にする恐ろしい存在だから近づくなと脅《おど》しても、少しも怖がらず、いつもロイの傍にいた。

ロイのことが大好きだと無邪気に笑みを見せるのだ。

突き放しても、変わらずに。

「ロイ……さま」

(そうやって、夢の中でだけ俺を名前で呼ぶのも変わらない)

普段は『義兄様《にいさま》』で、寝言だと『ロイ様』と呼ぶのはなぜか。

けれどその理由を問うたことはない。恥ずかしがられ、呼んでもらえなくなるのは惜しいから。

だが、愛らしいソプラノで名を口にされるたび、罪悪感《ざいあくかん》がロイを苛《さいな》む。

歓喜しながらも胸が締め付けられるその原因は、いつの頃からか芽生え、ひた隠しにしてきた想いのせいだ。

これは、義妹《いもうと》に対して抱いてはならない感情。

名を呼ばれない方がいい。兄のままでいなければいけないのだ。

明日になれば、アンナは寄宿学校に通うため王都へ発つ。

会えぬ間に気持ちを冷ます……つもりだった。なのに、今日に限ってこうも自制が利かないのは、
先刻、忘れ物を届けにこの離れを訪れた使用人の青年が、アンナに懸想《けそう》していると気づいたからだ。

いつかはと思いつつも、今までどこか現実味のなかったアンナの恋の相手。

それが突如現れたことによる焦燥感《しょうそうかん》に、ぴったりと着けていた兄の仮面が外れかけてしまった。

(アンナが誰かのものになってしまう……)

公爵令嬢としての役目を果たすため、どこぞの貴族子息と結婚しなければならないのはわかっている。先ほど使用人の青年にしていたように、アンナは自分以外の男に笑みを見せ、自分ではない男に愛されるのだ。

わかっている……けれど、胸の奥が痛み、ざわめき、仄暗《ほのぐら》い欲求が広がっていく。

(俺を好きだと告げるその唇が、他の男に愛を囁《ささや》くなんて……許せるものか)

唇を噛んだロイは、読みかけの本をソファに置いてアンナの前に跪《ひざまず》く。

眠る前に飲んでいた、リラックス効果のあるハーブティーが効いているのだろう。

アンナは、髪と同じ白藍色《しらあいいろ》の睫毛《まつげ》に縁どられた瞼《まぶた》をぴたりと閉じ、穏やかに肩を上下させている。

眠りが深いのか、頬にかかる柔らかな長い髪をそっと耳にかけても身動《みじろ》ぎひとつしない。

「俺には君しかいないんだ」

アンナは、孤独という暗い檻《おり》の中にいたロイに光をくれた特別な存在だ。

けれど、ターリン王国では近親婚はタブー。血は繋《つな》がっていなくとも、同じ姓となった義妹《いもうと》とは

決して結ばれない。それが叶うのはいつだって、想像と夢の中でだけだ。

(……いっそ、奪ってしまおうか)

黒い嫉妬の炎が、兄という仮面をちりちりと燃やす。

(君を、俺だけのものにしたい)

せめて、眠っている間だけでも。

血色のいい滑らかな頬にそっと指を添えると、アンナの唇から漏れる呼気がロイの手を掠《かす》めた。

ふっくらとした唇から目が離せなくなり、ロイは引き寄せられるように顔を近づけていく。

刹那《せつな》、頭の片隅で警鐘が鳴り響いた。

触れることは、互いを不幸に堕とす行為だと。

自分はかまわない。

けれど、愛するアンナだけは不幸にしたくはない。

(だが、アンナなら……)

『義兄様《にいさま》、心配しないで。不幸なんて私がいれば相殺よ!』

そうだ。きっと心配ない。

ラッキー体質のアンナは、不幸を呼ぶロイと対になる者。

幸《アンナ》と不幸《ロイ》は、ひとつとなることでバランスを保つのだ。

独占欲が鎌首をもたげ、左の赤瞳が鈍い光を纏《まと》った。

「アンナは、俺だけのものだ」

囁《ささや》いた直後。

「好き……」

「っ……！」

まるで想いに答えるかのような寝言に、仮面はあっという間に焦《こ》げて崩れ落ちる。アンナを愛するただの男となったロイは、とうとう唇を重ねてしまった。

胸が悦《よろこ》びに打ち震える。

（ああ……ついに、ついにアンナと……）

初めて触れるアンナの唇は想像よりも柔らかく、ほんのりと甘い気さえした。

感嘆の息を押し殺し、無防備に眠る義妹《いもうと》に何度も口づける。その度に湧き上がる背徳感は苦しくも甘美で、愛する女性に触れている高揚感《こうようかん》と相まってロイの理性を溶かしていく。

（アンナ……好きだ……好きだ、好きだ、好きだ）

可憐《かれん》な桃色の唇に繰り返し啄《ついば》むように口づけるも、アンナに起きる気配はない。

どうかそのまま、空色の瞳は見せずに眠ったままで。

そう願いつつも、頭の片隅では目覚めたアンナと求め合うことを切望していた。

起きているアンナはどのように口づけに応《こた》え、どんな可愛らしい嬌声《きょうせい》を零すのか。

ロイの手によって乱れるアンナを想像すれば、不埒《ふらち》な熱が下半身に集まり、ずくりと痛んだ。

——足りない。

重ねるだけでなく、唇を食《は》み、舌を差し入れて咥内を味わいたい。

夜な夜なベッドの上で自己嫌悪しながらも夢想していたように、アンナの柔肌を快楽で赤く染め、貫き、愛を囁《ささや》き合いながら最奥で果てたい。

(手離そうとしたくせに、帰ってきたらどう手に入れるかを考える愚かな俺を、君はどう思うだろうか)

離れている間に、兄の仮面が外れないよう戒《いまし》めるつもりだったが、結局、一線を越えてしまった。

弱く罪深い兄でも、アンナは好きだと言ってくれるだろうか。

「アンナ……」

俺だけを見て。俺だけに笑いかけて。俺だけを好きでいて。

俺だけのものになって。

「俺だけのアンナ……」

懇願するように囁《ささや》き、また唇を合わせる。

禁断の果実をじっくりと味わうように。

恋情なく兄妹でいられた、もう戻れないあの頃の記憶を彼方《かなた》に見ながら。

第一章　推しのいる世界

昔ながらの雰囲気が漂《ただよ》う大衆居酒屋で、店員の青年が申し訳なさそうに頭を下げた。

「すみません！　先ほどオーダーを取り間違えてしまいまして、こちら、お代はいりませんので召し上がってください」

簡素な木製のテーブルに置かれたのは、出汁《だし》の香りが食欲をそそる揚げ出し豆腐だ。

杏奈《あんな》はぱっちりとした目を瞬《また》かせ、店員と揚げ出し豆腐を交互に見る。

「いいんですか？」

「どうぞ！　先ほど頼まれた揚げ出しモチは今準備していますので、少々お待ちください」

深々と頭を下げ、調理場へ戻っていく店員を見送っていると。

「さすがラッキーに愛されし女。あー、あたしも杏奈みたいにラッキー体質になりたいなぁ」

向かい側に座る幼馴染《おさななじみ》の陽菜乃《ひなの》が、羨《うらや》ましそうに溜め息を吐いた。

「杏奈の運、少しでいいからあたしにもくれない？」

甘えた声で強請《ねだ》り、ビールジョッキを手にしたままテーブルに力なく突っ伏す陽菜乃は、昔から運が悪い。正確には男運なのだが、その証拠に彼女は昨夜、恋人の浮気現場を目撃したばかりだ。

「じゃあひとまず、ラッキーでいただいた揚げ出し豆腐をおすそわけするね」

杏奈は肩で切り揃えられた黒髪を耳にかけ、陽菜乃の小皿に揚げ出し豆腐を載せた。

「豆腐じゃなくて幸運が欲しいの……。恋愛運爆上げして、誠実な男と出会いたい。今年で二十七になるのに、このままじゃ行き遅れちゃう……」

「それ、もう十年彼氏のいない私の前で言う？」

同じ歳なだけならまだしも、高校以来まともに恋人がいない杏奈が突っ込むと、陽菜乃はむくりと起きて片眉を上げる。

「杏奈の場合作る気がないだけでしょ。乙女ゲームばっかりやって、二次元の男のなにがいいのよ」

「最高よ。なんせ彼らは、ヒナの元カレのように私を裏切らないし」

三次元の男に浮気された陽菜乃は「傷口《きずぐち》に塩を塗らないでよ」と呻《うめ》いた。

「でも、幸運引き寄せちゃう杏奈なら、ある日突然現れたいい男と、あれよあれよと結婚まで行きそうな気がする」

陽菜乃がいいなぁと羨望《せんぼう》の眼差しで杏奈を見つめる。

確かに、杏奈は子供の頃からラッキー体質だった。

人によっては偶然と片付けるものを、杏奈がラッキーだと思い込んでいる節もあるだろうが、よく経験するのは、くじ付きのアイスを食べると高確率で当たりが出るというものだ。

ちなみに、もらったもうひとつのアイスまで当たることもしばしば。

他には、うっかり物を紛失しても必ず手元に戻ってきたり、旅先のホテルのミスで部屋が取れていなかった結果、空いていたスイートルームに泊まれたり。

一番ラッキーだと感じたのは、交通事故に巻き込まれたのに無傷《むきず》で済んだことだろう。

しかし、杏奈が望む理想の男性は現れてくれないので、ラッキー体質も完璧なわけではない。

「どうかなぁ。ロイ様似の人に出会えてないし、私も男運ないのかも」

「出たロイ様。あれでしょ？　ハッピーエンドがなくて、メリバエンドが最良だとかいう乙女ゲーム」

「そう！　ハピエン厨にもかかわらず、公式サイトで見たロイ様のビジュにひと目惚れして即予約した『君と織りなす愛の果て』、略して『君果て』のロイ様！」

「あ、スイッチ入れちゃったわ」

「立ち絵もスチルも最高で、悲しい結末にもかかわらず幸せそうなロイ様のメリバエンドに涙して悶《もだ》え、寝ても覚めても忘れられなくなってから早五年。その後どんなキャラと出会って恋をしても、私の最推しは変わらずロイ様だけ！」

杏奈が早口で熱弁するほど推しているロイは、受け手によりバッドにもハッピーにもなるメリーバッドエンドが最良エンドとして用意されている乙女ゲーム『君と織りなす愛の果て』の攻略対象キャラだ。

とある事情により、孤独な環境で生きてきたロイ・クレスウェル。

儚《はかな》げな容姿と感情の起伏が乏《とぼ》しい凪《な》いだ声、どこか物憂げな雰囲気は、杏奈の好みド真ん中。

彼に惚れてからというもの、三次元の男への興味は薄れるばかりだった。

部屋もロイグッズに溢《あふ》れ、夜はロイがプリントされている等身大抱き枕を抱き締めて眠っている。

「他キャラと浮気してるから現れてくれないいんじゃない？」

「他キャラ攻略は世界線が違うから浮気じゃありません」

『君果て』内でも他のゲームでも、各キャラとの物語は、パラレルワールドで恋を疑似体験しているようなもの。決して二股をかけているわけではない。

ただし、ロイへの気持ちは疑似ではなくマジだ。

「その感覚をリアルな女相手に持ってるのが、昨日オサラバしたアホ男なわけよ」

「リアルでやっちゃダメ。でも、リアルなロイ様は大歓迎」

揚げ出し豆腐を味わい、レモンサワーを飲み干して告げると、陽菜乃がクスクスと肩を揺らした。

「ロイ様がリアルにいるわけないでしょ」

「ワンチャン転生してるかもしれないじゃない」

もしロイがこの世に爆誕しているならば、同じ世界に生きているというだけで尊《とうと》く、息を吸うだけでも満たされるというもの。

オタク思考全開で妄想しつつ、杏奈はサワーを追加注文した。

「でも本当、ロイ様と会えるなら、全ての運を使っても後悔はないのに」

「全てー？　運が尽きて死んだらどうすんのよ」

酒で赤らんだ顔に、目いっぱい笑みを広げてケラケラ笑う陽菜乃。

それはやばいと、杏奈も大口を開けて笑った。

酔っ払いの戯言《ざれごと》。けれど、杏奈にとってはそこそこ本気の願いごと。

ロイ様がリアルに現れてくれたなら――

そんな奇跡を胸に、杏奈は幼馴染《おさななじみ》の憂さ晴らしにとことん付き合った。

――カタカタ、カタカタ。

リズミカルな音に合わせて身体が揺れる。

その振動に目を覚ました杏奈は、向かい側に見える臙脂色《えんじいろ》の座席をぼんやりと眺めた。

(あれ……?)

さっきまで居酒屋にいたはずだが、いつの間に電車に乗ったのか。

……いや、電車はこんなに狭くない。どちらかといえばバスだ。

だがバスにしても狭く、低い天井からは蛍光灯ではなくランプが下がって揺れている。

一体ここはどこなのか。

混乱と共に意識が明瞭になる中、ふと聞こえてきた馬のいななきに、思い当たる乗り物がひとつ。

「もしかして馬車……?　って、え?」

確かめるように呟《つぶや》いた自分の声が妙に幼い。

違和感を覚えて喉に触れた直後。

「あら、目が覚めたの?　アン」

すぐ隣から降ってきた穏やかな声に、杏奈は声の主《ぬし》にもたれていた頭を勢いよく起こした。

夜空のような濃紺の長い髪は真っ直ぐに伸びて美しく、杏奈を見下ろす空色の瞳は慈愛に満ちている。

「あ、あの……？　どちらさま、ですか？」

首を捻《ひね》る杏奈と鏡合わせのように小首を傾げた女性は、「いやだわ」と苦笑した。

「寝ぼけているの？　そろそろクレスウェルのお屋敷に着くわよ」

「クレスウェル……？」

反芻《はんすう》したその名は、ロイのファミリーネームと同じだ。

(夢……にしては妙にリアルだけど……)

手を開いたり閉じたりしながら首を捻《ひね》り、視線を窓の外に向ける。

蒼空の下、レンガ造りの建物が連《つら》なる街並みは、メディアなどで目にするヨーロッパのそれだ。

飛行機に乗った覚えはないので、やはり夢だろうと納得しかけた時、杏奈は窓にうっすらと映る自分の姿を見て驚愕した。

「え？　子供になってる……⁉　しかも外人さん！」

緩《ゆる》やかにウェーブがかった白藍色《しらあいいろ》の髪と、隣の女性によく似た空色の瞳。

天使のごとく可愛らしい美少女に変身したとなれば、これはもう夢で確定だ。

(というか、ちゃんと家に帰って寝たのかな)

電車なら寝過ごしていそうだ。一回起きようと、試しに弾力のある頬を思い切りつねってみる。

「いったぁ⁉」

「もう、アンったら、なにしてるの？　あなたさっきから変よ」

「……アンって、私のこと？」

「そ、そうよ？　本当に大丈夫？」

心配そうにのぞき込んでくる女性の瞳が不安げに揺れる。

痛む頬を摩《さす》りながら、杏奈は「大丈夫です」とぎこちない笑みを浮かべた。

（夢なのにめちゃめちゃ痛い。痛みだけじゃない、全部がリアルすぎる）

もし夢でないなら、一体なにがどうなっているのか。

杏奈は深呼吸して心を落ち着かせ、記憶を順に辿《たど》ってみる。

（ヒナと居酒屋で飲んで……そうだ、酔いつぶれたヒナを家まで送ったんだ。で、終電逃しちゃって、仕方ないからタクシーで帰ることにしたのよね）

だが、タクシーはなかなか通らず、電話で呼んだ方が早そうだとスマホを手にした時、足元に黒猫が寄ってきたのだ。

黒猫ってロイ様のイメージがあるなと頬を緩《ゆる》めていると、杏奈に向かってひと鳴きした黒猫は、大型のトラックが迫っている道路に飛び出した。

『え、ロイ様ダメ！　危ない！』

叫び、道路に駆け出し黒猫を抱きかかえると同時に、クラクションの大きな音が鼓膜を震わせ、視界を眩《まぶ》しい光が覆い尽くし……

（気づけばここ、と。まさか私……轢《ひ》かれて死んだ？）

だとしたら、ここは天国なのか。

「いや、天国だとして、なんで私はアンって子になってるの？」

ぶつぶつと呟《つぶや》いていると、隣の女性が悲哀に満ちた表情で杏奈の背を撫でた。

「アン……もしかして私の再婚には反対だった？　てっきり父親ができるのを喜んでくれていると思っていたのだけれど、本当は嫌だったのかしら……」

どうやら女性は杏奈の……アンの母親らしい。

そして話の内容から察するに、再婚したか、これからするのだろう。

だが、混乱している杏奈のせいで、母は自分の再婚を無理に受け入れたストレスから娘がおかしくなったのではと落ち込んでしまった。

杏奈は慌てて首を横に振る。

「ち、違うわ！　ただ、そ、そう。変な夢を見て、記憶がごちゃごちゃになっていて」

「まあ、夢見が悪かったのね」

「そうなの。だからその、少し確認してもいい？」

「ええ、母様になんでも聞いてちょうだい」

おっとりとした笑みを浮かべる母に、杏奈はさっそく口を開く。

「ここは天国？」

質問を受けた母は、面食らって双眸《そうぼう》を丸くする。

「もしかして命を落とす夢を見たの？　安心して。ここは天国ではなく、ターリン王国のクレスウェル領内よ」

「ターリン王国の……クレスウェル領って……」

聞き覚えのあるそれは、ロイが住まう世界のもの。

「え……まさかここは、『君果て』の世界、なの?」

確かめるように声を零した直後、アンの記憶が段々と脳内に広がって融合する。

「名前は、アン……アンナ。少し前に八歳になった……」

「そうよ、あなたは私の可愛い娘、アンナよ」

そして、聖母のような微笑でアンナを優しく見守る女性はアンナの母、クラリッサだ。

父はアンナが物心つく前に他界していて、顔も覚えていない。

だから……そう、母の再婚が決まり、父親ができることを喜んでいた。

まだ一度しか会っていないけれど、とても優しそうな人だったから。

(というか、今思い浮かんだ新しい父親の顔が、ロイルートでちょくちょく出てくるロイ様の父親とそっくりなんですけど)

思い返してみれば、ロイには義妹《いもうと》がいた。

とはいえ、ストーリーに影響がないキャラクターであり、ワケあって家族と距離を置くロイとは立ち絵どころか会話シーンすらなかったはず。

自分は、その義妹《いもうと》キャラになっているのか。しかも同じ名の。

「少し落ち着いたかしら?」

「は、はい……」

頭はまだ混乱しているが、あまり母を困らせないよう杏奈は笑みを浮かべた。

やがて目的地に到着した馬車を降りると、紅葉に染まる木々の奥に覚えのある大邸宅を見つけ、杏奈は歓喜の悲鳴を上げかける。

(ロイ様の住む邸宅が！　舐めるように見た背景画像がリアルになって目の前に！)

慌てて両手で口元を押さえるも、興奮に漏れ出る息は荒い。

(本当に？　本当にここは『君果て』の世界なの？)

出迎えた壮年の執事長に案内され、母と共に広く豪奢《ごうしゃ》なエントランスに通される。

すると、黒髪を七三できっちりと分け、紳士然とした長身の男が笑みを浮かべながら両腕を広げて近づいてきた。

「クラリッサ、アンナ、よく来たね」

「グレイン」

嬉しそうに眦《まなじり》を下げた母が、男の腕の中に身を寄せる。

(グレイン・クレスウェル。やっぱりロイ様のお父様！　ということは！)

杏奈は忙《せわ》しなく視線を動かしてエントランスを見回した。

「アンナ、どうかしたかい？」

眉を上げたグレインは、不思議そうに杏奈を見下ろす。

「あ、あの、ロイ様は……」

グレインがワケあり息子のロイを遠ざけているのは知っている。

だが、今日から家族として共に暮らすのだ。最初に紹介くらいはあるはずだと思ったのだが。

「息子のロイは離れに住んでいるんだが、病弱であまり人と会えないんだ」

どうやら杏奈たちに関わらせたくないらしい。

しかし今の会話で、推しキャラであるロイの義妹《いもうと》になったことは確定した。

(ロイ様が私の義兄に！)

興奮してにやける口元を小さな手で隠すと、グレインがにこりと杏奈に微笑みかける。

「それよりアンナ、父となったわたしとハグをしてくれないか」

「は、はい。お父様」

緊張しつつも笑みを返し、杏奈はグレインと親愛のハグを交わした。


その後、両親と共に豪華な夕食を味わった杏奈は、使用人たちに手伝われながら入浴を済ませた。

「それじゃあおやすみなさい、アンナ」

「おやすみなさい、母様」

あてがわれた自室の天蓋《てんがい》付きベッドに横になった杏奈は、扉が閉まるのを確認するとむくりと起き上がる。

「ロイ様の抱き枕がないと落ち着かない。というか、せっかく『君果て』の世界にいるのに、ロイ様に会えないなんて拷問では……」

ぼやいてベッドから下りると、窓際のソファに膝をついて夜の帳《とばり》に包まれた庭園を見下ろす。

手入れの行き届いた花々が並ぶ奥に、ぼんやりと明かりが灯《とも》る建物が見えた。もしかして、そこがロイの住む離れではないか。

ギンギンに冴《さ》えている目を見開き、食い入るように明かりを凝視する。

（うーん、暗くてよく見えない。でも、離れの外観はゲームで何度も見て覚えてる。朝一で確認してみよう）

明日の予定を立てた杏奈は、窓に映る見慣れない自分の姿を見つめた。

（恐らくだけど、これは異世界転生ってやつ？）

アニメや漫画、小説などで流行《はや》っている、『死んだら異世界に転生しました』という新しい人生を歩むあれが、自分の身にも起きたのでは。

『でも本当、ロイ様と会えるなら全ての運を使っても後悔はないのに』

杏奈の場合、事故に遭う前にそう願ったことで、運が全使いされて奇跡が起こったのだ。

こうなると、事故に遭って死んだ不運さえ幸運に思えてくる。

「推しのいるゲームに転生できたなんて、自分の体質が恐ろしいわ」

このラッキーが黒猫にも発動していて無事ならいいのだが。

ただ、転生できたのは嬉しくても、遺してきた家族や友人らの気持を考えると、心は痛むし寂しさも募《つの》る。

（いや、こっちの世界で死んだら現実世界に戻って意識が回復……なんてパターンもあるから死んでないかもだけど）

どちらにせよ、嘆いているであろう皆に、どうか悲しまないでくれと伝えたい。

だって、ロイのいる世界に転生したのだから。

そして、陽菜乃にめちゃくちゃ伝えたい。

(私、ロイ様に会えるかも。いいえ、『かも』じゃなく、会ってみせるわ)

そのためにはまず説得だ。だが、グレインは簡単に首を縦に振らないだろう。

なぜならグレインは、ロイの存在を疎《うと》んでいるからだ。

関われば人を不幸にするといわれる特徴を持って生まれた、『忌み子』のロイを。

そんなロイを孤独から解放し、心を癒《いや》すのがゲームヒロインの役割なのだが――

(どうして義妹《いもうと》に転生? そこは普通ヒロインじゃないの? まあ、結ばれてもメリバエンドなんだけど。あ、だから義妹《いもうと》?)

異世界転生ものでは、ヒロインやヒーローの運命を変える目的のストーリーものが多い。

だが、杏奈の場合ラッキー体質が発動し、悲しいエンドにならない可能性を秘めている義妹《いもうと》に転生したのかもしれない。

まあ、転生といっても前世の記憶を思い出して、杏奈の性格が色濃く出ている……という方が正しいが。

と、そこまで考え至りハッとする。

「つまり、推しを幸せにしてあげることが、オタクの神から授かった私の使命なのでは？」

『君果て』では得られなかった「本当の幸せ」をロイに感じてもらう。

これこそが、杏奈がアンナに転生した理由。

「わかったわ、オタクの神様。私は今日からアンナとなって、ロイ様をハッピーエンドに導《みちび》いてみせる！」

となれば、是が非でもロイに会わなければ。

父がダメなら、母に頼んでみるのはどうか。優しい母なら協力してくれるかもしれない。

それでもダメならこっそり会いに行ってしまおうと心に決め、杏奈ことアンナは高揚感《こうようかん》を胸に再びベッドに寝転んだ。

——一夜明け、朝食の団らん後。

「え？　ロイさんに会いたい？」

グレインが仕事に出かけた隙を見計らい、紅茶を嗜《たしな》む母に耳打ちしたアンナはこくこくと頷いた。

早朝、朝靄《あさもや》の向こうにうっすらと見えた赤レンガの屋敷。ロイの住む離れで間違いはないだろうが、この目で確かめたいし、早く生の推しを拝みたい。

アンナは寝不足気味の充血した目で、祈るように母を見つめた。

「そうねぇ……私も挨拶《あいさつ》くらいはしたいのだけれど……」

母は悩む口振りでカップをソーサーに置く。

(ロイ様について、母様はなんて説明されてるのかしら)

ロイが病弱というのは嘘だと知っているのだろうか。

自分はグレインから病気という体《てい》で説明されたので、ひとまずそれに合わせて話を進める。

「母様、実は私、ラッキー体質なの」

「まあ、そうなの？　今まで気づかなかったわ」

母はアンナの発言を本気にせず、まるで娘の空想話に付き合うようにふふふと笑った。

「なので、義兄様《にいさま》に会えたら、義兄様《にいさま》の病気を治せるかもしれないと思って」

陽菜乃が聞いたら確実に「いや、そうはならんだろ」という突っ込みが入りそうなくらいのことを言っている自覚はある。だが、子供が会いたい理由として挙げるぶんには許容範囲だろう。

優しい母なら「それはすごいわ」と話を合わせ、どうにか会える方向に話が転ぶかもしれないと予想して用意した作戦なのだが。

「そうね……ラッキー体質だというなら、もしかしたらロイさんを……」

意外にも母は真面目に受け取ったようで、考え込んでぶつぶつと声を零している。

そして、ひとつ頷くと明るい笑みを見せた。

「わかったわ。ご挨拶《あいさつ》に行きましょう。ただしグレインには内緒よ？」

「ありがとう母様！　大好き！」

歓喜し母に抱き着いた時、後方で控えているすらりとした侍女が声を潜《ひそ》めて言う。

「奥様、ロイ様とお会いになるのはあまりお勧めできませんが……」

「忠告ありがとう、エルシー。責任は私が取るから、案内をお願いできる？」

母付きの侍女であるエルシーは、クレスウェル邸に長く勤めているベテランで、今年三十歳の母クラリッサより少し年上だ。

前で合わせていた手で、白いエプロンをきゅっと握るエルシー。

その表情は戸惑いに揺れており、群青色のワンピースと相まって、心なしか顔色も悪く見える。

（ロイ様に関わったことで、不幸が降りかかりはしないかって怖がってるのね）

母もエルシーの様子に気づいたのだろう。すっと立ち上がると、アンナの肩にそっと触れた。

「私ったら考えが足りなかったわ。内緒にするならふたりでこっそり行かないとね」

上品に色付く唇の前に人差し指を立てて、母が微笑む。

エルシーを気遣った母に、アンナは心を打たれた。女神のような人とは、まさにクラリッサのような者を言うのだと。

「というわけでエルシー、今の話は聞かなかったことにしてくれる？　グレインには折を見て私から話すから」

「しょ、承知しました。もし誰かにおふたりの行方を尋ねられましたら、庭園のお散歩に出たと伝えますので」

「ありがとう、助かるわ。アン、それじゃあ行きましょうか」

「はい、母様」

ショールを羽織る母に、アンナは心から感謝しつつ頷いた。

屋敷を出ると、柔らかく吹く秋風がアンナの髪を撫でて揺らす。

（いよいよロイ様に会えるのね！　ううっ……うまく挨拶《あいさつ》できるかしら）

悦《よろこ》びと緊張に躍る胸を両手でそっと押さえ、アンナは深呼吸を繰り返す。

ちなみに、『君果て』のロイルートでは、ヒロインとロイの出会いイベントは街中で起きる。

不注意で怪我を負ったヒロインの傍《かたわ》らに、フードを目深《まぶか》にかぶった青年が無言でしゃがみ込んで手当をしてくれるのだが、その青年がロイだ。

作中の終盤、ロイはヒロインとの出会いを奇跡だと言っていた。

運命に導《みちび》かれ出会ったのではなく、様々な偶然が重なって起きた奇跡により出会ったのだと。

対して、義妹《いもうと》としての挨拶《あいさつ》から始まるアンナとロイの出会いはごくごく平凡だ。

しかし『杏奈』にとっては、ラッキー体質がフルパワーを発揮してもたらされた奇跡。

――この奇跡を無駄にはしない。

強い決意を胸に、花の香りに包まれた庭園を進む。

そうして辿《たど》り着いた一軒家を見上げたアンナは、興奮のあまり目が零れんばかりに見開いた。

(これよ！　赤レンガの外壁とシックな灰色の屋根！　二階のあのアーチ状の窓から空を眺めて、ヒロインに想いを馳せるロイ様のスチルが最高に切なかったの！)

幸せになってと願わずにはいられないアンニュイなロイの表情を思い出しながら、重厚な玄関扉の前に母と並んで立つ。

母は鉄製の黒いドアノッカーを持って叩くが、待てども人が出てくる気配はない。

「留守かしらね？」

母が首を傾げる横で、アンナは扉を見つめたまま思考を巡らす。

普段離れで過ごしているロイは、長らく研究している薬に必要な物資調達のため、月に一度ほどこっそりと街に出ている。それ以外では、ヒロインが約束して呼び出さない限り、離れから出ることはなかった。

運悪く、そのたまにしかない外出のタイミングに来てしまったのか。

（もしかして、転生のために今生のラッキー運まで使い切ってしまって会えない、とか？）

運に頼って生きてきたわけではないが、最推しロイのためにはラッキー体質でありたいと願ったその時――

（ん……？　水音？）

建物の中ではなく、別の方向から水を弾くような音が聞こえた。アンナはなんとなくそちらに足を向け、母がもう一度ドアをノックする音を背に、建物を回り込んで草木の生い茂る庭に出る。

「ふぁっ⁉」

その瞬間、顔に大量の水がかかり、咄嗟《とっさ》に目を瞑《つぶ》ったアンナはへんてこな声を上げた。

「こ、ども？　なんで、ここに……」

ふと、動揺を滲《にじ》ませる男性の声が聞こえた。

それは、どこか陰のある、けれどほんのりと甘さを持つ耳心地のよい声で。

（ちょ、ちょっと待って、この声って）

水に負けて目を閉じている場合ではない。一刻も早く声の主《ぬし》を確認せねば。

濡れた顔を急ぎ手で拭《ぬぐ》って目を開いたアンナは、半ば予想できていたにもかかわらず襲い来る衝撃に呼吸を止めた。

色とりどりの花々を背景にしても、決して劣らない美しさを持つその人は。

「大丈夫、か……？」

ばつが悪そうにポンプ式散水機のホースを芝生に置いた彼は。

（つ、つ、つつつつついに！）

前世の杏奈が運を使い果たしてでも会いたいと願った、ロイ・クレスウェルだ。

（本物の！　生の！　ロイ様……！）

会いたくてたまらなかった推しを前に、歓喜に震えるアンナは叫びそうになるのを堪《こら》えて、ロイの問いにこくこくと頷いた。

（ああっ、せっかく転生したのに尊死《とうとし》しそう！　でも今うっかり死んだら推しを幸せにできない。……ロイ様のために生きるのよ、私）

それにしても、ロイが離れにいてくれた上、水までかけてもらえるとは。出会いイベントとしてはなかなかのインパクトだ。

てっきり運を使い果たしたかと心配したが、自分は今生でもラッキー体質なのかもしれない。いや、ラッキー体質だと信じよう。そして自分は必ずロイを幸せにするのだ。

（というかロイ様若くない!?）

彫像のように目鼻立ちの整った顔はゲームよりもどこかあどけなく、しかしながら、左目を隠して流れる前髪と、襟足の長い濡羽色《ぬればいろ》の髪は変わらない。

隠れていないオリーブ色の瞳はいまだ戸惑いに揺れ、けれど居心地悪そうに時々目を逸らすところを見ると、人と接するのが苦手な性格はすでに出来上がっているようだ。

だが、ゲームよりも前の時間に転生しているのならば、ロイがゲームヒロインと出会うまでまだ余裕がある。その日がやってくる前に彼を幸せにし、メリバエンドを迎えないように導《みちび》かねば。

(それにしても、若いロイ様も素敵。あらゆる角度からスクショしたい)

しかし、目の前にいるロイはゲーム機越しではなくリアル。

アンナは、心のシャッターを切りながら、目の前の推しを食い入るように見つめた。

庭で作業中だからか、白いボタンダウンシャツと黒のトラウザーズといったラフな装《よそお》いだが、長身かつモデルのような体格のおかげで、どこか上品に見える。

「あの！　ロイ様は今おいくつですか!?」

「は……？　十八、だが」

(十八歳！　つまり、ゲームより十年前のロイ様！)

「というか、誰だ……？」

訝《いぶか》しげに呟《つぶや》いたロイの声に、アンナはハッと我に返る。

この離れには使用人以外は滅多に人が近づかないと、ゲームでロイが話していた。そんな中、面識のない子供が急に訪れロイの名を口にし、あまつさえ年を尋ねるなど奇妙に感じるのは当然だ。

十代のロイを前に我を忘れ、自己紹介もせずに突っ走ってしまったことを反省し、アンナは背筋を伸ばして居住まいを正す。

「ご、ごめんなさい、わた、し、わ……わ……ぁっくしゅん！」

「俺のせいだな……。これを」

白いガーデンテーブルに畳んで置かれているリネンタオルを手渡すと、ロイはすぐ距離を取った。

その行動は恐らく、アンナの身を気遣ってのもの。近づきすぎて、不幸にしないように、と。

(私なら平気なのに)

自分はラッキー体質だから気にしないでいいと伝えたいが、いきなりそんな話をしても警戒されることうけあいだ。名前の件も不審がられているし、今はあまり攻めないでおこう。

「ありがとうございます」

鼻を啜《すす》りつつさっそくタオルで顔を拭くと、花のような香りが微《わず》かに鼻腔をくすぐった。

(これはもしかしてロイ様の香りでは？　公式さん、今すぐこれを香水として商品化してください！　毎日吹きかけて、ロイ様にバックハグされてる妄想しながら暮らします)

前世で生活している感覚に戻りつつ匂いを嗅いでいると、背後からさくさくと芝を踏む足音が聞こえて振り返る。

「あ、母様」

「アン、こんなところにいたのね。勝手に離れるなんて」

安堵の息を吐く母に、アンナは肩をすぼめて眉尻を下げた。

「ごめんなさい」

「敷地内には林もあるのだからなるべく……あら？」

母は、アンナの向かいに立つロイに気づいて首を傾げる。

「もしかして、ロイさん？」

ロイが小さく頷くのを見て、母はパッと花開くような笑みを浮かべた。

「やっぱり！　会えてよかったわ」

嬉しそうに近づくも、ロイは左腕を右手で押さえ警戒するように半歩下がる。

「私はクラリッサです。この子は娘のアンナよ」

「ああ……父の」

挨拶《あいさつ》には呼ばれなくとも、さすがに再婚相手の情報は入手していたようだ。

相手が誰であるかを理解した途端、ロイはふたりから視線を外し、芝生の上に置いたホースを拾って水やりを再開した。

「急に訪ねてごめんなさい。アンがロイさんに会いたがっていて、私もあなたにご挨拶《あいさつ》したかったから訪問させてもらったの」

「ここへ来ることを父が許したんですか？」

「いいえ、内緒で」

「それなら今すぐ戻ってください。俺と関われば父が機嫌を損ねるだろうから」

素っ気ない態度の裏に隠れる彼の孤独、寂しさ、優しさ。

ゲームでもロイは何度もヒロインを突き放していたが、それも全てヒロインを不幸にしたくないからだ。

愛する人を守るために孤独を選ぶロイの心情を知っているアンナは、切なさに胸を痛めながらも、きつい言葉を浴びせられた母を心配して見上げる。

しかし、特に気にしていないのか、母は双眸《そうぼう》を優しく細め、草花に水やりを続けるロイを見守っていた。

（本当に女神のような人だな……）

懐《ふところ》の深い母を尊敬の眼差しで見つめていると、ロイに温かく注がれていた瞳がアンナを捉《とら》えた。

「アン、ちゃんとご挨拶《あいさつ》はしたの？」

「ま、まだなの。してきてもいい？」

「ええ、あなたが望むようになさい」

頷いた母の華奢《きゃしゃ》な手が、勇気を授けるようにそっとアンナの背を撫でる。

（よしっ）

冷たくあしらわれる可能性は高いが、ロイの幸せのためにも負けてはいられない。

アンナは深く息を吸い、短い芝の上をずんずん歩く。

そうしてロイの横に立つと、くんと顔を上げ、背の高い彼を真っ直ぐに見つめた。

「は、初めまして義兄様《にいさま》、私はアンナです。お会いできて尊死《とうとし》しそうなレベルで嬉しいです」

「……とうとし？」

ロイが不可解な言葉に反応し、草花に向けていた視線をアンナに投げた。

（ああっ、しまった！　またしてもいつもの癖で！）

ロイのスチル、ロイの立ち絵、ロイのセリフ。

『君果て』をプレイ中、ロイが魅せるひとつひとつに胸を震わせていた杏奈の言葉がうっかり出てしまった。

焦るアンナだったが、対するロイは僅《わず》かな笑みも浮かべず、感情を捨てたかのような冷めた瞳でアンナを見下ろしている。

尊死《とうとし》についてフォローを入れるか、スルーすべきか。

逡巡《しゅんじゅん》し口を開きかけた刹那《せつな》、突如強い風が吹きつけた。

風は木々の葉を激しく揺らし、ロイの長い前髪を靡《なび》かせ、彼がひた隠している秘密を暴いてしまう。関わる者を不幸に陥《おとしい》れるといわれる忌み子の証《あかし》、ルビーのような赤い瞳を。

(ああ……この瞳……!)

アンナは長い睫毛《まつげ》が縁どるそれに釘付けになる。

「……くそっ」

忌々《いまいま》しげに声を漏らしたロイが慌てて赤目を手で隠した直後、アンナはイベントスチルで初めてロイの瞳を見た際に思ったことを自然と口にした。

「すごく綺麗。まるで宝石みたい」

——ピタリ。ロイの動きが止まる。

瞬《まばた》きさえ忘れたように、ロイは、手で片目を覆ったままじっとアンナを見つめた。

「ほう、せき?」

かすれた声にアンナは微笑んで頷く。

「そう、キラキラ輝くルビーみたい。あ、義兄様《にいさま》知ってますか？　ルビーには『勝利』と『成功』へ導《みちび》く力があるって」

前世、ロイの瞳と同じ色のアクセサリーが欲しいと思い立ち、その時に調べた知識を披露する。

するとロイは言葉ではなく、頭を振って知らないと告げた。

「そうなのね！　じゃあどうか忘れないで、義兄様《にいさま》。その瞳は、いつか義兄様《にいさま》を勝利と成功に導《みちび》いてくれる宝石だって」

そう心にとどめ、皆が噂する言い伝えに負けないで。

胸の内で続けると、ロイの手がゆっくりと外されていく。

「君には、そんな風に見えるのか」

ぽつりと言って戸惑いながらも泣きそうに微笑んだロイに、心臓がキュンどころかギュンとなる。

(ああっ、守りたいその儚《はかな》げな微笑み！)

絶対にロイを幸せにしたい。強く思い、アンナは微笑み返す。

「アン、そろそろ戻りましょうか」

離れた場所で見守っていた母に声をかけられ、アンナは唇を尖らせた。

「ええっ!?　もう少し義兄様《にいさま》とお話ししたい」

「ダメよ。着替えないと」

母の言葉にロイから微笑が消える。

恐らく、自分のせいで……とまた思ったのだろう。

だが、多くの乙女ゲームにおいて、出会いイベントのアクシデントはハッピーエンドへの始まり。

とはいえ、ここで体調を崩せばロイは気に病《や》み、アンナとの関わりを避けるかもしれない。

そうなっては困るので、ここは素直に母に従う。

「はーい。義兄様《にいさま》、また明日来ますね！」

アンナの予告に、ロイは驚いて目を見開いた。

「あ、明日？」

「はい！　ではまた明日～！」

有無を言わさず手を振って、アンナは母と共に離れの敷地を出た。

来た道を戻りながら母が柔らかく眦《まなじり》を下げる。

「よかったわね、ロイさんに会えて」

「うん、ありがとう母様。明日もこっそり来ていい？　このタオルを返したいの」

「ふふっ、訪ねる理由がなくても止めたりしないわ。あなたの力でロイさんを癒《いや》してあげて」

「もちろん！　頑張るわ！」

やる気を胸に、満面の笑みを浮かべる。

こうして、母の協力を得られたアンナは、第二の人生の使命である『ロイの幸せ』のため、本格的に動き始めたのだった。

第二章　兄妹として

「本当に来たのか……」

記念すべき初顔合わせの翌日。

本日も庭で草花の世話に勤《いそ》しむロイが、ホースを手に呆れ顔でアンナを見下ろした。

「約束したでしょう？」

「君が勝手にな」

子供相手でも塩対応するロイに、アンナは『ああっ、これぞロイ様』と内心で喜びながら、ミントグリーンに染められたエンパイアドレスの裾を揺らして歩く。

「借りた物はちゃんと返さないと。はい、義兄様《にいさま》、タオルありがとう」

綺麗に洗って乾かしたタオルを差し出すと、ロイは少々気怠《けだる》げに受け取った。

「わざわざ君が返しに来なくても、誰かに預ければよかっただろ」

「それだと義兄様《にいさま》に会えないもの。あとこれ、母様が義兄様《にいさま》と一緒に食べてって」

アンナはそう言って手に持つバスケットの蓋《ふた》を開け、中に並んだスコーンを見せる。

するとロイは訝《いぶか》しげに顎《あご》に手を当てて考え込み始めた。

「あの人は俺の瞳について聞かされてないのか？　そうじゃなきゃ、娘を俺のところに寄越さないはずだ」

ぶつぶつと独《ひと》り言《ご》ちているが、アンナは聞こえない振りをして、バスケットをガーデンテーブルに置く。

母がロイについてグレインからどう聞いているか。それはアンナもよくわかっていない。

だが、知っていて協力してくれているのならありがたいし、知らずに病気だと思っているのならそれでもいい。

アンナにとって重要なのは、ロイに会い、ロイの孤独感を払拭《ふっしょく》することだ。

(そう、まずは幼い頃からひとりで過ごしているロイ様に、自分はひとりじゃないと感じてもらうのよ)

そのために、今後はできる限り共に過ごすつもりでいるのだが、昨日に引き続き、ロイはアンナを歓迎していないようだ。

「悪いが、君はこのまま本邸に戻ってくれ」

素っ気ない口振りで背を向けられるも、そう言われるのを想定済みのアンナは動じない。

「父様に叱られてしまうから?」

「そうだ。目を三角にしながら、俺に近づくなときつく言われるぞ」

散水機のポンプを踏みながら、感情の見えない声で述べたロイ。自虐のような言葉を淡々と口にするその後ろ姿に、アンナの胸が切なく締め付けられる。

抱き締めたい衝動に駆られるも、ぐっと堪《こら》えて笑みを浮かべた。

「大丈夫よ義兄様《にいさま》、バレたりしないから」

母とエルシーが協力してくれているし、何よりオタクの神様とラッキー体質が味方しているのだ。

慎重を期していれば、グレインの耳に入ることはそうそうないはず……というのは過信しすぎかもしれないが、万が一バレたとしても、どうにか説得するつもりでいる。

いや、説得できなくても、会うことを止めるつもりはない。

どんな障害も乗り越えて、必ずロイを幸せにしてみせる。

むんっ、と小さく拳《こぶし》を握るアンナを視界の隅に捉《とら》えたロイが鼻で笑った。

「なんでそんな自信満々に言い切れるんだ」

「それはね義兄様《にいさま》、私がラッキー体質だからよ」

「ラ、ラッキー体質？」

アンナの答えに意表を突かれたのか、ロイは思わずといった様子で振り返る。

「そう！　だから心配しないで」

胸元に手を当て、堂々と微笑むアンナ。対してロイは、翳《かげ》る瞳を隠すように瞼《まぶた》を伏せた。

「……なら、俺は不幸体質だ。それも、人を不幸にする。この赤い左目がその証拠だ。だから君は俺と一緒にいない方がいい。不幸になりたくないだろ？」

前髪の合間から覗《のぞ》く赤瞳でアンナを見据え、脅《おど》すような口振りで言い放つ。

（ロイ様……）

人を遠ざけ、孤独を選ぶロイのオッドアイを、アンナは真っ直ぐ見つめ返した。

赤い瞳は悪魔の生まれ変わり。

最初にそんな噂を流したのは、一体どこの誰だろうか。

公式設定では、赤瞳を持つ者を忌み子として差別する風習は、王国内のみに見られるものだと書かれていた。

現代でも赤い瞳は珍しく、アルビノの人が持つ瞳の色とされている。これはロイが推しになってから調べたものだが、瞳が赤いのは、虹彩《こうさい》の色素の欠如によって血の色が見えているのが要因らしい。

『君果て』の世界においてもそのような理由なのではないかと推測するが、王国内において稀《まれ》に生まれる赤瞳の者は片目だけだ。両目が赤い瞳の者は生まれない。

(忌み子の不吉さを表現したのかもしれないけど、ロイ様の気持ちを考えると胸が痛い……)

ゲームでは、赤瞳の者が本当に不幸を呼ぶのかについては、はっきりと言及されていない。

恐らく、ロイルート中盤でゲームヒロインが語る『不幸かどうかは私が決めます』の言葉が答えなのだが、ロイは過去の体験によって自分が不吉な存在であると思い込んでいる。

その原因はロイの母、カトリーヌの他界だ。

カトリーヌは、ロイが幼い頃、生命力を養分とし、発症者オリジナルの華が身体中に生えて咲く奇病『華咲病《はなさきびょう》』を患《わずら》いこの世を去った。

しかも、ロイの誕生日に。

最愛の妻を亡くして嘆くグレインに、ロイは『カトリーヌの死はお前のせいだ』と責められ、この離れに遠ざけられ……

以来ロイは、使用人に必要最低限の世話をされながら、孤独で寂しい日々を過ごしてきた。

涙しても慰《なぐさ》めてくれる者はなく、喜びを分かち合う者もいない。

カトリーヌの命日のため、誕生日も祝われない。

そんな毎日の中でいつしかロイは、母を死に追いやってしまった自分を嫌悪し、生まれたことを否定するようになった。

けれども心の奥底では、誰かに愛されたいと渇望していて。

(もう何度画面越しに、ロイ様のせいじゃないと涙したことか)

だが今、ロイのせいではないと伝えても受け入れてもらえないだろう。何も知らないくせにと嫌な気持ちにさせ、心の距離ができてしまう可能性もある。

ならば、ロイの傍にいてもアンナは不幸にならないと実感してもらうのが一番だ。

そう思い至ったアンナは、ロイににっこりと笑ってみせる。

「義兄様《にいさま》、心配しないで。不幸なんて私がいれば相殺よ！」

自信満々に言い切って、さっそく何事もない日常を過ごすべく、まだ浮かない顔のロイに近寄る。

「あの、何かお手伝いを――」

だが、推しへの緊張のせいか、ホースに足を引っかけて盛大に転んでしまった。

幸い、芝の上なのでひどい汚れはないが、咄嗟《とっさ》についた手の平は擦《す》り剥《む》けて赤くなっている。

「ううっ……」

失態だ。この流れでは、ロイに自分が不幸を呼んだと感じさせてしまうだろう。

そんな後悔から漏れたアンナの呻《うめ》き声を、ロイは痛がっていると勘違いしたようだ。

短い溜め息を吐き、ぺしゃりと座り込むアンナの傍《かたわ》らに片膝をつく。

「言った通りだろ？　昨日は水をかけられて、今日は転んだ。明日はもっとひどいことになるかもしれない」

「こ、これは、私が足元をちゃんと確認してなかっただけだわ」

「いいや、俺のせいだ。とりあえず手、見せて」

言われるままに手のひらを見せると、ロイはアンナの小さな手にそっと触れて擦《す》り剥《む》いた箇所を確認する。

（はわわわわ！　ロイ様が私に触れてるぅ……！）

初めて感じる推しの体温に感動し、おかしなことを口走らないようアンナはキュッと唇を引き結んだ。

すると、先ほどと同様、ロイには疼痛を堪《こら》えているように見えたのだろう。アンナの顔を申し訳なさそうに覗《のぞ》き込む。

「痛むか？」

ぶんぶんと首を横に振ると、「子供が我慢するな」と静かな声色で窘《たしな》められた。

「傷薬《きずぐすり》を取ってくる。少し待ってろ」

抑揚のない声で言うや、立ち上がったロイはガーデンデッキから邸内に入っていった。

ややあって、拳《こぶし》ほどの小さな木箱を手に戻ってくると、再び膝をついて蓋《ふた》を開け、薄緑色の軟膏《なんこう》を指で掬《すく》う。

「手を」

「は、はい」

手のひらを上に向けて差し出すと、擦《す》り傷《きず》に薬が優しく塗布される。ひりひりと沁《し》みるが、幼い頃から孤独を強いられ、我慢を重ねるしかなかったロイの心の痛みを思えば蚊に刺された程度だ。

「よし、いいぞ」

「ありがとう、義兄様《にいさま》」

「礼はいい。それより、もうここへは来るな。また怪我をしたくないだろ」

忠告し、アンナと視線を合わせないまま木箱に蓋《ふた》をする。

そうして立ち上がろうとするロイの手を、アンナは咄嗟《とっさ》に掴《つか》んで引き止めた。

ふらついたロイはバランスを取れずに尻もちをつく。

「おいっ、いきなり危な――」

「義兄様《にいさま》！　なんでも自分のせいにしちゃだめ。私は自分に何かあっても、それを義兄様《にいさま》のせいだなんて思わないわ」

アンナは、ロイが話し終えるのを待たず、前のめりに思いを伝える。

「義兄様《にいさま》は人を不幸にしてなんかない。私は不幸にならない。それを証明するわ。だから、明日も明後日も、その次の日も、毎日義兄様《にいさま》に会いにここに来るね」

絶対に折れない意志を胸に、アンナはロイの目を真っ直ぐに見つめる。

すると前髪から僅《わず》かに覗《のぞ》く赤い瞳が、アンナの姿を映して不安そうに揺れた。

「君は、怖くないのか？」

ロイのことだろうか。それとも、不幸になることか。

どちらにせよ、恐れていないので首を横に振る。

「ちっとも。こうして義兄様《にいさま》と過ごせて幸せだなぁって思ってる」

「昨日会ったばかりの相手に？」

「時間なんて関係ないわ。私はずっと義兄様《にいさま》に会いたかったんだもの」

ほんのり頬を染めつつ本音を語ったはいいが、一歩間違えれば口説いているような会話だ。

しかし、幸いなことに、アンナは八歳の少女で相手は義兄。

無邪気で純粋な好意として受け取ってもらえたようで、ロイは僅《わず》かに目元を和《やわ》らげた。

「俺よりもずっと年下なのに、強いんだな、君は」

転生して初めて見るロイの微笑に、アンナの小さな胸の内がときめく。

（あなたのためなら強くなれるの）

アンナが織りなすロイへの愛に果てはないのだ。

「アンナ……だったな」

ずっと君呼びだったロイから名を呼ばれ、アンナは奇声を上げそうになった。

（威力が！　凄《すさ》まじい！　心臓が止まる！）

アドレナリンが体内を駆け巡るのを感じながらこくこくと頷くと、ロイは改めて「アンナ」と名を紡《つむ》いだ。

「君が本当にラッキー体質で、俺といても問題ないと思うなら好きにしていい」

「本当っ⁉」

「だが、ひとつだけ約束してほしいことがある」

「するわ！　必ず守る！」

「落ち着け。まだ何も言ってない」

呆れた眼差しで窘《たしな》められ、アンナは芝の上に正座しロイの言葉を待つ。

「君や君の周りでよくないことが起こっていると感じたら、二度と俺には近づかないこと。約束できるか？」

真剣な、けれどどこか寂しさを滲《にじ》ませた瞳がアンナを見つめる。

アンナにとって、この世界で生き、ロイと出会い、ロイと共にいられるだけでこの上ない幸福だ。たとえ傷《きず》ついていても苦しくても、不幸だと感じることはないと断言できる。

（ん？　待って。これって一歩間違えるとメリバ思考なのでは⁉）

想いが強すぎると、不幸さえ幸福に変わる――

『君果て』のメリバエンディングは全てそうだ。

監禁されても、視力や声を失っても、病《やまい》に侵《おか》されたとしても、幸せであると感じて幕を閉じる。

だが、アンナの目的はロイが幸せになることだ。

推しのハッピーエンドを見届けられるなら、どんな自分になろうともかまわない。

（メリバ思考上等よ。私の愛をぶつけまくって、ロイ様を必ずハッピーエンドに導《みちび》くわ！）

やる気を漲《みなぎ》らせるアンナは、静かに返答を待つロイにしっかりと頷いてみせる。

「わかったわ。約束する」

するとロイは今度こそ立ち上がり、ホースを手にした。

「水やりが終わったら何か飲み物を用意する。ただ、客なんて来たことがないからたいしたものは出せないからな」

人をもてなしたことがないと言い、ロイは少々気まずそうに背を向け散水を再開した。

アンナはその背を見つめ、ようやく一歩踏み出せたと安堵し頬を緩《ゆる》ませる。

「何でも飲むわ。あ、義兄様《にいさま》がいつも飲んでいるものが飲みたい！」

「カフェインが入ってるから子供はダメだ。レモン水……は、スコーンには合わないか？」

ポンプを踏みながら半ば独《ひと》り言《ご》ちるロイ。

「義兄様《にいさま》、私にもお手伝いさせて」

隣に並んだアンナの申し出を、ロイはもう断ることはなかった。

ホースをアンナに手渡し、向ける方向を指示してロイがポンプを踏む。

兄妹初の共同作業で潤《うるお》う草花は、ふたりの始まりを喜ぶように陽を浴びて輝いていた。

まずは孤独ではないと感じてもらう。

その第一目標を胸に、アンナはほぼ毎日ロイのもとに通った。

ひと月目は無理に長時間を過ごさず、庭の手入れや植物の世話を手伝い、休憩中に母の手作り菓子を食べて帰るようにした。

これはロイだけでなく、アンナにとっても推しの存在に慣れる時間となり、ふた月目を迎える頃には、変に緊張することはなくなった。

そうして三ヶ月も経てば『アンナ』と名を呼ばれるのも慣れ、最初の頃のように過剰に反応する回数も減っていた。

徐々に余裕が出てきたアンナは、次は共にいる時間を長くして家族らしさを出そうという計画を立てた。

ロイと昼食を摂るようにし、グレインが仕事で王都に出張中は離れに泊まることもあった。もちろん、母の許しを得て。

そう、これほど自由にアンナがロイと過ごせるのは、母クラリッサの寛容さと全面的な協力のおかげである。

アンナがこっそり女神と敬《うやま》う母は、その穏やかな気性に加え、誰に対しても分け隔《へだ》てなく接し気遣いのできる女性だ。

領主夫人として針仕事から社会福祉への奉仕までそつなくこなし、使用人たちの心をあっという間に掴《つか》んでしまった。

ロイのもとに足しげく通っても使用人たちがグレインに黙ってくれているのは、兄妹のために立ち回る母に協力してくれているからなのだ。

アンナはそんな母に深く感謝し、本邸に戻る度、ロイとどんな風に過ごしたか報告した。

ロイがアンナのために、美味《おい》しい飲み物をたくさん用意してくれるようになったこと。

母の作った差し入れの菓子を気に入ってくれていること。

離れの庭や薬草畑で育てている植物を使った、薬草作りを手伝わせてもらったこと。

嬉しそうに話すアンナに、母は笑みを浮かべ何度も頷きながら聞いてくれた。

そんな親子の姿を傍で見守る侍女のエルシーと使用人たちは、アンナの話を聞き、初めてロイの人柄や嗜好《しこう》を知る者も多かった。

使用人たちは皆、忌み子であるロイと距離を取っている。

理由はもちろん、不幸になるのが恐ろしいからに他ならない。

しかし、嫌いではないのか、もしくはアンナが普通に接しているから恐怖心が薄れてきたのか。

ロイの世話をしに離れに通う使用人たちの中には、ロイの好む紅茶の茶葉を補充し、体調を考慮した食事を用意するなど気に掛ける者が現れるようになった。

その変化がアンナの影響ではないかと、ロイ自身も感じているようで……

雨がしとしとと降り続けていた、五月のある特別な日の夕刻。

リビングで紅茶を飲むロイはぽつりと呟《つぶや》いた。

「君が来てから、使用人たちの態度が少し変わった気がする」

「きっと、私が義兄様《にいさま》と一緒にいても、何もないから安心したのね」

孤独を感じさせないようにと過ごしてきたが、思わぬ相乗効果を得られてアンナは瞳を輝かせた。

もしかしたら、ロイを取り巻く環境が、予想以上に早くよくなるのではと期待する。

だが、ロイの表情は暗く翳《かげ》っている。

「義兄様《にいさま》？　どうしたの？」

「不幸がすぐに訪れるとは限らない。俺の母は、俺が六つになった日に……命を、落とした」

とつとつと語るロイは、憂いを帯びた表情で窓を濡らす雨粒をぼんやりと見つめ続ける。

確かにロイの言うことには一理ある。

ロイの母、カトリーヌの死はロイの誕生から六年後。そして、ロイルートのゲームヒロインに不幸が訪れるのは、出会いから約三ヶ月後だ。

ただし、それを忌み子のせいだとするなら、だが。

「でも、義兄様《にいさま》のせいだって証拠はないんでしょう？」

「俺の存在が証拠のようなものだろ」

忌み子である自分のせいだ――そう思い込んでいるのがありありとわかる発言に、アンナは唇を尖らせた。

「私、前にも言ったわ。何でも義兄様《にいさま》のせいにしちゃだめって」

ロイの隣に座り、大きな瞳でネガティブモードの義兄を見上げる。

「心配しないで義兄様《にいさま》。私は十年後も元気だし、こうやって、毎年プレゼントを渡すから」

そう言って、今か今かと渡すタイミングを見計らっていた小箱を、バスケットから取り出した。

「お誕生日おめでとう、義兄様《にいさま》」

赤いリボンを巻いたそれを、ロイは瞬《まばた》きを繰り返して凝視する。

「……俺に？」

「そうよ」

「でも、今日は母さんの命日だ」

（もちろん知っているわ）

毎年ひとりぼっちで空を見上げ、自分が生まれてきたことを後悔し、天に昇った母に『ごめん』と呟《つぶや》いているのを。

けれどアンナは、ロイにとって悲しい日となってしまった今日を、本来の姿に戻してあげたいと思っている。

自己満足かもしれない。拒絶されるかもしれない。

それでも踏み出さねば変わらないと覚悟し、プレゼントを用意したのだ。

幸せの一歩になることを願って。

「命日なだけじゃない。義兄様《にいさま》のお母様が、義兄様《にいさま》と会えて嬉しかった日でもあるわ」

「俺の瞳を見て絶望した日かもしれない」

「誰かがそう言ってたの？」

アンナの問いに、ロイは小さく首を横に振る。

「なら、悪いように考えちゃダメ。天国でお祝いしてるお母様が可哀そうだわ」

窘《たしな》めて「はい」と押し付けると、ロイは戸惑いながらプレゼントを受け取った。

「いいんだろうか。生まれた日を祝っても」

「ダメだって言う人がいても、私はお祝いしたい。来年も再来年も、ずっとずっと、お誕生日おめでとうって」

「……ありがとう」

ロイの唇が柔らかな弧を描き、目が泣きそうに細められる。

その表情に、アンナの胸がギュッと切なく締め付けられた。そして、つられて泣きそうになるのを誤魔化すように微笑む。

「乾杯しましょ！　私は義兄様《にいさま》特製のフルーツジュースが飲みたいなぁ」

アピールすると、ロイはふ、と吐息で笑う。

「わかった。すぐに作るよ」

「やった！」

「本当に、君といると肩の力が抜けるな」

それは初めて見る自然な微笑みで、目を奪われたアンナは恍惚《こうこつ》として見つめて固まった。

(推しの微笑みが尊《とうと》い……浄化されて消えてしまう……)

その視線を受けて羞恥《しゅうち》が湧いたのだろう。ロイは顔を隠すように立ち上がり、そそくさとキッチンへ逃げた。

誕生日を祝って喜んでもらうはずが、自分の方が幸せな心地にさせられてしまった。

やはり、最推しロイの沼からは、一生抜け出せそうにない。

（これからもロイ様のために頑張ろう）

改めて心に誓ったアンナは、プレゼントのカフスをつけて戻ってきたロイに似合うと褒めちぎる。

――どうか、心から幸せだと思える日が彼に訪れますように。

その願いを現実のものにすべく、以降もアンナは、ロイが不安に苛《さいな》まれる度に励まし支えた。

さらに、もっと役に立ちたい一心で、ピアノや絵画、外国語などの勉学に励むだけでなく料理や薬草についても学び始めた。

料理は前世でもたまにしていたが、『君果て』の世界では勝手が違う。なので、母やアンナ付きの侍女、屋敷に勤める料理人たちに基礎から教えてもらう。

薬草については、ロイが離れで様々な薬を自作し研究しているので、少しでも手伝えたらと図鑑などを借りて学んだ。

全てはロイにハッピーエンドを迎えてもらうため。

アンナは苦労を厭《いと》わず、自分のスキルを磨き続けながら目標に邁進し続けた。


やがて季節が幾度《いくど》も廻《めぐ》り、アンナが十二歳になった冬の午後。

「義兄様《にいさま》！　見て、ガーデニアが持ち直したみたい」

離れの庭に設《もう》けられた温室にて、花に水を降らせるアンナは、薬の材料となる緑葉を摘む義兄を振り返った。

ロイは小さな籠《かご》に葉を入れ、アンナの隣に立って白色の小さな花を見下ろす。

「本当だ……。アンナに世話を任せると、どんな植物も元気になるから不思議だな」

「元気のない子には、頑張ってって声をかけてるもの」

植物は音を感知しているらしく、ポジティブな言葉をかけるとよく育つらしい。

これは前世で得た情報だが、『君果て』の世界では知られていないようで、アンナが話しかけているのを初めて見たロイは微妙な反応をしていた。

今では当たり前の光景となり、「返事はあったのか」などとからかわれる始末だ。

「義兄様《にいさま》も声をかけてあげればいいのに」

「俺がやっても効果はないよ。植物が元気になるのは、アンナのラッキー体質のおかげだろうし」

ロイの言葉に、アンナは嬉しさを堪《こら》えきれず笑みを浮かべる。

転生し、ロイと共に過ごすようになって四年。

アンナの体質についてずっと半信半疑だったロイが、ここ最近は信じているようなセリフを口にすることが増えたのだ。大方この四年の間、様々なラッキーを体験したからだろう。

数年前にロイが無くした物を、アンナがたまたま見つけたり。

たまの買い付けでロイと外出した際、荷物をひったくりに奪われるも、犯人が盛大にすっころんだ上、偶然近くにいた自警団が捕まえて事なきを得たり。入手困難でなかなか市場に出ない植物の種を、別の用事で出かけていたアンナが見つけて買って帰ったり。

その他にも色々とあったが、とにかく、ロイだけではうまくいかなかったことが、アンナが絡むとうまく運んだ。

そして何より、今日まで不幸と思えるような出来事はアンナに起こっていない。

「じゃあ、義兄様《にいさま》が元気ない時は、私が傍にいてたくさん声をかけてあげる」

「頼むから、熱で寝込んでる時だけはやめてくれ」

以前、ロイが風邪をひいて高熱を出した際、アンナが傍で子守唄を歌ったり本を朗読したりしたことがあった。だが、騒がしくてゆっくり休めなかったようで、三日後、熱が下がったロイに『看病はもういい』と断られている。

「でも、具合が悪い時は誰かが傍にいると安心するでしょう？」

「傍にいるだけなら。声掛けは禁止」

「はーい」

今回もきっぱりと断られて少々不服のアンナは、唇を尖らせながら水やりを再開した。

「そういえば義兄様《にいさま》。アイシャなんだけど、つかまり立ちができるようになったのよ」

アイシャとは、昨年グレインとクラリッサの間に生まれた妹だ。

もうじき一歳になるのだが、ロイはクラリッサがたまに離れに連れてくる時にしか会えないので、こうしてアンナが様子を伝えている。

「そうか。成長したんだな」

「アイシャに会いたい？」

「いや、俺にはアンナがいるから」

おそらくは無意識だったのだろう。

ぽつりと零したロイは、ハッと我に返り、耳まで赤くなった顔を隠すように背を向け葉集めに戻る。

ロイが突如繰り出したデレ攻撃に、気づけば呼吸を忘れていたアンナは慌てて息を吸いこんだ。

(なっ、なに今の……いや、前よりも態度は柔らかいし、可愛がってもらっているかなって感じることはあるけど、こんな、彼氏みたいなこと不意打ちで言われたら意識飛ぶわ！)

とはいえ、発言に深い意味はないだろう。アイシャを不幸にしたくないからなるべく会わない、だけどラッキー体質のアンナならいい、という意味で出た言葉だ。

今のロイは、気軽にアンナに触れるほど気を許すようになり、アンナの前でだけは無理に赤瞳を隠すこともしなくなった。距離感がようやく兄妹のものになったのだ。

そう、そもそも兄妹だ。深い意味などあるはずもない。

けれど意識してしまうのは、アンナにとってロイは推しであると同時に、恋焦《こ》がれる相手でもあるからだ。転生前からその気持ちは変わらず……いや、むしろ共に過ごす時間が増えるたびに、想いは膨らむばかり。

だが自分は義妹《いもうと》だ。義理とはいえ兄妹。だからこの想いは叶わない。実るはずもない。

(これ以上好きになりすぎないように注意しなくちゃ)

ロイと出会えた日、義妹《いもうと》としてロイを幸せにすると心に誓った。

四年かけて、ようやく兄妹らしい穏やかな関係を築けたのだ。

まだ本邸には戻れておらず、グレインともほとんど顔を合わせないのは変わっていないが、第一目標の『孤独ではないと感じてもらう』は達成できたと言っていいだろう。

となると、次のステップへと進む頃合いだ。

（第二目標は『忌み子不幸キャラからの脱却』ね）

恐らくこれが一番難しい。だが、忌み子など迷信であり、ロイは誰かを不幸にする力など持っていないと、周りの人々はもちろん、何よりも本人に思ってもらうことが重要だ。

自分が不幸キャラだと思い込んでいるうちは、周りも皆そう思って当然なのだから。

傾けたじょうろが空になり、アンナはそっとロイを振り返る。

（だけど、難しくてもロイ様のためにやらないと）

まずは、公式ではっきりと言及されていない忌み子の真偽について調べてみよう。

もし迷信だという証拠が見つかれば、ロイも家族も納得がいくはずだ。

「よし、引き続き頑張るわ！」

新しい目標を定め、えいえいおーと心中で掛け声を発し、じょうろを掲げるが――

「いや、今日はここまでにしてそろそろ戻った方がいい」

手伝いのことだと思ったロイに制され辺りを見れば、陽が大分西に落ちつつある。

空は間もなくオレンジ色に染まり始めるだろう。

本音を言えばまだ本邸に戻りたくない。けれど、今日は早く帰ってくると朝食時にグレインが話していた。母にも早めに戻るように言われている……が。

「もうちょっと義兄様《にいさま》と一緒にいたいのに」

今日はおやつの時間までみっちり勉強していたので、ロイとはまだ小一時間ほどしか共に過ごせていない。

我慢できずに本音を零すと、ロイは目元に控えめな笑みを浮かべた。

「また明日、な」

ああ、いつから彼は、こんなに優しい表情を見せるようになったのか。

(ヒロインにも見せていたっけ)

それは打ち解け始めたばかりの、しかしながら恋の始まりを予感させるものだった。けれど、アンナに対するそれは、義妹《いもうと》の我儘《わがまま》を慈《いつく》しみ宥《なだ》めるためのもの。

ツキツキと胸の奥が痛むが、この道を行くと決めたのは自分だ。

最良でメリバエンドしかない推しをハッピーに導《みちび》ける、ロイ義妹《いもうと》ルートを進んでやろうじゃないか。その道の先に、ロイが自分ではない誰かと恋に落ちるゴールがあるとしても。

切ない想いに蓋《ふた》をして、深く息を吸い、肺を空気とやる気で満たす。

「また明日、義兄様《にいさま》」

今日も明日も明後日も。

アンナはロイの傍で、ロイの義妹《いもうと》として彼にありったけの愛を以《もっ》て接し続けた——


やがて季節はさらに廻《めぐ》り、四年後。

「うう……疲れた……」

十六歳になったアンナは、八年間変わることなく離れで暮らすロイのもとに通っている。

しかし、第二目標を掲げた四年前と比べて格段と忙しくなり、以前のように昼間からロイと過ごせる日は少ない。

それもこれも、社交界デビューに向けて本格的に教養を身につけるため、様々な専門教師が代わる代わる訪れるせいだ。

「このまま朝までここで寝ちゃいたい……」

呻《うめ》きつつリビングのソファに倒れ込んでいると、キッチンからロイがやってきて湯気の立つティーカップをローテーブルに置いた。

「いつも通り、甘めにしておいた」

「ありがとう、義兄様《にいさま》」

最近お気に入りの紅茶の香りが鼻をくすぐると、ほんの少しだけ気分が上がる。

「随分ぐったりしてるな」

向かいのソファに腰を下ろしたロイは、長い足を組み、読みかけの本を手に取った。

実は、変わったのはアンナの忙しさだけではない。

ロイとのこの距離感も、以前と変わっている。

以前のロイなら、疲れているアンナの隣に座って頭を撫でて労《いたわ》ってくれたのに。

(ここ一年くらい、お泊まりしたいって言っても断られるしなぁ)

前世では一人っ子だったのでわからないが、成長した兄妹の距離感は本来こんなものなのか。

「今日もダンスレッスンがなかなか終わらなくて。覚えが悪い、生徒の中で私が一番下手だって溜め息吐いて言われたわ」

「相変わらずはっきり言う教師だな」

そう言って苦笑する推しは、今日もすこぶるかっこいい。

高い鼻梁《びりょう》に切れ長の目。二十六歳のロイは、出会った頃よりもシャープな面差しになったが、相変わらずどこもかしも完璧で見目麗《みめうるわ》しい。

ほぼゲームのロイに近い容貌となりつつある昨今、アンナの恋心は落ち着くどころか燃え上がる一方だ。

だが想いを悟られてはいけない。ぶつけるのはあくまで義兄への家族愛でなければ。

「家庭教師が義兄様《にいさま》だったらやる気も出るんだけどなぁ」

「逆だな。俺に甘えてやらなくなる」

今のところ、領内一のブラコンだと母や使用人たちに言われているので、ロイもそのように感じているだろう。それを証拠に、「ちゃんとやりますー」と言い返したアンナに対し、肩をすくめて小さく笑っている。

恋する相手が教師なら真面目にやる、という意味が込められているなど露《つゆ》ほども思っていないのだ。今、ページを捲《めく》るロイの節くれだった長い指に大人の色気を感じて義妹《いもうと》がときめいていることなど、想像すらしていないだろう。

「そういえば、義兄様《にいさま》ってダンスは得意なの？」

「俺は社交界に出る必要がないから覚える必要もない」

「ずるい！　だったら私も社交界に出ないわ」

「それは父さんが許さないだろ」

ロイの言う通り、アンナの社交界デビューについては、母よりもグレインの方が意欲的だ。

家庭教師も全てグレインが見つけ、手配し、スケジュールを組んでいる。

しかも昨夜はとんでもない提案……いや、強要をされており、アンナは今からそのことをロイに話さなければいけない。

「そう……そうなの義兄様《にいさま》。悲報です。父様がね、どうしても私にいい相手と結婚してもらいたいから、家庭教師じゃなくスクールに入れって言うの」

いまだソファに身体を横たえたまま、アンナは溜め息を吐いた。

「スクールって、フィニッシング・スクールのことか？」

「そう。王都にある寄宿舎付きの仕上げ学校……」

未婚の若い令嬢たちが通うフィニッシング・スクールは、結婚前に必要な礼儀作法やテーブルマナー、会話トレーニングなど、多岐にわたるカリキュラムにより、立派な良妻賢母を育てる学校だ。

『君果て』の世界では十五歳から入学可能なのだが、アンナはロイと共にいたいので家庭教師のみで済ませるつもりでいた。

けれど、ラッキー体質は勉学に発揮されないらしい。

「立ち振る舞いに品が足りない、ダンスの上達を目指すには時間が足りない、今のままではデビューは無理って、家庭教師たちが父様に報告したらしくて」

「それで足りないものを補《おぎな》うには、スクールしかないってわけか」

ロイの言葉にアンナは力なく頷いた。

「でも私、結婚するつもりはないのに」

本音を零し、横たえていた身体をのそのそと起こす。

「……だが、うちは跡継ぎがいないから、父さんは婿を取りたがってるだろ？」

跡継ぎならロイがいる。

口に出しかけたその言葉をアンナは慌てて呑み込んだ。

グレインは、忌み子だからとロイを離れに追いやった。さらに家庭教師をつけず、社交界デビューも果たしていないとなれば、恐らくロイを次期領主として育てる気はないのだろう。

（でもロイ様は独学でたくさんの知識を身に付けているし、自分で薬が作れるくらい薬学にも精通してる。社交性だって私とほぼ毎日接しているから、ゲームのロイ様に比べたらかなり上がってるはず）

とはいえ、アンナ以外の人とはあまり接しないので、実際の社交力は不明だ。

だが、それらは忌み子問題が解決すれば全てうまく回るはず。

アンナは第二目標を達成すべく、忌み子について調べていたが、有力な情報は得られず、今日までできてしまっている。

正体不明の筆者、通称ゴーストが発行する有名なオカルト誌も出るたびに読み漁《あさ》っているが、忌み子に関する記述はない。

（あ……王都の図書館なら何か見つかるかな）

ターリン王国随一の広さと蔵書数を誇る王立図書館。そこなら手がかりを掴《つか》めるかもしれない。

スクールから近い場所にあるので、むしろ入学した方が調べやすくなるのでは。

これもラッキー体質のおかげかもしれない。

だが、せっかく孤独感の和《やわ》らいだロイをまた一人にしてしまうと思うと決心がつかない。

どうしたものかと思考を巡らせながら、アンナはティーカップを両手で包むように持ち、ロイの淹《い》れてくれた紅茶に口をつけた。

「婿なら可愛いアイシャが取るから大丈夫」

「アイシャは五歳だ。結婚なんてまだまだ先の話だろ」

呆れた眼差しで突っ込みを入れたロイは静かに本を閉じる。

「いいんじゃないか、スクールに入学」

「え……」

まさかロイが賛成するとは思わず、アンナは零れ落ちそうなほど双眸《そうぼう》を丸くする。

「でも、義兄様《にいさま》に会えなくなっちゃうわ」

アンナがいなくなったら、ロイは再び離れでひとり過ごすことになってしまう。

そんなアンナの心配をよそに、ロイは感情の見えない平坦な声で告げた。

「会えない方がいい」

拒絶とも取れる言葉が胸に突き刺さり、アンナの心臓が嫌な音を立てて重く跳ねた。

（なん、で？　……ハッ！　私、会いに来すぎ!?　いや、八年間ほぼ毎日は普通に考えて来すぎだわ！）

とはいえ、ロイも喜んでいたし、邪険にされてはいなかったはず。

そう思っていたから通っていたのだが、ロイがそう見せなかっただけかもしれない。

最近のどこかよそよそしい距離感は、一緒にいたくないという合図だったのだとしたら。

「ご、ごめんなさい……私、義兄様《にいさま》が嫌がってるのに気がつかなくて……」

孤独感をなくすため、ロイに惜しみない愛をぶつけ続けるなんて独《ひと》りよがりだった。

まるで恋人に別れを告げられたかのごとく、胸が押し潰されそうなほど苦しい。

「嫌なわけじゃない。でも、社交界デビューに向けて本格的に動くならそうすべきだ」

「どうして？」

なぜ、社交界に出るためにロイと離れなければならないのか。

力のない声色で尋ねると、ロイはいまだアンナと視線を合わせないまま答えた。

「俺の存在は、アンナの結婚の妨《さまた》げになる」

「さっきも言ったけど、私、結婚する気は――」

「してくれないと困るんだ！」

珍しく感情的に声を荒らげたロイを見て、アンナの肩がびくりと跳ねた。

「な……なんで？」

意図がわからず戸惑いながら問うも、ロイは言い淀み口を閉ざしてしまう。

ロイの背後に広がる窓の向こうでは、夏の日差しをたっぷり浴びて育った草花が、降り始めた雨に打たれ葉を揺らしている。

口を引き結ぶロイの瞳も迷うように揺れていたが、やがてゆっくりと言葉を紡《つむ》ぎ始めた。

「俺は、アンナの幸せを奪いたくない。アンナを不幸にしたくないんだ」

苦虫を噛み潰したような顔で吐かれた言葉で、アンナはようやく理解する。

不幸について誰よりも過敏なロイは恐れているのだ。

忌み子の自分と共にいては、アンナが結婚という幸せを逃がしてしまう。

いつまでも自分が傍に居続けては、幸せを奪い、不幸にしてしまう、と。

アンナはどう言葉を返せばいいのかわからず俯《うつむ》いた。

結婚はせず、ロイの傍にいたい。せめてロイが幸せになるのを見届けるまでは。

けれど、そうするとロイはアンナを不幸にしたと思ってしまう。

「それに、ただでさえクレスウェルは忌み子《俺》の存在によって貴族たちから嫌厭《けんえん》されがちだ。いくら公爵令嬢でも、すんなりと結婚相手は見つからないかもしれない」

確かに、グレインの様子からも苦労が見て取れる時がある。

クレスウェルは広大な領地と潤沢な資源を有し、運営もうまく回しているので、貴族や民衆からの当たりは強くない。しかし、家族に忌み子がいるとなれば繋《つな》がりを持ちたがる者は少ない。

時には仕事に影響が出ることもあるようで、書斎で溜め息を吐きながら書類に目を通しているのを何度か見かけたことがある。

「だが、アンナは俺と血が繋《つな》がってはいない。それを安心材料と捉《とら》える者がいるなら、スクールでしっかりと学んで立派な公爵令嬢だと証明できれば、結婚の申し込みも増えるはずだ」

「そのために義兄様《にいさま》とは距離を置いて、スクールへ行った方がいいって言うの？」

「……そうだ」

ロイが頷いて、アンナは少し安堵しソファに腰を下ろした。

ロイはアンナを大切に想っているからこそ、自《みずか》ら距離を取り孤独に戻ろうとしたのだ。だから、接し方に変化が出たのだろう。決して嫌われたのではなかった。

「ありがとう、義兄様《にいさま》。私のことを真剣に考えてくれて。お泊まりできなくなったり私の隣に座ってくれなくなったりしたのも、それが原因なのよね」

「いや……それは……」

「ん？　違うの？」

言葉を濁《にご》したロイは、首を傾げるアンナから視線を逸らし、ティーカップを手にした。

「その話はいい。とにかく、スクールに行けば後々父さんにうるさく言われることもなくなるだろ」

「……確かに」

それに、アンナがいくら拒もうとも、社交界デビューは避けられない。ならば家族に恥をかかせないためにも、公爵令嬢としてスキルアップしておくことは重要だ。

何より、忌み子について、王都でしか得られない情報があるかもしれない。

ロイのハッピーエンドのために、できることはやっておかねば。

「わかった。すごく寂しいけどスクールに入るわ」

「ああ」

「義兄様《にいさま》にたくさん手紙書くね」

ロイが、再び訪れる孤独に負けないように。

「手紙なんて送ったら、父さんにバレるだろ」

間髪容れず《かんはつい》窘《たしな》められて、アンナはあっと口を開けた。

確かに、ロイ宛てに手紙を書けば自《みずか》ら親しくしているとバラすようなものだ。

ただでさえこの八年、グレインに何度か怪しまれてきた。周りの協力を得ながら誤魔化してきたが、ここで下手《へた》を打てば皆の努力も無駄にしてしまう。

「いい方法がないか出発までに考えてみるわ」

アンナの言葉に、ロイは頷かなかった。言葉もなく紅茶を飲み、閉じた本を再び開いて読書に戻る。距離を取ろうとしているのであれば、手紙もいらないと考えているのかもしれない。

アンナはしょんぼりと肩を落とし、ティーカップに口をつける。

「……あの、義兄様《にいさま》」

「なんだ？」

ロイは本に視線を落としたまま生返事をする。

その素っ気ない態度は、まるで出会った頃のようで。

「スクールに行くまでの間も、ここには来ない方がいい？」

さっそく距離を取ろうとしているように見えて確認する。努めて、明るい声音で。

「……そうだな、そうすべきだ」

やや躊躇《ためら》いの滲《にじ》む返答に、アンナはひどく落胆しながらも笑みを浮かべて頷いた。

「わかったわ。義兄様《にいさま》が望むなら。でも、何かあれば使用人に言付けてね。勉強中でも喜んで抜け出して行くから」

「それは単にサボりたいだけだろ」

突っ込みを入れたロイが、ようやく顔を上げて小さく笑う。

その微笑に、変わらず傍にいたいという未練が込み上げた。

（ああ、ダメだな、私。ロイ様に幸せになってほしくて一緒にいたはずなのに……）

いつしか自分のためになってしまっていた。

だが、ロイはこの方法を選んだ。

アンナの幸せを奪わないよう、アンナと距離を取るという方法を。それに対して、今のアンナは胸を張って「心配しなくても大丈夫」だと言えない。ならば、傍にいても問題ないと思ってもらうためにも、第二目標をクリアするしかないだろう。

人を不幸に陥《おとしい》れる忌み子など迷信だと証明し、ロイを悩みから解放してあげるのだ。

そうすれば、アンナは今まで通り……いや、今よりも気兼ねなくロイと会えるようになる。

さらには、ロイの世界は広がり、生涯を共にする大切な人も見つかるだろう。

その相手は、ヒロインか、それとも別の女性か。

ロイの隣に寄り添う誰かを想像し、つきりと胸が痛む。

その痛みをどうにかしたくて、またティーカップを手にしたが、すっかり冷めてしまった紅茶では紛《まぎ》らわすことはできず……

「雨が強くなる前に戻るね」

暗い雰囲気にならないよう、アンナは笑みを浮かべて言う。

背後の窓を振り返ったロイはちらりと景色を確認すると、アンナに向かうことなく手元の本に目を落とす。

「その方がよさそうだな」

「うん。じゃあ……またね、義兄様《にいさま》」

「……ああ」

また明日とは言えずに離れを出たアンナは、雨粒に打たれながら自嘲した。

「メリバ思考上等って、思ってたはずなのになぁ」

じわりと、瞳に涙が滲《にじ》む。家族愛だと誤魔化すのもそろそろ限界だった。

ロイの言う通り、会わないという手段はアンナにとっても最良なのかもしれない。

（寂しいけど、我儘《わがまま》を言ってロイ様を困らせたくない。私は、私のすべきことに集中しよう）

雨に濡れる庭園を歩きながら痛みを逃すように落とした小さな溜め息は、本格的に降り始めた雨音に隠された。

ロイと会わなくなってから一ヶ月後。夏の盛《さか》りも過ぎた、ある日の昼下がり。

アンナは、青々とした離れの庭に立って水やりを手伝っていた。

ホースから降り注ぐ水を受け、植物たちが喜ぶように揺れる。

同時に、ロイとひと月ぶりに会えたアンナの心も小躍りしていた。

「もう支度は済んだのか？」

落ち着いたテノールに問われ、背後で片膝をつきながら土をいじるロイをそっと振り返る。

「ええ、荷物は全部整ってる。あとは心置きなく義兄様《にいさま》と過ごすだけ」

明朝、いよいよ王都へ出立するアンナは、今日だけはロイと一緒に過ごしたいと願い、ここを訪れた。前日なので家庭教師のレッスンもない。母や妹とは午前中たっぷりと過ごしたので、午後の時間はロイのために使いたかった。

ただし、タイムリミットはグレインが本邸に戻る夕刻まで。

そこから翌日の出発までは、グレインがいるのでロイとは会えないのだ。

会えば別れがたくなるし、ロイが離れることを望んでいるのは重々承知だが、せめて出立前に少しでも共に過ごしたかった。

もちろん、嫌がられたら引き下がるつもりだったが、ロイは承諾し招き入れてくれた。

「義兄様《にいさま》、今日は会ってくれてありがとう」

「ああ」

短く素っ気ない返事がロイらしく、なんだか懐かしい感じさえしてアンナは苦笑した。

一年の中のたったひと月だが、それまでほぼ毎日ロイと会っていたアンナにとっては、されどひと月。

散水機のポンプを踏むのも久しぶりの感覚だ。

「ホリデーには帰ってくるのか？」

「うん、その予定。その時も会ってくれる？」

「アンナがラッキー体質のままだったらな」

種を手にしたロイがからかうように言う。

「この体質は一生ものよ。なんなら前世から受け継いでるもの」

負けじとアンナも冗談めかして言うと、ロイは手を止めて振り向いた。

「前世……？」

「そう、前世。なんと私は、義兄様《にいさま》に会うためにこの世界にやってきたのです」

事実ではあるが信じないだろうとジョークとして伝えたのだが、ロイは怪訝《けげん》そうな目でアンナを見つめる。その冷たい視線に耐えられず、アンナは頬を引きつらせて笑った。

「な、なんてね。とにかく、私は変わらないから安心して会ってね」

そうしてアンナは誤魔化すように話題を変え、会えなかったひと月の間のことをロイに聞かせた。

母のこと、アイシャのこと、料理がうまく作れるようになったことなど、思いつくままに。

「相変わらずだな、アンナは」

短く相槌《あいづち》を打ちながら聞いていたロイが、堪《こら》えきれないといった様子で小さく笑った。

「何が？」

「よく喋《しゃべ》る」

指摘され、アンナは顔を羞恥《しゅうち》に染めた。

（クールキャラのロイ様に比べたら、確かに私ばかり話してるかもだけど！）

だが、会えたのが嬉しくて、今日は普段よりも饒舌《じょうぜつ》なのは否めない。

「うぅっ、うるさかった？」

「いや……少し懐かしく感じただけだ。前は静かなのが当たり前だったのにな」

「義兄様《にいさま》……」

（私が来なくなって、寂しいと感じてくれてたの？）

だとしたら自分も同じだと伝えたいが、言葉にすれば想いが溢《あふ》れて止まらなくなりそうで口を開けない。

以前のように「好き」と言い辛く、スコップで土をならすロイの背中を見つめていた時だ。

「ああ、アンナお嬢様！　お声がしたので、もしやと覗《のぞ》いてみてよかった」

使用人の若い青年が笑顔でアンナに駆け寄るも、片膝をつくロイを見つけて表情を硬くした。

「ロイ様、初めまして。僕はカミールと申します。先月から住み込みで働かせてもらっています」

コンパスのように深々と腰を折るカミールは、アンナよりふたつ年上の、アイシャ付きの使用人だ。

ロイは声を出さず、頷いて挨拶《あいさつ》に応《こた》える。

「カミール、どうしたの？」

「こちら、お忘れ物です」

そう言ってカミールが軽く持ち上げたのは、花束が添えられたバスケットだ。

「母様が義兄様《にいさま》にって、張り切って作ってくれたお菓子！」

ロイの好物ばかりが詰められているバスケットを受け取り、アンナは笑みを咲かせた。

「ありがとう、カミール！　この花も母様が？」

「い、いいえ。それは僕がご用意を……。アンナお嬢様に似合いそうだなと思って、庭師のニコラスからわけてもらいました」

頬をほんのりと赤くしたカミールがはにかんで言う。

「気を使ってくれてありがとう。ニコラスにもお礼を言わなくちゃ」

花瓶に生けて、お菓子を食べながら眺めようかと考えるアンナの背後を、もじもじしていたカミールがちらりと見た直後。

「ひ……」

カミールは顔を青ざめさせ、後ずさった。

「で、では僕は、これで。失礼しました！」

カミールは慌てた様子で一礼し、逃げるように庭から出て行く。

「……？　なにごと？」

振り返るも、そこには黙々と種を植えているロイがいるだけだ。

もしかして、忌み子の話を思い出して急に怖くなったのか。長く勤めている使用人たちは、アンナが来てから月日が経っているのでロイを恐れなくなってきたが、新人にはまだ難しいのだろう。

アンナがいない間に、少しでも慣れてくれるといいのだが。

(慣れるうんぬんも、忌み子が迷信だという証拠があれば一発解決よね)

ロイと離れるのは憂鬱《ゆううつ》だが、王都で何か見つかるかもと思うと心は逸《はや》る。

アンナは踵《きびす》を返し、手にしたバスケットをロイに見せた。

「義兄様《にいさま》に早く会いたくて、お菓子のことすっかり頭から抜けちゃってたわ」

「落ち着きのなさも相変わらずだな」

「変わってなくて安心するでしょ？」

先ほど、喋《しゃべ》りを懐かしいと受け入れてくれたので明るく言って笑う。

しかしロイは頬を緩《ゆる》めることなく、無表情で立ち上がった。

「ちょうど一段落したし、休憩にしよう」

「賛成！　私、お茶の準備するね」

「先に手を洗えよ」

「わかってる！　もう子供じゃないんだから」

ふふっと笑ってアンナは先に邸内に足を踏み入れる。

「そうだな……だから困ってるんだ」

「え？　なあに？」

ぼそりと零された声が聞き取れず足を止めるも、ロイはゆるゆると頭を横に振って「なんでもない」とアンナから視線を逸らした。

白いダイニングテーブルには、ティーセットの他に、蓋《ふた》の開いた小麦色のバスケットと、クラリッサ特製のお菓子が載った皿が並んでいる。

カミールからもらった花はロイが不機嫌そうに「部屋に合わない」と言ったので、本邸に持ち帰ってから飾ることにした。

ひと月振りとなるロイとのティータイム。

テーブルを挟んで向かい合い、母お手製のクッキーをしゃくりと齧《かじ》る。しばらくすると、ずっと黙っていたロイが、どこか難しい顔で切り出した。

「……アンナは、あの使用人とは仲がいいのか？」

「カミール？　普通だと思うけど……」

特に親しくしてはない。ただ、気さくな性格なので話しやすいとは思うが。

「そうか」

ロイが短く頷いた直後、アンナは閃《ひらめ》いた。

「そうだ！　カミール宛てに手紙を書いて、義兄様《にいさま》に届けてもらうのはどう？」

このひと月、ロイに手紙を送るいい方法はないかと頭を悩ませていた。

母宛てにとも考えたが、その場合、グレインが開けないとも限らない。

だが、カミールなら問題ないだろう。名案だ、と思ったのだが。

「それなら別の使用人でもいいだろ。それとも、あいつがいい理由でもあるのか？」

アンナを見つめるロイのオッドアイが仄暗《ほのぐら》さを纏《まと》い、鈍い光を放つ。

いつもはルビーのように美しい赤瞳がくすんでいるのに気づき、アンナはハッとした。

(これってもしかして、バッドエンドのヤンデレロイ様の兆《きざ》し!?)

好感度が足りないとバッドエンドを迎えるのは乙女ゲームでよくある仕様だが、ロイの場合、ゲームヒロインに執着しヤンデレ化する。

『君には俺だけでいい。ずっと俺の傍で、俺だけを見て生きてくれ』

調合した薬を使ってゲームヒロインの意識を混濁《こんだく》させ続け、妖しく微笑みながら愛していると囁《ささや》いて口づける。

そして『ああ、幸せだ』とゲームヒロインを抱き締め、不幸に堕ちていくのだ。

その兆《きざ》しとして、バッドエンド確定判定となると、最終章の始めにロイの立ち絵から瞳のハイライトが消えるシーンがあるのだが、今のロイの表情は、その時のものによく似ている。

だが、なぜ今ヤンデレスイッチが入ったのか。

(執着の対象が私になってるの？　それで、私がカミールを特別に想ってるんじゃないかって不安になった？)

結婚に困らないよう距離を取り、スクールに入るよう促《うなが》したのはロイだ。けれど、会わなかったひと月の間に、やはりアンナが離れていくのは寂しいと思ってくれたのかもしれない。

だとすれば、好きと伝え辛いなどと、自分の都合を考えている場合ではない。

ここは早急に対処せねば。

アンナはクッキーで水分の奪われた口内を紅茶で潤《うるお》し、ロイを真っ直ぐに見つめる。

「に、義兄様《にいさま》、私ね」

どくどくと心臓が早鐘を打つ。

伝えたくても伝えられなくなってしまった『好き』の言葉。口にしたら恋の色を纏《まと》い、特別な意味を持って甘やかに聞こえてしまいそうで怖い。

けれど、不安にさせたまま発つことはできないから。

「私、義兄様《にいさま》が大好きよ」

意を決して告げた刹那《せつな》、身体中の体温が一気に顔に集まったかと思うほど熱くなる。そして、久しぶりに向けられるアンナの好意に当惑しているのか、伝染したかのようにロイの顔も赤く染まった。

照れを隠すように、ロイは右手で口元を覆う。

「なんだいきなり」

「その……本格的に会えなくなる前に、ちゃんと義兄様《にいさま》に伝えておきたくて。誰と一緒にいても、私の一番は義兄様《にいさま》だけだって」

恥じらいにアンナの瞳が自然と潤《うる》む。

ついに視線を合わせていられなくなり、ティーカップを両手で包んで俯《うつむ》いた。

ロイは何も話さない。やはり恋心が滲《にじ》み出てしまったか。

兄妹らしくない。気持ち悪いと思われたかもしれない。

ロイの反応が怖くて顔を上げられずにいると、深く長い溜め息が聞こえた。

嫌悪感《けんおかん》を持たせてしまった。冷水を浴びたように、火照《ほて》っていた身体から一気に熱が引く。

（あ、謝らないと……！）

義兄様《にいさま》に好きだと言うのが久しぶりだったから恥ずかしいと、そうフォローしなければ。

アンナはおずおずと顔を上げて——ロイの様子にあれ？　と瞬《またた》く。

てっきり形のよい眉を歪めているのかと思いきや、ロイの表情は先ほどと大して変わっていない。

違うのは、視線がアンナに向いていないくらいだろう。

「……君は、ひどいな。俺がどんな思いでどれだけ我慢しているのかわかってない」

耳までほんのりと染めたロイが切なげに吐いた言葉に、アンナの熱が再び急上昇する。

（ま、待って。この雰囲気はおかしい）

自分の発言が、家族愛としてギリギリなのはわかる。

恥じらいながら伝えてしまったせいで、ブラコンという枠から外れてしまった可能性は否めない。

だが今、なぜロイまで自分と同じような言動を取っているのか。

これではまるで。

（恋人みたいじゃない……!?）

シスコンも度が過ぎると、こうも危うく見えるものなのか。

（そう、そうよ。シスコンなだけ）

孤独だったロイにとって、アンナは心を許せる大切な義妹《いもうと》。それだけだ。

勘違いして雰囲気に呑まれてはいけない。おかしなことを口走らないように気を付けなければ。

「え、えっと……そうだっ、ねえ義兄様《にいさま》、髪の毛切らない？」

「は……？　髪……？」

強引に話題を切り替えてみたが、当然ロイは不思議そうに目を丸くしている。

「そう、髪。実は私、髪を切るのが得意なの」

「それは……初耳だな」

「前に義兄様《にいさま》、自分で切り辛いって言ってたでしょう？　だからこっそり練習してたの」

前世、ロイに貢《みつ》いでいた——もとい、乙女ゲームや関連グッズを買い漁《あさ》っていたアンナは、節約のため美容院へは行かず、動画などを参考にセルフカットしていた。

元々手先は器用な方ではあったが、回を重ねるごとに上達。オタク仲間らに『どこの美容室でカットしたの？』と問われるくらいの腕前に成長し、彼女たちの髪をカットすることもあった。

なので、転生後も自分で切ろうとしたのだが、鋏《はさみ》を手に鏡と向かいあったところで母が悲鳴を上げたので止め、当面セルフカットは封印していた。

しかし、そろそろ自分でできてもおかしくない年齢になった一年ほど前、アンナは久しぶりに鋏《はさみ》を手にした。以来、人形や自分で練習を続けてきたのだ。

ロイの髪を切ってあげたい。その一心で。

「私のこの髪も自分でカットして整えてるの。最近はアイシャの髪も切ってるわ」

腰のあたりまで伸びた自分の髪をひと房手にしてアピールする。

ロイは「凄いな」と感心し、アンナの髪を見つめた。

「俺が言ったから……そうか……」

独《ひと》り言《ご》ちると、思わずといった様子で緩《ゆる》んだ口元を再び片手で覆う。

「じゃあ、頼む」

「任せて！」

役に立てることがまたひとつ増え、アンナの胸に嬉しさが込み上げる。

別れの日を、妙な雰囲気のまま終わらせずに済みそうだ。

アンナは安堵し、心を弾ませながらカットの準備に取り掛かった。


——思えば、ロイの髪に触れたのは初めてかもしれない。

艶《つや》やかな黒髪は柔らかく、指通りは滑らか。

触り心地のよさにそっと撫でると、椅子に腰掛けたロイがふいに振り返った。

上目遣いにアンナを見つめる双眸《そうぼう》が甘やかに細まる。

伸びてくる腕がアンナの後頭部に添えられ、ゆっくりと引き寄せられた。

ぐんと互いの距離が近づき、端整な顔が間近に迫る。

義兄様《にいさま》、と口にしかけた唇は、言葉を紡《つむ》げないままに形のよいロイの唇に塞《ふさ》がれた。

優しく、羽のように軽やかに。触れては離れ、また触れ合う。

唇を掠《かす》めた吐息が少しくすぐったい。

アンナ、とロイが囁《ささや》いた気がして、閉じていた瞼《まぶた》を開こうとしたが……

(あれ……?)

開かない。おかしいと思い、義兄様《にいさま》と声を出そうとするがそれもできない。

その間にも、ロイの唇はアンナのそれを啄《ついば》んでいる。

指の腹が首筋を撫で上げ、ゆっくりと頬を滑った。

一体何がどうなっているのか、混乱し、必死に目を開けようとして——


「……はっ!」

アンナは、ようやく見開いた目で天井を凝視した。

「……ん?　天井?」

椅子に腰掛けたロイの髪をカットしていたはずでは。

戸惑い、視線をさ迷わせていると、隣のソファで長い足を組むロイを見つけた。

髪がこざっぱりとしている彼の手には、分厚い医学関係の本が載っている。

その光景に、アンナはようやく思い出した。ヘアカット後、ロイの淹《い》れてくれたリラックス効果のあるハーブティーを飲んで転寝《うたたね》し、夢を見ていたのだと。

(あはは……そりゃそうよね。ロイ様とキスするなんて夢に決まってる)

兄妹で口づけるなんて、とんでもない夢を見てしまった。恋焦《こ》がれるあまり、願望が夢に表れたのかもしれない。夢だというのに感触が唇に残っている気がするのも恐らくそのせいだ。

本に視線を落とすロイの唇につい目がいき、指でそっと自分の唇に触れる。

ロイの唇が、本当に重なったら――

(ううん、そんなことがあっちゃダメ)

自分たちは兄妹なのだから。

邪《よこしま》な考えを振り払い、アンナがむくりと起き上がると、ロイは「起きたのか」と本を閉じた。

「そろそろ時間だろ」

「……うん」

寝乱れた髪を手で撫でつけ、アンナはソファに座り直す。

「じゃあ……行くね」

「ああ」

アンナが立ち上がると、ロイも腰を上げた。とうとう別れの時が来てしまった。

なんと声をかけるべきか考えあぐね、玄関ホールまで見送ってくれる義兄を振り返ろうとした時だ。

背後から伸びてきたロイの腕にすっぽりと包まれ、閉じ込められた。

突如抱き締められたせいで、アンナの鼓動は否応なしに速まる。

「に、い……さま?」

戸惑い呼びかけるも、ロイは無言のまま背を丸め、アンナの肩口に顔を埋《うず》めた。

唇から漏れる呼気が、アンナの首筋にかかってこそばゆい。

間近で感じるロイの香りに眩暈《めまい》を起こしそうだ。

(ど、どうしちゃったの……?)

過去、兄妹としてハグし合ったことは何度かあるが、こんな風に後ろから抱き締められるのは初めてだ。別れを前にして離れがたくなり、寂しさが爆発したのか。だとしたら安心させる言葉をかけなければ。

胸を高鳴らせつつ必死に思考を巡らせていると、首筋に唇が優しく押し付けられ、離れた。

――今のは、一体。

思考が停止し、身体も硬直したままアンナは瞬《まばた》きだけを繰り返す。

(え……?　キス、された?　首に?)

もしかして自分はまだ夢の世界にいるのではないか。

疑い、咄嗟《とっさ》に思い浮かんだ古典的な方法、『頬をつねる』で確かめる。

「いっ、たい!」

けれど目は覚めない。つまりこれは現実だ。

しかし、いくらなんでも兄妹で首筋にキスはありえない。ということは、偶然当たっただけでは。

それを口づけられたと勘違いしてしまうのは、完全にさっき見た夢のせいだろう。

ひとりそわそわしていると、ロイが「ふ」と吐息で笑い、アンナを解放した。

「あ、の、義兄様《にいさま》……」

振り向き見上げれば、うっそりと微笑んだロイの手がアンナの頭を撫で、頬に滑り落ちる。

「赤くなってる」

つねったせいで赤らんでしまった箇所を、ロイの指が優しく摩《さす》った。

双眸《そうぼう》をとろりと細めながら、愛しむように、何度も。

（な、んで……そんな目で……？）

先ほど消したはずの危うい雰囲気が、なぜかそれよりももっと甘くなったことに耐えられなくなったアンナは俯《うつむ》いた。

「大丈夫か？」

頬の心配をされ、アンナは足元を見つめたまま「大丈夫」と返してふと思いつく。

（大丈夫……そうか。もしかしたらロイ様は大丈夫じゃないのかも。さっき我慢してるって話してたし、やっぱり無理をしてるんだわ）

別れを惜しむあまり、義妹《いもうと》への愛心が過剰に出てしまっているのだろう。なにせロイは母カトリーヌを喪《うしな》って以降、この離れにいて誰かに愛情を伝えることも伝えられることもなかった。

故《ゆえ》に、加減がわからないのかもしれない。

そう思うと一気に切なさが込み上げてきて、今度はアンナから抱き着いた。

「私、義兄様《にいさま》のために頑張ってくるから」

必ず王都で手がかりを見つけてみせる。胸の内で強く誓うアンナの背に、ロイの腕がそっと回る。

「俺も、アンナのために頑張るよ」

てっきりアンナ自身のために頑張れと窘《たしな》められるかと思ったが、ロイはそう囁《ささや》いて優しく抱き締め返してくれた。

ロイの腕の中でアンナは切に祈る。

どうか、臆病で優しいこの愛しい人が、自分のいない間、再び孤独に苦しむことがありませんようにーー

第三章　ふたり、禁忌を犯して

社交界の盛期である春になると、あちこちでパーティーが開かれ、王侯貴族は忙しい毎日を送る。

クレスウェル邸はここ数年、主《あるじ》のグレインとその妻クラリッサのみが忙しくしていたが、今年は違った。

なぜなら、王都のフィニッシング・スクールを無事に卒業したアンナが帰ってきたからだ。

「アン、とっても素敵よ」

「お姉さま、きれい！」

「ありがとう、母様、アイシャ」

今夜のために誂《あつら》えたチュールレースの白いドレスを纏《まと》うアンナは、わざとらしく優雅にターンして七歳になった妹を笑わせた。

肩を飾る大きな花の飾りが揺れて、金糸の刺繍《ししゅう》に寄り添うダイヤモンドがシャンデリアの光を受けて輝く。

編み込んでアップにまとめた髪に載るティアラは、デビュタントのアンナをより華やかに見せた。

今夜はいよいよアンナの社交界デビューの日。

（すなわち、『君果て』がついにスタートするということ）

ターリン王国の社交シーズンは四月から始まり、七月に終わる。

期間中、国王は国内各地に所有する六つの城のうちのひとつに移り住むのだが、ひとつの場所に偏《かたよ》らないよう順番に回る。その理由は各領の経済を助けるためだ。

社交地となれば、訪れた貴族たちが財をばらまく。そうして領地が潤《うるお》えば王国も潤《うるお》い、王族はその力を以《もっ》て他国と渡り合うことができるのだ。これに関しては忌み子の噂があろうとも関係なく、今年は順番通りにクレスウェル領が社交地となった。

国王は現在、クレスウェル領の北部にそびえ立つオルダム城に滞在している。

そしてアンナのデビューの場となるのが、オルダム城で開催される国王主催の舞踏会だった。

(シナリオ通りなら、今夜の舞踏会でヒロインはシルヴァンと会うはず)

『君果て』攻略キャラのひとり、騎士シルヴァン。

シルヴァンは普段、宰相の護衛騎士として動いているが、本来の仕事は暗殺だ。

主《あるじ》である宰相の命令に忠実に従い、闇夜に隠れ対象者を確実に亡き者にする。

今夜の舞踏会でも、会場にて宰相の警護に当たっていた。

(とはいえ、私は完全にモブだし、絡むこともないだろうけど)

ゲームではロイの義妹《いもうと》が参加している描写などなかった。

それでも、ロイ以外のキャラに会えるのは嬉しい……のだが。

(それよりも今はロイ様に会いたい)

窓の外、暮れ行く橙色《だいだいいろ》の空を見つめて溜め息を吐くと、母がアンナの髪形を直す振りをして耳打ちする。

「ロイさんにはまだ会えていないの？」

眉尻を下げたアンナはこくりと頷いた。

アンナがスクールから戻ったのは先週だ。

本当は馬車を降りてすぐロイのもとに駆け付けたかったのだが、グレインが社交シーズン前の仕事量に忙殺され体調を崩し、ずっと家にいた。

そのため、会えないまま今日まで来てしまった。

卒業前のホリデーで帰っている間も、ただいまといってきますの挨拶《あいさつ》時に会ってはいる。

だが、あれからもう三ヶ月。いい加減、使用人に頼み手紙でやり取りしているだけでは足りない。

（それに、ロイ様も寂しがってる）

二年前、アンナの邪魔にならないように会うことを控えたいと言い、スクールに入るように促《うなが》したのはロイだ。

だから当然、長期休暇で帰ってもあまり相手にしてもらえないと思っていたのだが、ロイは挨拶《あいさつ》に赴《おもむ》いたアンナを抱き締めて出迎えた。

『会いたかった』

そう耳元で囁《ささや》く様《さま》は、王都へ発つ前に見せた甘いロイで。

距離を取ろうとしていたのが嘘のように、時間が許すギリギリまで一緒にいたがるのだ。

おそらく、積もり積もった寂しさの反動によってなのだろう。

昨日受け取った手紙にも『早く会いたい』と短く綴《つづ》られていた。

（というか、ロイ様が甘々モードなせいか、会うと必ず変な夢を見ちゃうのよね）

思い出し、火照《ほて》りそうになる頬を両手で押さえると、うーんと考えに耽《ふけ》っていた母がパッと表情を明るくした。

「アン、今夜なら大丈夫かもしれないわ」

「今夜？　でも舞踏会が終わったら父様も一緒に帰るでしょう？」

同じ馬車に乗り、同じ時間に帰宅するのなら会えないのでは。

首を捻《ひね》ると、母がふふっと悪戯《いたずら》っ子のような笑みを浮かべる。

「陛下主催のパーティーの後は、グレインはいつも陛下の開くクラブに出席するのよ」

クラブとは、領地経営のために、政治を始め、様々な最新情報の交換を主な目的とする紳士たちの集まりだ。

国王陛下主催となれば、体調が戻ってきているグレインも出席するだろう。

「大体夜中までタバコとお酒を楽しんで、遅い時は帰りが朝方になることもあるわ」

「ということは……」

「舞踏会から早めに帰ってくれれば、短くても一時間くらいは会えるんじゃないかしら」

母の言葉を聞いて、先ほどまでどんよりと重かったアンナの心が一気に晴れていく。

「行ってもいい？」

「ええ、もちろん。行ってあげて」

母曰《いわ》く、この二年の間、何度かアイシャを連れて離れを訪ねたが、ロイはお菓子を受け取ると礼を言ってすぐに引っ込んでしまうらしい。

きっと、アンナがいないと不幸にするのではという不安から、他の人との接触を避けていたのだろう。

「ありがとう母様！」

舞踏会に行くのが億劫《おっくう》だったが、終わってからロイに会えるなら今すぐにでも出発したくなる。

アンナは急ぎロイへ手紙をしたため、渡してもらうよう使用人に頼んだ。

やがて時刻が迫ると、急《せ》かすようにグレインを馬車に引き入れたアンナ。

何年経ってもブラコン全開な娘の姿を、先に馬車に乗っていた母がクスクスと笑い見守っていた。


艶《つや》やかな大理石の床の上を歩くアンナは、初めて見る煌《きら》びやかな空間に感嘆の息を吐いた。

ゲーム背景で何度か見たオルダム城の大広間は、実際に立つと想像以上に広く豪奢《ごうしゃ》で、各々に着飾った大勢の貴族たちで埋め尽くされている。

「陛下主催の舞踏会ってすごいのね」

ぽつりと呟《つぶや》くアンナに、妻と娘を両腕にエスコートするグレインが微笑する。

「収穫祭にレトナーク城で行われる仮面舞踏会はもっとすごいぞ。大広間もここの二倍はある」

王都の城下町を見下ろす荘厳な王の居城、レトナーク城。

在学中に何度か遠目に見たが、離宮や大聖堂、騎士団の館など、数多くの建物や塔を有した城で、広大な敷地にはいくつもの庭があるという。

ゲームでは攻略キャラによっては舞台が王都に移るのだが、外観と謁見の間しか見ることができなかった。

大広間で催《もよお》される仮面舞踏会はどんなものか。

グレインの腕に手を添えながら想像し、天井で輝く巨大なシャンデリアを見上げていると、ひそひそと耳打ちするような声が聞こえてきた。

「クレスウェル公爵閣下が連れているのはご息女？」

「確か、再婚相手の娘だったか」

「今年デビューと聞いていたが、なかなかどうして……」

「例のご子息と兄妹になるなんて災難ね」

最後に聞こえてきた女性の言葉に、アンナは思わず眉根を寄せる。

自分が値踏みされるのはかまわないが、ロイを悪く言うのは許せない。

(災難？　いえいえ最高ですけど)

……と、声を大にして言いたいところだが、グレインがいるのでぐっと堪《こら》えた。

それに今の囁《ささや》き声は一緒にいる両親の耳にも入ったはず。

けれどふたりとも反応せずに流しているのだから、アンナが下手に事を荒立てるべきではないだろう。

(でも、直接言われたら「まったく気にしてません」って笑顔で言い返してやるけど)

チャンスが訪れたら、ここぞとばかりに忌み子なんて迷信だとアピールしてやりたい。

密かに鼻息を荒くしながら両親と共に挨拶《あいさつ》回りに勤《いそ》しんでいると、よく知る人物が人波を縫ってやってきた。

「やっぱりアンナだった」

「シャロン！」

グレインから手を離したアンナは、友人であるシャロンと親愛のハグを交わす。

ホワイトベージュの長い髪をサイドで編み込んだシャロンは、綺麗な青い瞳にアンナを映して微笑した。

「珍しい色のオーラを見つけたから、絶対アンナだと思ったの」

「ふふ、さすがシャロン」

「アンナ、友人かい？」

「ええ、父様。彼女がシャロン・バートンよ」

紹介されたシャロンは、美しい所作でラベンダーカラーのドレスを摘まみ、軽く膝を折る。

「初めまして、クレスウェル公爵閣下、公爵夫人」

「ああ、寄宿舎でアンナとルームメイトだった……確か、学者として名高いレイル・バートン伯爵のご息女だとか」

「会えて嬉しいわ。これからもアンと仲良くしてね」

「こちらこそ」

クラリッサの言葉に、シャロンがしとやかに笑む。

「父様、シャロンと少しお話ししてきてもいい？」

「もちろんだ」

「ありがとう！　シャロン、何か飲まない？」

「ぜひ。バタバタと家を出たから喉がカラカラだったの」

グレインの許しを得たアンナは近くにいた給仕から飲み物をもらうと、シャロンと共に壁際に移動した。

「シャロンのご家族は？」

「話の長い学者仲間に捕まってる。興味のない話だったたから退屈で仕方なかったんだけど、暇つぶしに辺りを観察してたらアンナっぽいオーラが視えて」

「なるほど。友達がいるからって逃げてきたのね？」

「ふふふ、正解」

笑みを交わし合い、同じタイミングでグラスに口をつける。

寄宿舎で同室だったシャロンはアンナと同じ歳で、所謂《いわゆる》『人に見えないものが視える』らしい。

初めての会話が挨拶《あいさつ》ではなく、

『あなた、不思議なオーラね。面白い』

……と、興味深げに観察されたのはいい思い出だ。

そしてさらには自己紹介後、『もしかして、ロイ・クレスウェル卿の妹？』と問われ、気まずい空気になる予想をしながら頷いたのだが、シャロンは瞳を輝かせて言ったのだ。

『いつか機会があれば、お義兄様《にいさま》のオーラを視せてくれない？』と。

その時にシャロンはオーラが視える体質であることを語り、人には視えない世界について調べるのが趣味だとも教えてくれた。

スクール内では『不思議ちゃん』として有名で距離を置く者もいたが、噂に振り回されず、人を地位や見かけで判断しないシャロンを好きになるのに時間はかからなかった。

シャロンと共に思い出深い充実した日々を過ごし、今では親友と言えるほど信頼している。

「愛しのお義兄様《にいさま》にはもう会ったの？」

「父様がいてまだ会えてなくて。でも、母様が協力してくれて、舞踏会の後に会えるかもしれないの」

喜びを抑えきれずににやつくと、シャロンが肩を小さく揺らして笑う。

「まるで恋人みたいね」

「や、やだなぁ。兄妹よ」

「年頃の兄妹は、ふたりで仲良く過ごしたりしないものでしょう？」

シャロンの言うそれは、貴族の常識だ。

男女の仲ではないかと疑われ、噂でも立とうものなら大問題になる。それはアンナも重々承知だが、あまり気にしないようにしていた。気にしていたら、ロイをメリバエンドから救えない。

「ご家族は何も言わないの？」

「そうね、今のところ特には」

グレインはさておき、母や使用人たちは、アンナがロイを救おうとしているのを感じてくれているようで注意されたことはない。

この十年、クレスウェルには不幸が訪れていないため、アンナのおかげだと思っている者も少なくないようだ。皆、信用し頼りにしてくれているのだろう。

自分は、ロイへの恋情を持っているが故《ゆえ》のことなので心苦しくあるが。

まして〝あんな〟夢まで見ているなんて知られたら、その信用も失いそうだ。

「寛大なのね。ところで、あれから手がかりは見つかった？」

手がかりというのは、王都行きの決め手となった忌み子の調査についてのものだ。

在学中、アンナは週末を利用して王立図書館に通いつめた。

伝承、風習、歴史書など、関係のありそうなカテゴリーの本を片っ端から調べたが難航。

やがて一年が経ち、お手上げかもと意気消沈していたアンナを気にして、シャロンが声をかけてくれた。『私では役に立てない悩み？』と。

『知りたい情報が見つからないの。探し方が悪いのか、そもそも存在しないのか……』

『それって、あなたのお義兄様《にいさま》に関係してる？』

どうしてわかるのと驚いて問えば、シャロンは笑った。

『毎週、あなたが借りてくる本でなんとなくわかるわ』

そう肩を揺らして言い、続けた。

『よかったら私にも手伝わせてくれない？　忌み子について興味があるの』

ひとりでは限界を感じていたアンナは喜び、深く感謝し、その日からシャロンと共に手がかりを探し始めた。

範囲を広げ、書店や新聞社なども聞き込みに回ったが、すぐに有力な情報は得られない。

しかし、二年目も半分を過ぎた頃。

『お父様から鍵を拝借しちゃいましょ』

このシャロンの提案により事態は進展した。

学者であるシャロンの父は、王立図書館の管理を任されているひとりであり、一年の間に自領と王都を行ったり来たりしている。ちょうどその頃は王都に滞在していたので、シャロンは大胆にも『閲覧禁止エリア』の鍵をこっそりキーリングから抜き取ったのだ。

だがおかげで、埃《ほこり》を被った暗い書庫の奥、王国関連の歴史書が並ぶ棚に、忌み子に関して書かれた文献を見つけることができた。

記述によると、百年ほど前、片目の赤い青年が、ある日突然村の人々を手にかけるという事件があったそうだ。その事件以降、『赤い瞳を持つ者は、血を好む悪魔の証《あかし》。傍にいれば不幸になる』と言われるようになったらしい。

なんという名の村か。なぜ手にかけたのか。詳細を知りたかったが、肝心な部分がすべて黒く塗りつぶされていて読み解けなかった。

知られたくない何かがあると結論付けたふたりは、ひとまず村の名を調べることにしたのだが、結局見つけられないまま卒業を迎えてしまったのだ。

その後、各々で引き続き探すことにしたものの、アンナはゆるりと首を横に振る。

「舞踏会の準備で忙しくて、全然調べられなくて」

「私も同じく。父の書斎もまだ物色できてないわ」

シャロンもデビュタントの準備に追われていたようだ。

「でも来月、お父様がまたお仕事で王都に行くの。私もついていく予定だから、またあちこち回って調べてみる」

「頼ってしまってごめんね」

本来なら自分も王都に行って共に探すべきだが、アンナに良縁をと意気込んでいるグレインの様子からして、社交シーズン中は厳しいだろう。

「これは私の欲求を満たすためでもあるのよ？　忘れちゃった？」

シャロンが忌み子について知りたがっているのは承知しているが、それでも申し訳なさは消えない。とはいえ、ウジウジと後ろ向きな気持ちでいるのはシャロンに悪い。

どうしたって時間は進む。進むしかないなら前向きに、だ。

「ありがとう、大好きよシャロン」

「私もよ」

友情を胸に微笑み合っていると、国王陛下が大広間に姿を現した。

グレインよりも幾分《いくぶん》年上の国王は傍《かたわ》らに王妃を伴い、威厳溢《あふ》れる佇《たたず》まいで社交シーズンの開幕を宣言する。

楽団による軽快な曲が大広間に響き渡れば、いよいよ本格的な舞踏会のスタートだ。

中央のスペースでペアになった男女が手を重ねて踊り始める。

「私たちも一度は踊らないといけないのよね」

「そうね。面倒だけど父のところへ戻るわ。またねアンナ」

「ええ、またね」

そう言ってシャロンと別れ、両親を捜そうと歩き出す。その瞬間、誰かと肩をぶつけてしまった。

「ごめんなさい！」

きちんと周りを見ていなかった。アンナは慌てて相手に頭を下げる。

「いえ、こちらこそ」

（ん……？　この、そこはかとなく色っぽい声はまさか……）

アンナは姿勢を正し、目の前に立つすらりとした長身の男を見上げ、名を紡《つむ》ぎかけた口を慌てて両手で覆った。

（シルヴァン！　シルヴァンだわ！）

参加しているとわかっていたし、会えるかもとも思っていたが、実際に目の前にすると芸能人と遭遇したかのように興奮する。

ついじっとシルヴァンを見つめていると、彼はたれ目がちな双眸《そうぼう》を僅《わず》かに見開いた。

「あなたは、クレスウェル公の……」

どうやらシルヴァンはアンナのことを知っているようだ。

まさか自分が認知されていたとは思ってもみなかったため、アンナは狼狽《うろた》えながらも一礼する。

「は、はい！　娘のアンナと申します」

「やはりそうですか。わたしはブライナス宰相閣下の私設騎士団に所属しています、シルヴァン・ウィンスレットです」

存じ上げていますとも、と心中で返事しつつ「初めまして」と挨拶《あいさつ》を交わす。

「あの、私、シルヴァン様とお会いしたことないですよね？」

なぜ知っているのかと首を傾げると、シルヴァンは水底にも似た群青の瞳を優しく細める。

「先ほど、クレスウェル公と並んで歩いていたのを見かけました。断じてストーカーではありませんのでご安心を」

騎士の誓いのごとく胸に手を添えて恭《うやうや》しく微笑むシルヴァンに、アンナは小さく噴き出した。

「そんな風に思っていません」

「ははっ、誤解されなくてよかったです」

このように、紳士的で物腰の柔らかなイメージが強いシルヴァンだが、その正体が冷酷な暗殺者だと知った時は、コントローラーのボタンを押す手が止まるほど驚いた。

さらに、ヒロインの命を狙っていることが発覚した際はショックを受けたものだ。

「シルヴァン！」

同僚の騎士に声をかけられたシルヴァンは頷いて合図する。

「すみません。わたしはそろそろ仕事に戻ります」

「お引き止めして申し訳ありません。お仕事頑張ってください」

「ありがとうございます」

宰相の護衛の任に就くのだろう。シルヴァンは丁寧に一礼し、紳士淑女の人波に紛《まぎ》れて消えた。

姿が見えなくなった途端、アンナは堪《こら》えきれずニマニマしてしまう。

（くぅっ！　まさか話せるなんて！）

自分はモブ。

せいぜい見かけるだけで絡むことなどないと思っていたのに、なんという幸運だろう。

舞踏会の後ロイに会えるだけでなくシルヴァンとも話せたアンナは、今日はいい日だと笑みを浮かべ、機嫌よくヒールを鳴らし両親のもとへ向かった。


夜が更けゆく時刻。

豪華絢爛《ごうかけんらん》な舞踏会をあとにしたアンナは、馬車から降りると軽やかな足取りで庭園を歩く。

母の予想通り、グレインは陛下と酒を嗜《たしな》むらしく城に残った。

シャロン曰《いわ》く、陛下は賭け事が好きで、舞踏会の後は、酒とたばこと賭け事の三点セットを楽しむのが恒例だとか。

グレインは真面目で賭け事はしない性質だが、陛下の誘いとなれば断れないだろう。

（取引先の社長に誘われて、下戸なのに飲みに連れ回されるサラリーマンみたい）

上の者には逆らえないのは、『君果て』の世界も前世の世界も変わらないようだ。ましてグレインの場合は、忌み子による風評被害に負けぬよう立ち回らねばならない。ロイだけでなく父を気苦労から救うためにも、さらなる手がかりを見つけなければ。

(でも、今夜は少しだけ、そのことは忘れてもいいよね)

ようやくロイと会えるのだ。ただ喜びに浸《ひた》りたい。

離れの正面玄関前に立ち、髪を手でさっと整える。

胸を高鳴らせながらノッカーに手を伸ばすと同時に扉が開き、ロイが姿を見せた。

「義兄様《にいさま》!」

感極まって抱き着くと、ロイもまたしっかりとハグを返す。

「アンナ、やっぱり君だった」

「どこからか見えたの?」

「いや、馬車の音が聞こえたから、もしかしたらと思ったんだ」

夜の静寂の中、微《かす》かに馬の蹄《ひづめ》の音が聞こえたのだろう。アンナの帰宅を心待ちにし、耳をそばだてていたのかもしれない。そんな想像をして、ますます愛しさが込み上げる。

「おかえり」

「ただいま。来るのが遅くなってごめんなさい」

「父さんがいるんだ。仕方ないさ」

ロイに中へ入るように促《うなが》され、アンナはリビングに向かった。

久しぶりの離れは冬に来た時と変わっておらず、様々な植物に溢《あふ》れている。

「舞踏会はどうだった？」

「無事にデビューを果たせましたわ」

令嬢らしく優雅に膝を曲げてみせると、ロイはふ、と表情を和《やわ》らげる。

「そうか。そのドレス、よく似合ってる」

ドレス姿を褒められ、アンナは「ありがとう」とはにかんだ。

「ね、義兄様《にいさま》。せっかくだし一緒に踊らない？」

首を傾げてせがむも、ロイは渋い顔を見せる。

「前にも言っただろ。必要ないからダンスは覚えてないって」

「適当でいいから」

本当は、グレインではなくロイにエスコートしてもらいたかった。

その望みを、ここでロイと踊ることで昇華させようと少々強引に手を取る。

すると、ロイは身体を強張《こわば》らせ、表情まで硬くした。

「ふふっ、緊張しすぎよ」

「……アンナは、余裕そうだな」

「スクールでみっちり練習したもの」

方形になって踊るカドリーユに、三拍子に合わせてくるくる回るワルツ、舞踏会の最後を飾るコティヨンなど。ほぼ毎日ダンスレッスンを受ければ、技術はさておき嫌でも覚えるというものだ。

「そういう意味じゃない」

アンナの言葉の後、ロイはぼそりと呟《つぶや》き緩《ゆる》く頭を振る。

ではどういう意味なのか。問おうと口を開きかけたところで、ロイはアンナと向かい合った。

「で、最初はどうだって？」

「え？　ええっと、義兄様《にいさま》の手は私の腰に――」

説明するアンナの腰にロイの手が添えられ、ぐんと距離が縮まる。

（え……あれ？）

グレインと踊った時と変わらぬ距離だというのに、やけに近い気がするのは相手がロイだからか。

意識してしまえば最後、鼓動は早鐘を打ち、頬が上気する。

挨拶《あいさつ》のハグとは違い、見つめ合う形でのロイとの密着は心臓に悪い。

恋する気持ちがだだ漏れてしまいそうだ。

アンナは赤く染まる顔を隠すように俯《うつむ》きながら、声色だけは努めて平静を装《よそお》いステップを教える。

「……質問、いいか？」

「ええ、もちろん」

いまだドキドキしながら顔を上げると、僅《わず》かに揺れるロイの視線とぶつかる。

「俺は何番目だ？」

「え？」

「誰かと踊ったんだろ？」

ステップについてではなく舞踏会で踊った人数を聞かれているとわかり、アンナは「ああ！」と声を上げた。

「ふたり目よ」

「……へぇ。ひとり目はどんなやつ？」

今の微妙な間はなんだろうか。そしてなぜ相手の詳細まで尋ねられているのか。

（シスコンモードが発動？）

娘の彼氏を気にする父親みたいだなと思いつつ、ちょっとした悪戯心《いたずらごころ》が生まれてアンナは眉を上げた。

「素敵な奥様がいるおじ様」

答えた途端、ロイの眉が顰《ひそ》められる。

「俺のせいで浮気性の妻帯者にしか誘われなかったのか……」

そうロイが呟《つぶや》くと、アンナは堪《こら》えきれずに噴き出した。

「父様のことよ」

「……は？」

「最初に父様と踊った後は、シャロンと壁の花になって楽しくお話ししてたの」

シャロンについてはロイにも何度か話したことがあり、仲がいいのも知っている。アンナと同じくシャロンも結婚願望がないことも。

そんなふたりが共にいれば、ダンスよりもお喋《しゃべ》りになるのは想像に容易《たやす》いようで、ロイは「なんだ」と目元を和《やわ》らげた。

「父さんに小言を食らったんじゃないか?」

「それがね、人が多すぎて好きな相手を誘って踊る時間なんて皆なかったみたい。父様も、城の舞踏会はそんなものだからって、代わりにご挨拶《あいさつ》回りに連れて行かれたわ」

今夜のお披露目は種まきのようなもので、本番は次の夜会から。

持参金目当ての者もいるから気を付けるようにとの注意も受け、アンナは王侯貴族に挨拶《あいさつ》をしまくった。

その中に数人『彼に誘われたら受けるように』という子息がいたが、結婚に乗り気ではないアンナとしては、万が一そうなった場合どう対応するか悩みどころだ。

(本当は全部お断りしたいけど、そうはいかないだろうな……)

クレスウェル家の長女として、その役割を果たさねばならないのだから。

思わず出かけた溜め息を呑み込み、気持ちを切り替えようと話題を探す。

ふと脳裏に浮かんだのはシルヴァンだ。

「そうだ義兄様《にいさま》! 私ね、いつか会えたらいいなって思ってた騎士の人に、舞踏会で運良く会えたのよ」

「騎士……? それ、男だよな?」

ロイの双眸《そうぼう》が冷ややかに細められたのを見て、アンナは『しまった』と笑みを浮かべたまま固まった。

「そんなやつがいるなんて初耳だな。……そうか、今まで俺に隠してたのか」

仄暗《ほのぐら》い瞳でアンナを見つめながら、不機嫌そうにぶつぶつと独《ひと》り言《ご》ちる。

「で、その騎士と結婚したいのか？」

低い声音で尋ねたロイは、重なる手に力を込めた。

オッドアイの瞳孔が開いたように見えて、アンナの背中に嫌な汗が流れる。

理由は不明だが、ロイ的に騎士との結婚はダメらしい。しかも、この様子だと相当だ。

「や、やだな。そんな気は全くないから」

「本当に？」

「本当に！」

自分で話を振っておいてなんだが、この話は今すぐに終わらせるべきだ。

アンナはぎこちなくもにこっとロイに微笑みかけた。

「休憩しましょ！　喉が渇いちゃったから何か飲んでいい？」

そう言って、ロイから手を離して一歩下がる。

しかし、逃がさないとばかりにロイは再びアンナの手をがしりと掴《つか》んだ。

「な、なに……？」

ロイの瞳はいまだ翳《かげ》っている。ヤンデレ化を彷彿《ほうふつ》とさせる雰囲気を感じながら、いつも通りに見えるよう微笑をキープしていると、ロイも薄い笑みを浮かべた。

「俺が淹《い》れるから座ってていい」

キッチンへ向かうロイの背に「ありがとう」と告げ、アンナはソファに腰を下ろして息を吐いた。

（やっぱり離れるべきじゃなかったのかも）

兄妹になって過ごしてきた十年。決して短くはない月日の中で、ロイの孤独感は和《やわ》らいでいると思っていた。

けれど先ほどの様子を見ると、いくらロイがそうすべきだと言っても、忌み子という不安が払《ふっ》拭《しょく》されていない状況でスクールに行くべきではなかったのではと考えてしまう。

だが、今となっては後の祭りだ。過ぎたことを嘆いても仕方がない。

ロイの心がこれ以上不安で歪まないよう、できる限りのことをしよう。

決意を新たにしていると、ハーブティーのいい香りが鼻腔をくすぐった。

これはアンナお気に入りのリラックス効果のあるハーブティーのもの。ロイがブレンドしており、リラックスティーと命名したアンナは、寄宿舎の自室にストックしていたほど好んで飲んでいる。

（寝る前に飲むと、よく眠れて翌朝スッキリ起きられるのよね）

トレーに載ったティーセットをテーブルに置くと、ロイは慣れた手つきでカップにハーブティーを注いだ。

（ただ、ここで飲むといつもうっかり寝ちゃうのよね。気を付けないと）

グレインはまだ帰って来ないだろうが、念のため早めに離れを出た方がいいだろう。

「アンナ、今日はこれを試してみてくれ」

そう言ってロイが差し出したのは銀のミルクポットだ。中を覗《のぞ》くと乳白色の液体が入っている。

「ミルク？」

「いや、ティールの実をベースに作った特製シロップだ」

ティールとは、『君果て』の世界に生《な》るキウイに似た卵型の果物だ。緑色の皮に覆われている白い果実は、瑞々《みずみず》しく甘い。

「リラックスティーに合うように作ってみた」

「そうなのね。どれくらい入れればいい？」

「俺がやるよ」

ロイはハーブティーに白色のシロップを垂らすと、ティースプーンで軽くかき混ぜアンナに差し出した。

「ありがとう。いただきます」

火傷《やけど》しないよう気を付けながらひと口啜《すす》る。

「ん……本当だわ。甘くて美味《おい》しい」

フルーティーな甘さが加わったリラックスティーは飲みやすく、ミルクティーに近い口当たりでアンナ好みだ。いや、ロイの用意してくれるものなら何でも美味《おい》しくいただけるが。

「義兄様《にいさま》は入れないの？」

「俺はそのままでいい」

窓際のソファに腰を沈めたロイは、足を組んでティーカップを持った。

気づけば互いに定位置となったソファに座り、アンナは積もる話をロイに聞かせる。

とはいえ、スクールと寄宿舎を行ったり来たりの生活は特に代わり映えせず、卒業試験やプロム、友人との話が中心だ。もちろん、図書館通いの話は内緒だ。

話の途中でふと、ロイが「そうだ」とティーカップを置く。

「アンナにひとつ頼みがある」

「どんな？」

「時間がある時でかまわないから、薬を作るのを手伝ってほしいんだ」

ロイが自作する薬は、自分で使う用途の他に、今研究している治療薬の材料『ホワイト・ブルーム』を購入するために商人に売っている。

ホワイト・ブルームは高額だが、ロイの研究にはかかせないもの。何の研究をしているのかはロイから聞かされていない。けれど、前世の記憶があるアンナはすでに知っている。

ロイは、母カトリーヌが命を落とした『華咲病《はなさきびょう》』を治療できないかと、もう十年以上、研究を重ねているのだ。

ゲームでは完成する前に終わりを迎えてしまうことも、アンナは知っている。

とはいえ、ロイをハッピーエンドに導《みちび》ければ、その手で薬を完成させる未来があるはずだ。

「もちろん手伝わせて！」

アンナはそんな未来を信じ、精一杯手伝うことを心に誓う。

「ありがとう。助かるよ」

助かるのはアンナもだ。戻っても距離は取るべきかと悩んでいたので、これでまた通う口実ができた。ロイが変に歪まないよう気を付けることもできるだろう。

「それと、またアンナに髪を整えてもらいたいんだ」

「それも任せて。あ、今から切る？」

気になるならようやく会えた今のうちにと思い提案したのだが、ロイは首を小さく横に振った。

「いや、今夜はしたいことがあるから」

そう言って細められたロイの双眸《そうぼう》が、一瞬妖しく見えたのは気のせいか。

「わかった。じゃあ次に来た時に」

「ああ」

夜のしじまに、短く相槌《あいづち》を打つロイの落ち着いた声が心地いい。

(私、ロイ様の「ああ」とか「そうか」って返事、好きだな)

ぶっきらぼうなようでいて、そこにはちゃんと感情が詰まっている。

今は穏やかなトーンのロイの声に癒《いや》され、ほんの少しの眠気を感じてしまえば、あっという間にアンナの瞼《まぶた》は睡魔によって重くなっていく。

舞踏会疲れか異様に眠く、本邸に戻らなければと思うのに抗《あらが》えない。

「義兄様《にいさま》……私……」

「眠そうだな」

ええ、とても——という言葉は声にならない。

「いいよ、ゆっくり眠って」

いや、よくない。父が帰ってきたら大変だ。ああでも、今すぐに眠ってしまいたい。

「父さんのことなら心配ない。アンナが起きる方がきっと早い」

それは起こしてくれるという意味だろうか。ならば、少しだけ……

気を緩《ゆる》めた次の瞬間、アンナは瞬《また》く間に深い眠りに落ちた。


――唇がしっとりと濡れていく。

「アンナ……」

囁《ささや》き重なるロイの唇は温かく、掠《かす》める吐息は熱い。

(ああ……また、この夢)

こんな夢を見るようになったのはいつだったか。

確か、王都に発つ前日、離れで転寝《うたたね》した時が最初だ。

以来、休暇で帰省し離れを訪れるたびに仮眠してしまい、ロイとこうして口づけする夢を見るようになった。

頭の芯まで蕩《とろ》けるような甘く長いキスを、ソファに横たわるアンナはひたすらに享受する。

現実ではありえない、あってはならないロイとの口づけは、夢の中であれば誰に咎《とが》められることもない。

起きているようで眠っているような曖昧《あいまい》な感覚の中、アンナは唇をノックするロイの舌先に促《うなが》され、目を瞑《つぶ》ったままぼんやりと口を薄く開いた。

分け入るように差し込まれたロイの舌が、アンナの咥内を優しく味わう。

口づけを返したい。けれど夢の中ではいつだって身体を動かすことはできない。

自分が見る夢なのに自由がきかないとはどういうことか。

ロイから与えられる甘やかなキスを受け続けるしかなく、広い背中に腕を回すこともできないなんて。

(まるで夢の中でも自分を戒《いまし》めているみたい)

夢とはいえ、越えてはいけない一線を越えている罪悪感《ざいあくかん》が、自分の動きを封じているのか。

だとしたら納得だ。

なにせ、いつもキスだけで、決してその先には進まずに目覚めるのだから。

やがてアンナの舌を堪能していたロイの唇がゆっくりと離れる。

いつもなら、こうして離れ、最後に何度か軽く口づけられてこの夢は終わる——はずなのだが。

チュ……と、控えめなリップ音を立てて、首筋に唇が落とされた。

(終わらない……？)

ロイの唇がアンナの首に繰り返し吸い付き、熱の籠《こも》った吐息が耳をくすぐる。

「もう……いいよな」

囁《ささや》くと、唇はゆっくりと下降を始めた。

鎖骨を辿《たど》り、コルセットによりたわわに見せている白い胸元に何度も口づける。

「十八になった。社交界デビューもした。アンナは、もう大人だ」

覆い被さるロイの手が、身体のラインをなぞるようにして、肩から胸の膨らみ、脇腹へと下りていく。

「もう口づけるだけじゃ足りない……もっと、触れたい」

切なげに願うロイの手が、ドレスの裾をそっと捲《めく》って忍び込んできた。

先ほどまで下降していた手が、今度は膝から腿《もも》へと撫で上がる。

前世で誰かが言っていた。『夢は本能的な欲望の表れだ』という有名な定説があると。

だとすれば、ロイの行為は自分の願望なのか。

口づけるだけでなく、淫《みだ》らに触れてほしいと願っていたのか。

「アンナ……俺だけに触れさせて」

願っていたかもしれない。今してくれているように、その美しくも節くれだった手で触れてほしいと。他の誰かではなく、ロイに。

（私も、あなただけに触れてほしい）

触れたくて、触れてほしくて、ただ互いを求めて愛し合いたい。

普段押し込めていた想いが溢《あふ》れ出てしまえば、葛藤《かっとう》や戸惑いは消散する。

薄いタイツ越しに触れるロイの指先がくすぐるようにまた降下し、膝に手をかけてゆっくりと足を開いた。割り込むロイの身体に足が固定され、ドレスがめくれ上がる。

露《あら》わになったショーツの上から、ロイは躊躇《ためら》うような手つきでそっと秘めやかな淫裂に触れた。

ロイの唇から熱い吐息が零れ、胸元の膨らみを掠《かす》める。

形を確かめるように往復する指が敏感な部分を撫でると、ぞくぞくした感覚がせり上がって、アンナの下腹部に疼《うず》きが溜まっていく。

そうして触れられているうちに段々と下着が肌に貼り付く感覚がして、嫌でも自分の身体が快楽に反応しているとわかってしまう。

ロイも指先の感触で気づいたのだろう。

「俺の指で感じてくれてるんだな……」

うっすらと、濡れた布越しに入り口を押し込むように刺激され、ショーツはさらに淫《みだ》らな染みを広げた。

「アンナ……」

耳朶《じだ》をロイの舌が這い、蜜口を浅く軽く突《つつ》かれて喉がひくつく。

ん、と短く声が零れてしまうと、ロイの動きが止まった。

与えられていた刺激が途絶えた途端、微睡《まどろ》むこの世界から離れ、深い眠りに落ちていく感覚がする。

「アンナ……？」

声をかけられるが答えられず、夢の中でさらに眠るように意識が途絶える寸前。

「大丈夫そう……だな」

ロイの指が湿気を帯びたあわいをなぞる。再び与えられる快楽に、アンナの意識がぼんやりと引き戻された。

「本当に、君には効きやすいみたいだな」

指先がクレバスに沿って上へ移動し、隠れている花芽を引っ掻く。

刹那《せつな》、甘い衝撃に腰が小さく跳ねて吐息が漏れた。

「ここがいいのか？」

反応を確かめるように、指でくるりくるりと優しく擦られ、膨らんでいく快楽と共にアンナの鼓動が高まっていく。

「っ……ん……」

布越しに押し込まれたかと思えば摘まれて。

卑猥《ひわい》な動きに翻弄《ほんろう》されるアンナは、唇から吐息の交ざった甘い嬌声《きょうせい》を零した。

ロイに触れられていると思うと、さらに昂《たかぶ》って腹の奥が疼《うず》き、蜜口がひくつく。

身体が熱い。内腿《うちもも》が戦慄《わなな》き、募《つの》る快感にじんと頭が痺《しび》れていく。

は、は、と呼吸が浅くなり、頭の中が快楽とロイへの想いでいっぱいになる。

(ロイ様……ロイ……)

淫熱が蓄積され、腰の痙攣《けいれん》が止まらない。

「ここが気持ちいいんだな」

ロイは欲に濡れた声でしっとりと呟《つぶや》くと、指を小刻みに動かしてアンナを攻め立てた。

「ふ……ぁ……んんっ……」

切ない嬌声《きょうせい》が無意識に零れ、押し寄せる愉悦にきゅうっと中が収縮する。

足先に力が入り、耳朶《じだ》を甘噛みされた直後。

「んんぁっ……！」

甘い衝撃が全身を駆け抜け、頭が真っ白になった。

腰が跳ね上がり、下腹の奥がびくりびくりと波打つ。

「達した……のか？　すごいな……この状態でイケるなんて」

くたり、身体から力が抜ける。熾火《おきび》のように残る快楽をぼんやりと感じながら、熱っぽい呼吸を繰り返していると、再びロイの唇が重なった。

「ん……アンナ、今度は俺も一緒に」

貪《むさぼ》るように舌を絡めるロイが、濡れそぼったアンナの淫花に硬い塊を押し付ける。

「は……熱い……」

悩ましげなロイの吐息がアンナの唇に触れ、太く長い幹が布越しに何度も擦りつけられる。

くちゅっと濡れた音が微《かす》かに聞こえると、覆いかぶさるロイが息を荒くしながら小さく笑った。

「こんなに濡らして、素直でいやらしくて可愛いな」

違うと否定したくても、秘芽を押し潰すように突《つ》かれた途端、思考が溶けて快楽に塗り替えられてしまう。こりこりと尖った花芯を刺激され続けると再び興奮が高まり、アンナの背中にぞくぞくとした悦楽が走った。蜜が溢《あふ》れて、ゆらゆらと無意識に腰を揺らす。

「強請《ねだ》ってるのか……？　本当に可愛い。いいよ、ほらっ……」

求めに応《こた》え、ロイは前後に揺する腰の動きを速めた。

時折中心を押し込むようにされ、ショーツが徐々にクレバスに食い込んでいく。

そのせいで互いの粘膜が直接擦れ、甘美な感触にロイが艶《つや》のある甘い呻《うめ》き声を漏らした。

「柔らかくて……とろとろ……」

蜜を纏《まと》ったロイの剛直が、ぷっくりと膨れた芽を容赦なく引っ掻いて攻め立てる。

蕩《とろ》けるような快感にアンナの腰が引けた刹那《せつな》、丸い先端が蜜口の浅い部分に入り込んだ。

「つぁ……は、いって……」

意図せず挿《さ》さってしまったのだろう。

ロイの腰が驚くように戦慄《わなな》いたが、それも一瞬のこと。

欲しがるように吸い付く蜜口の誘惑を受け、感触を確かめるようにゆるゆると浅い挿入を繰り返した。

このままひとつになるのか。

焦らすような刺激にお腹の奥が疼《うず》いてたまらない。

ロイは切ない息を吐き、淫柱をゆっくりと中へと押し込んでくる。

「っ……」

しかし、堪《こら》えるように呻《うめ》くと途中で腰を引き、張り詰めた熱棒を再び秘裂に這わせた。

「は、ぁ……俺だけのものにしたい……。俺だけの……っ……使用人にも騎士にも、誰にも触れさせないでくれ」

独占欲を吐露した唇に小さく喘《あえ》ぐアンナの唇が奪われ、舌をちゅうっと吸い上げられる。

舌と舌、雁首と淫芯が水音を響かせながら淫《みだ》らに擦れ合う。

「アンナ……っ……アン、ナ」

ロイの腰の動きが一層激しさを増し、押し上げる快楽がアンナを絶頂へと導《みちび》いた。

「ぁ……ふっ……んぁっ……！」

「――っ……ふ……！」

甘く痺《しび》れるような恍惚《こうこつ》が駆け抜け、がくがくと腰を踊らせ昇りつめるのと同時に、ロイの熱い情欲がアンナの柔らかな内腿《うちもも》を濡らした。

僅《わず》かに離れた唇から、互いの乱れた吐息がぶつかる。

「アンナ……」

頬に、鼻頭に、額《ひたい》に、ロイのキスが降ってくる。

「ごめん……俺、幸せだ」

最後に唇を優しく塞《ふさ》がれて。

その心地よさと疲労感に、アンナは今度こそ深い眠りに落ちていった。


――アンナ。

遠くから聞こえるロイの声に意識が浮上する。

瞼《まぶた》を開くと「起きたな」とロイがアンナの肩を優しく叩いた。

「そろそろ戻った方がいい」

静かな声で言って背を向けたロイは、空になったティーカップをトレーに載せキッチンに入る。

(私ってば、また寝ちゃったのね)

リラックスティーの効果か、はたまた疲れのせいか。いつも以上の睡魔に耐えきれなかったアンナは、どこか重怠《おもだる》く感じる身体を起こして立ち上がった。

ふと、足の間にぬるりと湿った感触がして、思わず「えっ」と上擦った声が出る。

（嘘、なんでこんな……）

アンナは慌てふためきハッとする。

そういえば、今回の夢はキスだけでは終わらなかった。口づけながら互いの秘所を擦り合うというかなり淫《みだ》らな夢だったので、身体が勝手に反応してしまったのだろうか。

「どうした？」

リビングに戻ってきたロイが、立ち尽くすアンナを見て首を傾げる。

「な、なんでもないわ」

言えるわけがない。ロイと睦《むつ》み合う夢を見て、下着を汚してしまったなど。

「それじゃあ戻るね」

「敷地内とはいえ、もう夜中だ。送っていく」

心配してくれているのだろう。本邸に寄り付かないロイが珍しくそう言ってくれるが、あんな夢を見たばかりな上、身体的にも気まずい状態だ。

アンナは共に玄関ホールに立つロイの袖を引いた。

「ダ、ダメよ。万が一父様と鉢合わせしたらよくないもの」

「……そうだな。だが大丈夫か？　さっきから落ち着かない様子だが」

「父様に見つからないうちにって、ちょっと焦ってるだけ」

誤魔化して微笑し、アンナは扉を開けた。

「それじゃあまたね、おやすみなさい義兄様《にいさま》」

「ああ、おやすみ」

眦《まなじり》を柔らかく下げたロイに見送られ、アンナは足早に本邸を目指す。

美しい星空を見上げる余裕もなく、自分は欲求不満なのかと顔を火照《ほて》らせながら――


それから数日後。

アンナは朝から離れのキッチンに立って朝食を用意していた。

小鍋で豆のスープを煮込みつつ、本邸の厨房からいくつかもらってきたパンを皿に積む。

こうしてロイに朝食を用意するのは久しぶりだ。

本来はシェフが作ったものを使用人が運んでくるのだが、アンナが朝から時間が取れた時は、自分で朝食を運んだり、こうしてお手製のスープを作ったりしている。

「フルーツは何にしようかな」

ラズベリーに、バナナ、林檎《りんご》やぶどう。

小食のロイに合わせ、いくつか選んだものをカットして小皿に盛り付けた。

ぐつぐつと沸騰する鍋の火を止めると、アンナは二階のロイの部屋に向かう。

おそらく、いつものごとく夜遅くまで薬の調合に勤《いそ》しんでいただろうロイはまだ寝ているはずだ。

リズミカルな足取りで階段を上り、ロイの部屋の扉を控えめにノックする。

「義兄様《にいさま》？　起きてる？」

数秒、耳をそばだてるも反応はない。

予想通りだなと小さく笑ってドアを押し開けると、木目が美しい天蓋《てんがい》付きベッドに眠るロイを見つけた。

開きっぱなしの紗は普段世話をする者がいないことを表しており、ロイを取り巻く環境はまだ孤独なものだと感じて胸が締め付けられる。

アンナはベッドサイドに腰掛けると、広いベッドの中央に仰向けの姿勢で寝息を立てるロイの腕を揺さぶった。

「義兄様《にいさま》、起きて」

しかし、あまり寝起きがよくないロイは、一瞬眉間に皺《しわ》を寄せるもすぐに穏やかな寝顔に戻ってしまう。

「もう、義兄様《にいさま》！　朝よ！　朝食が用意できたから一緒に食べましょう」

あどけなさの滲《にじ》む寝顔をいつまでも見ていたいが、朝から来られるなら起こしてほしいと言っていたのはロイだ。

アンナは遠慮なく薄いブランケットを剥《は》ぎ、今度は強めにロイの腕を揺らした。

すると、うっすらと瞼《まぶた》が開く。

「あ、起きた」

そう声に出した直後、アンナはロイに腕を引っ張られ、あれよあれよと腕の中に閉じ込められる。

「えっ……ちょ、義兄様《にいさま》？」

「あったかい……」

（うん、私もあったか……って共感してる場合じゃない！）

慌ててロイを見上げると、その双眸《そうぼう》は閉じられている。どうやら寝ぼけているらしい。

（だ、抱き枕か何かと勘違いしてる？）

ロイを起こしに来たことは何度かあるが、こんな事態は初めてだ。

戸惑いながらも脱出しようと身体を起こそうとしたのだが、逃がさないとばかりにさらにきつく抱き締められる。

「義兄様《にいさま》っ……起きて！」

「も……少し……このまま……」

舌ったらずな口調で呟《つぶや》いたロイに、このままでいいわけがないと再び身を捩《よじ》った時だ。

アンナの下腹を押し上げる硬い存在に気づき、もしやこれはと顔を赤らめる。

男性の生理現象なので仕方ないのだが、先日見た夢を思い出してしまい、鼓動がドッドッと高まっていく。

（というか、ここでロイ様が起きたら気まずい……！）

起きてほしいが、アレが密着状態の今はダメだ。

アンナは予定を変更し、まずは起こさないよう腕から抜け出すべくそっと藻掻《もが》いてみたのだが、どうやら動き方がまずかったらしい。

「ん……」

うっかりロイの屹立《きつりつ》を刺激してしまい、額《ひたい》に甘ったるい吐息がかかった。

思わぬ事態にアンナは硬直する。

（い、今の、ロイ様のリアル喘《あえ》ぎ声では？）

喘《あえ》ぐと言うにはかなり弱く吐息混じりではあったが、夢で聞いた朧《おぼろ》げなものよりも生々しい色気を感じて身体がカッと熱くなる。

ひとまず、これ以上ロイのロイに触れないよう、ゆっくりと膝を立てて腰を持ち上げた。だが、温もりが離れたせいか、再びロイの腕がアンナを引き寄せた。

結果、またしてもロイの盛り上がった部分に触れてしまう。しかも今度はアンナの秘所にぴったりと寄り添って。

「あっ……」

秘芽が擦れて、思わず感じ入った声を漏らしたアンナは慌てて唇を噛んだ。

力なく突っ伏したロイの胸板からは、彼が好んで纏《まと》うシトラスの香りがしてくらくらする。

本当にこのままではまずい。

そう思って身動《みじろ》げば身動《みじろ》ぐほど自《みずか》ら秘裂を刺激してしまい、下腹の奥がキュンと疼《うず》いた。

「んっ……ダメ……」

互いの秘所を合わせるなど、あの淫《みだ》らな夢が正夢になったみたいだ。

だが、兄妹である以上、正夢にしてはいけない。そして、この状況を打破するには、ロイを起こさないようになどと言ってはいられない。

アンナは意を決すると、勢いよく身体を起こして少々強引に腕の戒《いまし》めから逃れた。急ぎベッドから下り、絨毯《じゅうたん》の上にへたり込む。

「……アンナ……？」

アンナが激しく動いたため目覚めたのだろう。

のそのそと起き上がったロイが、ぼんやりした目でアンナを見つめる。

「お、おはよう義兄様《にいさま》。朝食ができてるから、支度したら下りてきてね」

「ああ、わかった」

まだぼうっとした様子で頷いたロイに背を向け、アンナは部屋を飛び出し階段を駆け下りる。

ハプニングとはいえ、兄妹でいなければいけない相手が男であると強烈に認識させられてしまった。しかも性的に。

(ううっ……信じられない)

夢だけでも困っていたのに、現実でもこんな危うい状況に陥《おちい》るなど想像もしていなかった。

(結婚なんてしないつもりだったけど、これは真面目に考えるべきなのかも)

ロイを幸せにする努力は続ける。

けれど、ロイ以外の男性にも目を向け、義兄を恋愛対象から外さなければ。

鍋の前に立ち、スープをかき混ぜながら悶々と考えていると、軽く支度を整えたロイが下りてきた。アンナは平常心で迎えるよう深呼吸する。

「おはようアンナ」

「まだ眠そうね。食べられる？」

「ああ、アンナが作ってくれたんだろ？」

テーブルに置いたスープを見て、ロイは「だったら食べたい」と言いながら席に着いた。

アンナが作る豆のスープはロイのお気に入りだ。味付けが好みらしく、何が食べたいか聞くと大体「豆のスープ」と注文を受ける。

共に食卓に着いたアンナは、スープを口に運ぶロイをそっと見つめた。

（ああ……今日も好きだなぁ）

別の恋を探さねばと思ったばかりだが、やはりロイ以上の人などいない気がする。

なにせ、あれほど多くの子息が集まる舞踏会でも、心を奪ってくれる人は現れなかったのだ。

「うん、やっぱり美味《うま》い」

「よかった。っていけない、そろそろ支度しに戻らないと」

「また出かけるのか？」

社交シーズンに入ってからというもの、毎日のように様々な催《もよお》しがあり、アンナは目まぐるしい日々を送っている。

午前中は公園をそぞろ歩き、その後は招待された正餐会《せいさんかい》に出席。

別の日には展覧会や演奏会など、父や母と共にあちらこちらに顔を出すのは、上流階級のコミュニティに溶け込み認められるという目的のためだ。

とはいえ、クレスウェルは領主なのですでに認められてはいるのだが、ロイのこともあり貴族らからさり気なく避けられている。

しかしアンナは物おじせず、ここぞとばかりに「でも私は不幸になってません」とアピールすべく堂々と振る舞った。

昨日出席したガーデンパーティーでもそのように過ごしていたのだが、今日は違う。

「今日はシャロンと会う約束をしてるの」

実は昨日のパーティーにシャロンも参加しており、ゆっくりお茶をしようという話になったのだ。

「本当は義兄様《にいさま》のお手伝いをしたいんだけど……」

「普段はクレスウェル領にいない友人だろ？　気にせず行ってきてくれ」

「ありがとう」

正直、先ほどのことで今日は少々気まずかった。

なので、別の予定があることを密かに安堵しながら席を立つ。

「あ、今夜は父様と行くパーティーがあるから、明日の朝また来るね」

「わかった」

「それじゃあ、いってきます」

まだスープを飲むロイに手を振るアンナは、脳裏に蘇《よみがえ》るロイとのハプニングを掻き消すように、そそくさと離れを飛び出した。

社交シーズン中にシャロンが住まうタウンハウスは、賑やかな街の中心部にある。

「ちょっと待ってアンナ。あなた、ついこの間まで結婚したくないって言ってたのに、どういう風の吹き回し？」

花柄の壁紙に囲まれた応接室にてクッキーを齧《かじ》るアンナは、向かいのソファに座るシャロンに突っ込まれて苦笑した。

「色々あって、その方がいいかなって」

「色々ねぇ。でも、今のところアンナを訪ねてくる人はいないんでしょう？」

「そう……いないのよね……。パーティーでも声をかけられることも踊りに誘われることもないし」

やはり忌み子の義兄を恐れているのか、挨拶《あいさつ》はしても会話は弾まない。

昨日まではそれでよかったのだが、事情が変わってきた今は困りものだ。

「まあ私も似たようなものだけど。ちなみに私のいとこも結婚には後ろ向きというかやる気がないタイプで、叔父が困っているみたい」

と、そこまで話したシャロンは、「そうだ！」と両眉を上げた。

「よかったら会ってみない？」

「誰に？」

「私のいとこに。女好きで我が道を行く性格だから、叔父も叔母も頭を悩ませてるけど、偏見をよしとしないし、忌み子についても疑問を持っている人なのよ」

「そうなのね！」

シャロンにそのようないとこがいるのは初耳だ。しかも忌み子について偏見を持たずに接してくれるなら、結婚うんぬんを抜きにしても一度会ってみたい。

うまく事が運べば、ロイの友人になってもらえる可能性もあるのでは。

「前にね、アンナのオーラについて話したことがあるのだけれど、その時いとこは興味を持っていたの。だから、どうかしら？」

微笑んで首を傾げたシャロンに、アンナは前のめりになる。

「いとこさんが嫌でなければぜひお話しさせて」

「ふふっ、わかった。ちょうど明日公園を一緒に歩く予定だったから、アンナの予定が大丈夫なら来てもらえる？」

快諾したアンナは、新しい出会いに胸を高鳴らせながら、昨日シャロンが購入したというオカルト誌を広げた。

「んー、今回も忌み子についての記事はないかぁ」

「そうね。ゴーストさんも突き止められなくて記事にできないのかも」

誰もが知っている内容だけでは、読者の心は掴《つか》めない。ゴーストのオカルト誌が不定期で発行されるのは、多くの人々がまだ知らない謎に進展があった時だけなのだ。

「ゴーストが誰かわかれば、喜んで情報共有するのに」

アンナが零すと、シャロンは紅茶を啜《すす》って微笑む。

「ゴーストさんといつか会えることを祈りましょう」

奇跡的に会えたとしても、正体不明の人物なので会えたこと自体がわからないだろうが。

それでも、そんな幸運が訪れるよう祈りながら、アンナはシャロンと過ごす時間を楽しんだのだった。


そして翌日。

そろそろ太陽が天辺に昇りきる頃、離れで薬作りの手伝いをしているアンナは、薬液の入った小瓶にタグを括《くく》り付け終わると息を吐いた。

「よし、これで全部ね。義兄様《にいさま》、こっちは終わったわ」

「ありがとう。なら、そろそろ昼食にしようか。一緒に食べるだろ？」

「あ……ごめんなさい。今日はアイシャに誘われてて」

何でもパンをこねるのを手伝うらしく、焼きたてを食べてほしいと言われているのだ。

「そうか。それなら仕方ないな。午後の予定は？」

「シャロンにいとこさんを――」

紹介してもらう、と言いかけて口を噤《つぐ》む。シルヴァンの話をした時の反応を思い出したからだ。

結婚相手にこだわりがあるのか、ロイのチェックが厳しかった。

何よりあのヤンデレ化の兆候。あれは恐らく、アンナが結婚すると再び孤独になるという不安のせいだろう。男性を紹介してもらうなどと言えば、ヤンデレスイッチをポチッと押してしまう可能性大だ。

（義兄様《にいさま》にはもう少し自信をつけてもらってから報告しよう）

心の中で強く頷いたところで、ロイが怪訝《けげん》そうに目を細めて見ているのに気づいた。

「シャロン嬢のいとこが、なに？」

「い、言い間違えちゃった。シャロンといいところに散歩しに行く予定って言いたかったの」

無理矢理誤魔化してみるも、いいところに散歩ってなんだと内心突っ込みを入れる。

「へぇ？　いいところって？」

「ニムセ川沿いの公園あたりを……」

「そこはいつもアンナが散歩してるところだろ」

「いいところよ？　景色も素敵だし」

にっこりと微笑むも、ロイの目は怪しんだままだ。

（こ、このままここにいたら確実にボロが出る！）

スイッチをオンする前に退散するのが吉と見たアンナは、笑みをたたえたままエプロンを外した。

「ええっと、アイシャが待ってるからそろそろ戻らないと。それじゃあ義兄様《にいさま》、お疲れ様でした」

半ば逃げるような形で離れを出たアンナの胸が、罪悪感《ざいあくかん》でいっぱいになる。

（ごめんなさいロイ様）

庭園を進みながら心の中で謝罪し、ふと気づく。

最近、あれこれ誤魔化したりしながらロイに背を向けることが多くなったと。

原因は確実にロイへの恋心のせいだ。

しかしそれも、別の恋を見つけることができれば解決するだろう。意識しすぎたり、淫《みだ》らな夢を見ることもなくなるはず。今日はその一歩を踏み出せるかもしれない。

(ロイ様を幸せにするために私は転生したんだから)

スクールによってロイの孤独感がぶり返してしまったが、そこは手伝いをしながら挽回していこう。そして、忌み子についての不安を払拭《ふっしょく》し、さらにシャロンのいとこがロイの友人となってくれれば最高の展開だ。

いい流れになりますように。

心からそう願っていたのだが——


「アンナ嬢がこんなに可憐《かれん》な女性だったなんて、もっと早く紹介してもらいたかったな」

シャロンのいとこ、ギルバートと屋根付きの小型ボートに乗るアンナは、すぐにプランを変更せねばとひきつった笑みを浮かべていた。

「シャロンがあなたは不思議なオーラを持っていると言っていたけど、あいにく僕はあの子のように特殊な能力はなくてね。視られなくて残念だよ」

(でも、生まれは特殊ですよね)

と、心の中でつい零したのは、アンナは紹介される前からギルバートを知っていたからだ。

亜麻色の髪を穏やかな風に靡《なび》かせるギルバート・スネイル。

子爵子息である彼は、実は現国王の落とし子だ。なぜそれをアンナが知っているかというと。

（はぁ～……シャロンのいとこがまさか『君果て』の隠し攻略キャラだなんて）

ヒロインがメイン攻略キャラの誰とも最初の恋愛イベントを起こさなかった場合、パラメーターによって開かれる隠しルートの攻略キャラ。

しかもギルバートは、自分の出自うんぬんを知ってから、退廃的な生き方をしている、少々危ういタイプの人間だ。

シャロンは『女好き』と、ナンパが趣味的なニュアンスで言っていたが、正直そんな軽いレベルではない。ほぼ毎夜娼館に出入りし、たくさんの娼婦を侍らせているキャラなのだ。

加えて、バッドエンドではヒロインを娼婦に堕とし、手駒として可愛がるという鬼畜ぶり。

『君果て』の対象年齢が高いのは、ギルバートのせいだと言っても過言ではない。

「あなたと仲良くなれたら視られるようにならないかな？」

「ギルバート卿にお力がないなら、どれだけ仲良くなっても視られないと思いますよ」

ふふふと笑って遠回しに仲良くなる気はないと伝えるも、ギルバートは薄墨を流したようなグレーの双眸《そうぼう》を楽しげに細め「では、試してみないかい？」と微笑した。

（さすが女慣れしてる。はっきりと断りたいけど、彼が堕落した理由を知っている身としてはあまり強く撥《は》ねつけられないのよね）

ギルバートの母は身分が低いために側室になれず、生まれて間もないギルバートを残し死亡した。

その後、子に恵まれないスネイル子爵の家に養子として迎え入れられ、跡継ぎとして厳しく育てられてきたのだが……

　十六の時、ギルバートは知ってしまう。

　実は子爵はギルバートが王の落とし子だと最初からわかっていて、昇進の手札として利用するために、ギルバートの母をスラムのごろつきに殺害させ養子にしたのだと。

　息子ではなく駒だった。実の父の身勝手で母と共に捨てられただけでなく、自分を駒にしようと目論《もくろ》んだ養父に母を殺されていた。

　重なるショックに人間不信に陥《おちい》ったギルバートは、いつしか寂しさを紛《まぎ》らわすように女性を抱き、刹那的《せつなてき》に日々を過ごすようになったのだ。

　養父に対する復讐の炎を燃やしながら。

（で、そんな彼をヒロインが変えていくんだけど）

　しかしアンナはヒロインではなくロイの義妹《いもうと》。

　ギルバートにかまけている暇があるなら、ロイのために動いていいたい。

（ただ、ギルバートと仲良くなれたら、ロイ様の友人になってくれる可能性があるかもなのよね。でも、下手に深入りして娼館に売られたら困るし……）

「嬉しいな。悩んでいるということは、少しは僕と仲を深めたいと思ってくれてるんだよね」

　……などと喜んでいる風に話しているが、よく見ると目が笑っていない。

（うん、ないわ。ロイ様のために何でもしてあげたいけど、ロイ様に悪影響があっても困るからギルバートはなし！）

紹介してくれたシャロンには申し訳ないが、うまく距離を置き、浅い知り合いでいよう。

「シャロンのいとこだもの。これからもよい関係でいられたら私も嬉しいです」

「本当に？　じゃあ明日の予定はどう？　ああ、もしかしてあなたもマルコリー伯爵の舞踏会に来るかい？　僕は出席するんだけど、あなたも参加するならぜひ一曲踊ってもらいたいな」

伝わっていない。いや、伝わっているがわざと躱《かわ》し、自分の思い通りになるよう言葉を返している節がある。ヒロインもよくギルバートの手のひらでうまく転がされていた。

『可愛いあなたと一緒にいたい』『あなたにしか話せない』『あなただけが僕の居場所なんだ』

甘い言葉で絆《ほだ》して、縋《すが》って、囲っていく。

ギルバートのペースに巻き込まれないようにせねば。

「マルコリー伯爵から招待状は届いてないと思います。伯爵はクレスウェルとあまり関わりたがらないらしいので」

「それってもしかして、あなたの兄上のことでかな？」

「そのようです」

城での舞踏会では、グレインに連れられて多くの王侯貴族と挨拶《あいさつ》を交わした。

その中にマルコリー伯爵もいたのだが、自己紹介が終わるや、『失礼、少し急ぎの用があるので』と落ち着きなく去ってしまった。

仕方ないと溜め息を吐いたグレインによると、マルコリー伯爵は昔からひどく臆病で、カトリーヌが亡くなってからは特に距離を置かれているそうだ。なので当然、招待状は届かないだろう。

「ふぅん……不幸を呼ぶ忌み子、ね」

「不幸どころか、義兄《あに》のおかげで私は毎日幸せなんですけどね」

「おや、不幸になるのは恐ろしくない？」

「私は不幸に屈しない体質なので。それに、証拠もない言い伝えや噂なんて信じません。私は優しい義兄《あに》が大好きなんです」

人に不幸をもたらさないよう、孤独の檻《おり》で耐える優しいロイへの想いを込めて伝えると、ギルバートは双眸《そうぼう》を丸くしてから「いいね」と笑みを浮かべた。

「不幸を恐れず、自分をしっかりと持っているあなたみたいなご令嬢と出会えて光栄だ。舞踏会で会えないなら、ぜひ次の約束をしてから別れたいな」

「いいえ、私はただのブラコンです」

「岸に到着しました」

船頭の青年が知らせる。誘いに乗る気のないアンナは、グッドタイミングと密かに胸を撫でおろした。

「アンナ嬢、お手を」

乗り込んだ時と同じようにギルバートがエスコートしてくれる。

「ありがとうございます、ギルバート卿」

「礼を言うなら次のデートの約束をしてもらえると嬉しいな」

食い下がるギルバートは、アンナの手を掴《つか》んだまま うっそりと目を細めた。

「どうか僕に、あなたをもっと知るチャンスをくれないか」

睫毛《まつげ》を伏せたギルバートの唇が、アンナの手の甲に触れる寸前、突如横から伸びてきた腕が彼の手を払った。目深《まぶか》に被ったフードから覗《のぞ》くオリーブの瞳が、ギルバートに向かって鋭い眼光を放つ。

「アンナに触るな」

低い声が威嚇《いかく》するのを聞き、アンナは信じられない心地で瞬《まばた》きを繰り返した。

(ど、どうしてロイ様がここに?)

材料の買い付けに出たにしては、市場や店が建ち並ぶメインストリートとは方向が違う。

何よりこの辺りは、右も左も貴族たちだらけだ。

人を不幸にしないように、クレスウェルに迷惑をかけないように、アンナの結婚の妨《さまた》げにならないようにと普段は離れに引きこもり続けているロイがなぜ。

「誰だい君は」

ギルバートが訝《いぶか》しげに眉を顰《ひそ》めてロイを睨《にら》みつける。

「お前に名乗る必要はない。アンナ、行くぞ」

怯《ひる》みもせずクールに撥《は》ねつけたロイは、アンナの細い手首を掴《つか》んで強引に引いた。

「し、失礼します」

アンナはよろけながらもギルバートに会釈《えしゃく》し川岸を背にする。

「義兄様《にいさま》っ、速いわ、待って」

足の長いロイについていけず、片手でドレスの裾を軽くたくし上げながら必死に足を動かす。

その途中、すれ違ったシャロンが「えっ？　アンナ？」と二度見して目を瞠《みは》った。

「ごめんねシャロン！　また今度！」

「え、ええ」

戸惑いつつも手を振ってくれるシャロンを、ロイがちらりと横目で見る。

けれど特に言葉もなく、待機させていた馬車にアンナを押し込めた。

「クレスウェルの屋敷へ」

指示を受け一礼した御者が馬を走らせると、気味好い蹄《ひづめ》の音が聞こえ始める。カラリカラリと回る車輪に合わせ、緩《ゆる》やかに振動する車内。アンナは向かいの席に座るロイを上目遣いで見つめた。

「あの、義兄様《にいさま》。聞いてもいい？」

長い前髪から覗《のぞ》く赤瞳と視線がぶつかる。

「君の目付役なら先に帰した」

「あ、そうなのね。……じゃなくて！」

聞きたいのはそこじゃない。

しかしロイの機嫌が悪そうな今、尋ねるべきではないかもと躊躇《ためら》ってしまう。

すると、ロイの方が先に質問を投げた。

「さっきのやつが、前に言ってた騎士か？」

「違うわ。ギルバートはシャロンのいとこで――」

「ギルバート？　気軽に呼び捨てにするほどの仲なのか」

指摘されて、アンナはしまったと口を噤《つぐ》む。

(うっかりゲームをしていた時の感覚で呼んじゃった)

このままでは誤解されてしまう。しかしどうやって説明すべきかと考えを巡らせていた時だ。

ふと窓の外に視線を向けると、膝を抱えて道に座り込む女性の姿が目に入った。

ふわふわと波打つ桜色の長い髪。穏やかな内面を表すような優しい茶色の瞳。アイボリーを基調とした、花柄のレースワンピースを纏《まと》うその人は。

「『君果て』ヒロイン⁉」

興奮し、思わず声に出てしまった。

(もしかして怪我してる？　ということは、今日がロイ様との出会いイベントの日！)

だが、ロイは今馬車の中。しかも外の様子など微塵《みじん》も気にしていない。

「あ、あの義兄様《にいさま》っ、外！　外に怪我をしている子が！」

「話を逸らすつもりか」

「そうじゃなくて、手当をしてあげた方がいいかなって」

アンナが必死に言い募《つの》ると、ロイが横目で外の様子を確認する。

「事故じゃないならどうにかなるだろう。それより質問の答えだ」

なんと、出会いイベントがスルーされてしまった。

(え、ええ？　いいのかしら……？)

本来なら、馬車から降りて薬を塗ってあげるはず。

しかしながら、懸念のあった『ヒロインとのメリーバッドエンド』は、今ので回避できたかもしれない。ロイが誰かと恋に落ち、幸せになる未来のひとつが潰れた可能性も捨てきれないので安易に喜べないが。

「えっと……ギルバート卿と会うのは今日が初めてよ。呼び捨てにしたのは昔の癖というか……」

「初めて会ったのに昔の癖？」

「お、同じ名前の知り合いがいたの」

同一人物ではあるが、前世で知っていたキャラとして分けて考えれば嘘ではない。

「同じ、ね。じゃあ質問を変えようか。なぜ、あいつとふたりでボートに乗ってた？」

やはり見られていたらしい。

ボートを降りてすぐに割り込んだ時の状況から、そうだろうと予想はしていた。

「出かける前、シャロン嬢のいとこに会うと言いかけていたな。あの時誤魔化したようだが、最初から会うつもりだったんだろ」

もう誤魔化しはきかない、させないとばかりに冷たい声で畳みかけられる。

アンナは膝の上で拳《こぶし》を握ると、小さく頷いた。

「どうして誤魔化した？」

言えるわけがない。ロイを好きになりすぎているから、別の男性に目を向けようとしたなどと。

黙り続けるも、ロイは急《せ》かしたりせずじっとアンナの言葉を待っていた。

「……義兄様《にいさま》を、傷《きず》つけたくなかったの」

俯《うつむ》いたまま伝えられる分だけの本音を紡《つむ》ぐと、ロイが鼻で笑った気配がした。

「嘘をつかれるくらいなら、正直に話してもらって傷《きず》つく方がマシだ」

怒りと悲しみをない交ぜにした静かな声に、アンナはハッとした。

ヤンデレ化を気にしすぎて、ロイの気持ちを考えていなかった。いくら折を見て報告するつもりでいても、こうしてバレたら傷《きず》つけることくらい想像に難《かた》くないのに。

「ごめんなさい」

胸の奥がズキリと痛む。俯《うつむ》いたまま謝るアンナの耳に、ロイからの返事は聞こえてこない。許しをもらえないまましばらく馬車に揺られ、やがてクレスウェル邸に到着すると強引に離れに連れて行かれた。

ロイは、脱いだ外套《がいとう》を乱雑にコートクロークに掛け、アンナにソファで待つように促《うなが》す。

アンナは素直に従い、居たたまれない気持ちで猫脚ソファに腰を下ろした。

(幸せにしたい相手を私が傷《きず》つけるなんて、言語道断だわ)

肩にかけたケープを脱ぎ、深く反省するアンナの前にリラックスティーが置かれる。

ゆらゆらと昇る湯気を辿《たど》るように視線を上げれば、向かいのソファに腰掛けたロイと目が合った。

思わず視線を外してしまったアンナは、不自然にならないようティーカップを手にする。

「いただきます」

小声で告げてから、火傷《やけど》しないようにそっとカップに口をつけた。

リラックスティーにはすでにシロップが入っており、ほんのりとした甘さに肩の力が抜けたのも束の間。

「それで、キスを許すほどあいつを気に入ったのか？」

ロイの問いかけに、アンナは再び身体を強張《こわば》らせた。

「そんなこと許してないわ」

「だが、されそうになっても手を引かなかった」

どうやら、手の甲にキスされかけたことを言っているらしい。

「あれは……ああいうのは初めてだったから反応ができなくて」

「男とふたりきりになれば、そういうこともあるって予想できるだろ」

「そ、れは……」

確かに、ギルバートの女性関係が派手だと知ってはいた。

だが、それでも初対面でぐいぐい距離を縮めてくるなんて普通は思わない。

まして、ゲーム内のギルバートは、出会ったばかりのヒロインを『自分には縁のない真面目な子』と認識していた。そのため、どこか一線を引いている感じがあり、甘い言葉は吐いても触れることはなかったのだ。

だから当然、自分にもそうだと思い込んで油断していたのは否めない。

けれど、手の甲へのキスなど挨拶《あいさつ》みたいなものだ。それに、本当に唇を触れさせるつもりはなかったはず。舞踏会で女性を讃《たた》えるために仕草だけするのと同じだ。

「君は隙がありすぎる」

「そうかもしれないけど……でも、今のままじゃ結婚相手が見つからないかもしれないし……」

「結婚したくないって言っていたのに、急に乗り気になったんだな」

「……しないといけないって思ったの。それに、義兄様《にいさま》だってそう言ってたじゃない」

幸せになってほしい。だから自分と距離を取るべきだと。スクールで様々な作法を学び、結婚を望まれるような令嬢になるべきだと。そうでなければ困ると背中を押したのはロイだ。

「私が結婚して幸せになるのを願っていたでしょう？」

ロイのせいにするつもりはなかったが、つい責めるような言葉が口をついて出てしまう。

落ち着こうとリラックスティーを飲むアンナの姿を、ロイはじっと見つめて黙ったままだ。

換気のために少しだけ開いた窓から、可愛らしい鳥の鳴き声が聞こえてくる。

だが、剣呑《けんのん》な空気は和《やわ》らがず、アンナは息苦しさに俯《うつむ》いた。ロイとこんな風に言い合うのは初めてで、どうしたらいいかわからない。

沈んでいく気分を紛《まぎ》らわすように、またリラックスティーを喉に流した。

すると、ようやくロイが口を開く。

「そうだな。確かに願った」

「じゃあどうして……」

怒ったり反対したりするのか。尋ねようとしたが、急激な眠気によってそれも叶わなくなってしまう。

「どうした？」

「わ……から……」

（わからないけど、すごく眠い）

「答えられない？　ごめんな、少し強すぎたみたいだ」

（なにが？）

問いたくても、唇は僅《わず》かに動くだけで音にならない。

「ああ、そうだ、どうしてって聞かれたんだったな」

立ち上がったロイが、ソファでうつらうつらするアンナの足元に跪《ひざまず》き、力をなくした白い手を大きな手で包み込んだ。

「我慢できなくなったんだ」

そう言って微笑むロイのオッドアイが、愛おしげに細められる。

美しくもどこか危うげなその笑みが気になって――

しかし眠気に抗《あらが》えず、瞼《まぶた》が下りきってしまった刹那《せつな》。

「君の目に映る男は、俺だけでいい」

独占欲にまみれた囁《ささや》きは夢か現《うつつ》か。

判断さえままならず、アンナは眠りの世界に身を委《ゆだ》ねた。


身体に走る強烈な快楽に、ぼんやりと意識が浮上する。

足のあわいをぬるりと這う何かが、硬くなった秘芽を押し潰すようにこねた。

「あ……っ……」

直後、零れ落ちた小さな嬌声《きょうせい》は、どうやら自分のものらしい。どこか他人事に思えるこの感覚には覚えがある。

（ああ、また夢を見てるのね）

そう、これは夢だ。自分はまた淫夢を見ている。

そして今、曝《さら》け出された下肢の間でアンナを愛撫しているのはきっと。

「ロイ……さ、ま」

「ん……アンナ……そう、君に触れてるのは俺だよ」

ロイの熱い吐息が秘裂を掠《かす》めると同時、ちゅうっという音と共に潜《ひそ》んでいる秘豆が軽く吸い出されて腰が浮いた。

前に見た夢では指だったが、今回は唇で愛撫されているらしい。

顔を出した蕾《つぼみ》が舌先で何度も弾かれると、溢《あふ》れる蜜がしたたり落ちるのがわかった。

「俺だけが、こうして君に触れられるんだ」

ロイの指が花びらを両手で押し開き、味わうように舌肉でなぞり上げる。指で触れられるのとは違う感覚に、快楽の波が次から次へとアンナを襲い、身体が甘く痺《しび》れていく。

じゅるじゅるとロイが立てる卑猥《ひわい》な水音がアンナの思考を蕩《とろ》けさせ、お腹の奥が淫猥に疼《うず》いた。

「ここ、ぷっくり腫《は》れて可愛いな」

囁《ささや》きながら、ロイは蜜を纏《まと》った舌で淫芯を絡めとる。

「っ……んっ、ぁ」

快楽がうねるようにせり上がり、だらしなく広げられたアンナの内腿《うちもも》がびくびくと痙攣《けいれん》した。

「ここ、好きなんだな。前はここだけで達してたし」

前とは？　もしかしてこの夢は、あの続きなのか。

「今日は、こっちも好きか教えて」

ロイの指先が熱く潤《うるお》う蜜口を甘やかにくすぐった。

少しの刺激でパクパクと欲しがるようにひくつくそこに、ゆっくりと指が突き立てられていく。

「ああ……きつくて、すごく熱い」

愛しい人の指が、自分の中に沈んで探るように隘路《あいろ》を優しく擦っている。

初めてなのにこんなにも気持ちがいいのは、相手がロイだからにほかならない。水音を立てながら与えられる刺激を受けて、蜜洞が喜ぶように戦慄《わなな》いた。

制御できない悦楽に身悶《もだ》えていると、あやすように抜き差ししていた指が、腹の裏側のある一点に触れる。

その途端、腰がくんっと跳ねて、窄《すぼ》まった蜜口がロイの指をキュンと締め付けた。

「もしかしてここが好き？」

トントンと優しく確かめる指に応《こた》えるかのように、蜜壁がそれに絡みつく。

「素直で可愛いな。教えてくれたご褒美《ほうび》に、もっと気持ちよくしてやるから」

言うや、ロイは反応のいい部分を指の腹で優しく撫でながら、再び秘芯を熱い舌で舐め転がした。

「ぁ、あっ……は、んっ」

外と中を同時に擦られ、追い立てられ、うねる快楽がひとつの塊になっていく。

痺《しび》れるほどの甘い快感に腰が無意識に揺れて、とめどなく溢《あふ》れる蜜が飛び散った。

（も、ダメ……好き……ロイさ、ま……）

とどめとばかりに咥内で花芽を吸い上げられてしまえば、その強い刺激に耐えきれるはずもなく。

瞼《まぶた》の裏で白い光が弾け、ロイの指を食いちぎりそうなほど締めつけながら、声もなく昇りつめた。

それは、文字通り『目が覚めるような快楽』で。

アンナは浅い呼吸を繰り返し、気怠《けだる》い心地で瞼《まぶた》をゆっくりと開いた。

朦朧と眺める天蓋《てんがい》の天井は、自分のベッドのものとは違う。

少しだけ視線を横にずらすと、薄い紗が下ろされてベッドを囲っているのが見えた。

見慣れないが、見覚えがある。そんな気がするも、ぼんやりとした思考ではうまく思い出せない。

ただ、いつも見る夢はリビングのソファに横たわっているのに、今日はベッドなのか……という疑問が過《よぎ》る。それと同時、再び蜜路に指が侵入した。

先ほどよりも圧迫感が増した気がして視線を下肢へやると、腹の部分までたくし上げられたドレスの向こうで、顔を伏せたロイの黒髪が見える。

「二本入ったけど、やっぱりまだきつそうだな」

独《ひと》り言《ご》ちるロイの指が、未熟な蜜壁を解きほぐすように抜き差しを繰り返す。

「あっ……」

開いた足の間で舌を伸ばすロイの艶《なま》めかしさを目の当《まあ》たりにし、身体が否応なしに火照《ほて》っていく。

「ロイ、さま」

快楽に濡れた声で名を呼ぶと、上目遣いのロイと視線がぶつかった。

「ああ……君の目が俺を……でも、その呼び方はまだ夢の中かな」

夢……。そう、これは夢だ。義兄と一線を越えてしまっているのだから。

「は……でも、覚醒しかけてるからか、さっきより中が締め付けてくる」

恍惚《こうこつ》とした表情で瞳を揺らめかせるロイは、中で指をスライドさせながら官能で膨らんだ粒を舌で舐め回した。

「ふぁっ……ああっ……」

「ん、可愛い声もはっきりしてきたな。もっと聞かせて」

とろとろと蜜をふんだんに纏《まと》った媚肉を強めに擦られ、部屋を満たす水音が大きくなる。

「ひあぁっ！　あっ、あっ！」

「いい声。でも、まだ明るい時間だ。誰かが君を捜しに来たらバレるかもしれないな」

「い、や……」

そんなのは恥ずかしいし、何よりバレたら大変だ。

でも、夢の中ならそんな心配はいらないのでは。見つかったとしても、起きたら全部なかったことになるのだから。

「嫌？　なら、塞《ふさ》いでやろうか」

ロイは指を中に収めたままアンナに寄り添うように横になり、喘《あえ》ぐ唇をキスで塞《ふさ》いだ。

体勢が変わったせいで指の角度も変わり、アンナのいいところに当たって腰がガクガクと震える。

「ん、う……んんっ」

舌を絡め合い、蜜洞をぐちゃぐちゃとかき混ぜられ、容赦のない快楽に翻弄《ほんろう》されていく。

腰がさらなる快感を求めるように浮くと、ロイの指がそれに応《こた》えて蜜を迸《ほとばし》らせながら攻め立てた。

「ふっ、んんんっ、んっ、ん、んっ！」

強烈な快楽に爪先《つまさき》がピンと伸び、アンナは一気に絶頂へ追いやられる。

「んんんんっ！」

隘路《あいろ》が奥に引き込むように指を締めつけ、その感覚を楽しんだのかロイは満足そうに息を吐いた。

「中だけでイけるなんて、本当に敏感な身体だな」

ロイがくすくすと耳元で揶揄《やゆ》するように笑う。まだ快楽の余韻に脱力しているアンナが羞恥《しゅうち》に頬を染めると、蜜口に埋められたままの指が再びゆっくりと動き出した。

「あっ……まだダメ、今、イったばっかりで」

思わず腰を引くも許さないと言わんばかりに突き込まれ、アンナは情けない嬌声《きょうせい》を上げてしまう。

「でも、もっとほぐさないと俺とひとつになれない」

「ひとつ……？　ロイ様、と？」

「そう、君が欲しくてこんなになってる」

誘惑するように囁《ささや》いてアンナの手を取り、トラウザーズの上から屹立《きつりつ》した昂《たかぶ》りに触れさせる。布越しに硬い剛直をそっと握ると、ロイが「ん」と感じ入った声を漏らした。

愛する人の艶《つや》っぽい声をもう一度聞きたい。欲望のままそろりと上下に摩《さす》れば、手の中でそれは硬さを増した。受け身ではなく、自《みずか》ら触れるというリアルな感触に、霧がかかっていた思考がクリアになっていく。

「ま、待って……これ……夢じゃ、ない？」

混乱し、心臓が一層トクトクと早鐘を打つ。

「どっちがいい？　夢がいいならまた眠らせてあげようか。ああでも、寝ながらでも達せるくらい敏感だし、起きてた方がもっと気持ちいいんじゃないか？」

確かめるように、ロイの二本の指が蜜口の浅い場所で抜き差しされる。

「あっ……ダメっ……抜いて」

夢じゃないならこの行為は許されない。だというのに。

「抜かない」

優しい声色で拒絶したロイは、腹の裏側にあるアンナの弱い部分をわざと擦り上げた。

「ああっ……やめてっ……なんで、こんな……」

兄妹なのに。

だが問いかけは最後まで紡《つむ》がれず、ロイに与えられる快感により甘い嬌声《きょうせい》に変わってしまう。

「なんで？　アンナも欲しかったんだろ。朝、寝てる俺に乗って、ここ押し付けて感じてた」

ぷっくりと膨らみきった秘芽を親指で押され、アンナは淫《みだ》らに腰をくねらせながら、顔を真っ赤にする。

（嘘……！　あの時、起きてたの？）

「ち、違うわ！　あれは抜け出そうとしたらたまたま当たっただけで」

「へぇ？　まあどっちでもいい。あれで君が俺を男だと思ってくれてるってわかっただけで十分だ。寝た振りをして、わざと君を腕に閉じ込めた甲斐があったよ」

試されていたのか。しかし、それを尋ねる余裕はアンナにはなく、せり上がってくる快感に喘《あえ》ぐしかない。

「なのに君は、男に会いに行った」

「ひっ、あぁぁ――っ……！」

仕置きとばかりに激しい抽挿を受けたアンナは、意識が飛ぶのではないかと思うほどの法悦の波にさらわれた。同時に、収縮する蜜路がロイの指をきつく締め上げる。

四肢からぐったりと力が抜けるも、何度も達しているせいで腰の戦慄《わなな》きはなかなか止まらない。

ロイはいまだアンナの中に指を残したまま、薄桃色に染まる耳朶《じだ》に舌を這わせる。

「俺を好きだと言ってたのは嘘だった？」

荒い呼吸を繰り返すアンナは、その問いに答えるつもりはなかった。今、嘘じゃないと言ってしまったら、好きだと肯定してしまったら、穏やかに笑い合える関係には、もう二度と戻れない気がするからだ。

それに、兄妹でこんなことをしても、この道の先にハッピーエンドがあるとは思えない。

アンナがどれだけロイを想っているとしても。

「義兄様《にいさま》、もう許して」

罰として辱《はずかし》めているのなら、ここで踏み留まってほしい。

これより先に進めば、本当に兄妹ではいられなくなる。

「じゃあ、俺だけのアンナになる？」

「私は、昔からずっと義兄様《にいさま》だけよ」

誰と結婚しようとも、ロイはアンナの推しで、愛する人だ。

しかしロイは納得がいかないのか、小さく溜め息を吐いて起き上がった。

「君はずるい子だな」

呟《つぶや》き、ベストを脱ぎ捨て、シャツの前ボタンを上から順に外していく。

開かれたシャツの隙間から見えるロイの身体は、細いが引き締まっていて男らしい。

「俺が欲しい言葉はそれじゃないって、わかってるよな？」

優しい声色で窘《たしな》めると、ロイはトラウザーズの前を寛《くつろ》げ、腹につくほどそそり立つ昂《たかぶ》りを取り出した。

「あ……ほんと、ダメ……」

か細い制止の声をロイは無視し、しとどに濡れた蜜口に興奮の証《あかし》を零す先端を押し当てる。

「アンナ？　どうする？　なる？」

ロイが問いかけながら、先端を少しだけ埋め込んでくる。

焦らすように入り口だけで出し入れを繰り返される間、アンナは首を横に振って進んではダメだと訴えた。しかし、ロイは妖艶《ようえん》な薄い笑みを浮かべて「なる？」と再び答えを促《うなが》す。

このくらくらするほどの淫靡《いんび》な光景は本当に現実なのか。まだ夢を見ているのではないか。

……けれど。

「アンナ、悪いけど、俺もこれ以上は待てない」

「わ、わかったわ！　なる！　私は義兄様《にいさま》だけのもの。だからこれ以上は、っあああ——⁉」

残酷にも、ロイの男性の部分が一息にアンナの中に突き入れられた。

嘘だと思いたくても、灼《や》けつくような痛みがリアルだと伝えてくる。

「っ……は、君の中……きつくて、熱い……」

互いの秘所をぴったりと密着させたロイが、痛みでうっすらと意識を飛ばしかけていたアンナに優しく口づけた。

「なん、で」

「今日のことは許すけど、止めるとは言ってないだろ？」

「ひ、ひどい……！」

痛みとショックでアンナの双眸《そうぼう》が涙で滲《にじ》む。眦《まなじり》から零れ落ちるそれを、ロイは親指で優しく撫でつけた。

「俺を騙《だま》した君が言うのか」

怒りを含んだ嘲笑に、アンナは返す言葉もなく唇を噛んだ。

「ああ、そんなにしたら血が出る」

そう宥《なだ》めるロイに唇を重ねられ、さらにキスを強請《ねだ》られた。アンナが仕方なく口を閉じる力を緩《ゆる》めると、たっぷりと舌を絡められる。身勝手に押し入ってきたくせに、こうして優しく触れてくるなんて卑怯だ。

「痛みが落ち着くまでキスしてようか」

気遣われて甘い口づけを続けていると、中でロイがどくどくと脈打っているのが感じられた。キスの合間に零れるロイの吐息からして、きっと快楽に耐えているのだろう。

欲望のまま身勝手に動くこともできるはず。けれどそうはせず、アンナの身体を慮《おもんぱか》ってくれるロイに心が絆《ほだ》されていく。

(ひどいし、こんなのダメだけど……嬉しい)

正直に言えば、ロイが初めての相手になったことは幸運に思えた。

自分がヒロインに転生していたら、愛し合いひとつになれる未来を目指していたはず。

けれど義妹《いもうと》である以上はと諦めたのに。

(ロイ様と、ひとつになってるなんて……)

喜ぶ心に素直に従い、自《みず》ら舌を絡めると、ロイは興奮したようにアンナの口腔《こうこう》を味わった。

「アンナ……君が誰かのものになるなんて耐えられない。そんなことになったら、辛くて、悲しくて……相手の男にうっかり毒薬でも飲ませてしまいそうだ」

甘いキスを繰り返しながら物騒な言葉を吐いたロイ。

口づけを交わすアンナの喉奥がヒュッとなり確信する。

(これはヤンデレモード！)

やはりアンナが結婚によって離れてしまうという不安が、ロイの孤独感を刺激していたのか。

(ということは、下手を打てばあっという間にメリバかバッドエンド行きでは！)

血が繋《つな》がっていないとはいえ、兄妹で身体の関係を持つのはいただけない。

本来なら、今回限りにするため距離を取り、二度と過《あやま》ちがないようにしなければならない。

しかし、今アンナが離れれば、ヤンデレを発動したロイは悪い方へ転がってしまう。

ロイにハッピーエンドを迎えてもらうには、しばらく拒絶しない方がよさそうだ。

忌み子問題を解消し、いい人に出会えば執着は解け、この間違った関係も終わるはず。

「心配しないで。私は義兄様《にいさま》だけのものよ」

「アンナ……！　ああ、君は俺だけのものだ」

歓喜したロイが腰をくいっと押し付けて揺らす。

その途端、痛みが和《やわ》らぎ馴染んできた蜜洞が収縮し、ロイの反り返った熱棒を締め付けた。

「中が反応してる。もう、動いてもいいか？」

小さく頷くと、ロイはゆっくりと腰を引いて、同じ時間をかけてまた挿入した。痛むのではと一瞬緊張が走るも、やってきたのは快楽がもたらす甘やかな疼《うず》きだ。

ロイはゆったりと腰を打ち付けながら、色っぽい瞳でアンナを見下ろす。

愉悦に酔った赤瞳と視線を絡ませ合い、互いに零した艶《つや》を帯びた吐息を食べ合うようにキスを交わした。

禁断の関係を受け入れるのは、あくまでハッピーエンドのため。頭で言い訳を並べながらも、ロイを想う心が、身体が、体温を分かち合い愛し合えることを喜んでしまっている。

たとえそれが執着や愛着によるものだとしても、愛する人から求められて満たされていた。

そんな気持ちが身体にも表れているようで。

「っ……は……アンナっ……すごいとろとろで、吸い付いてくる」

喉奥から絞り出すように告げるロイは、堪《たま》らないと言わんばかりに卑猥《ひわい》な腰つきを速めた。

「あっ、あっ、ん」

蜜壁を広げながら穿《うが》つロイの動きに合わせて嬌声《きょうせい》が零れる。

「もっと……可愛いその声が聞きたい。聞かせて」

強請《ねだ》るように奥を突かれ、与えられる強い快楽に甘い声が止まらない。

「奥っ……当たって……」

「奥も好き？　突くたびに締め付けて溢《あふ》れてくる」

好きかどうかなど初めてでわからない。

それに、ロイに執拗《しつよう》に攻め立てられ続け、蕩《とろ》けるような気持ちよさに頭も身体もぐずぐずだ。

「返事できないほど気持ちがいいんだな。俺も気持ちいいよ。ずっとこうしていたいくらいだ」

奥をこね回すように腰をグラインドされ、中がうねるように反応すると、蜜壺を堪能しているロイのものがさらに質量を増したのがわかった。

その剛直が、淫《みだ》らな水音を響かせて最奥を突き上げる。

「んああっ！」

衝撃にアンナの背中が仰け反るも、ロイの激しい抽挿は止まらない。

「アンナ……っ、そろそろ俺も限界、かも。全部、受け止めてくれる？」

「あんっ、あっ、な、にを」

揺すぶられ、喘《あえ》ぎながらも問い返すと、ロイは情欲を交えた双眸《そうぼう》を細めた。

「俺のを、君の、ここで」

そう言って、硬い切っ先で擦られたのは深い部分だ。

官能を撫でつけるように突かれれば、アンナの身体がぶるりと震える。

「ダメっ……赤ちゃんできちゃう、かも、だから」

「いいな、アンナが俺の子供を身ごもったら、父さんはどんな反応するかな。勘当される？　それならそれでかまわないけど」

うっとりとした声で零したものは本音か否か。

ロイが義妹《いもうと》を妊娠させれば、クレスウェルの評判は地に落ちかねない。

それはロイが恐れていた家族の不幸なのではないのか。

ヤンデレ化している上、快楽に溺れているから正常な判断ができずにいるのかもしれない。

「そんなの、ダメ……」

「アンナ、俺は君を傍に置くためなら、君以外の全てを捨ててもかまわない」

囁《ささや》かれたのは、まるで恋人に捧げるような極上の愛の言葉だ。

ロイは孤独を恐れてアンナに執着しているだけでそこに恋情はないというのに、勘違いしそうになる。

「でも、俺が勝手なことをしてアンナを悲しませるのは本意じゃないから……君から望んでほしい」

ロイは耳朶《じだ》を甘く噛んで、ゆるりゆるりと焦らすような動作で奥を優しく叩く。

劣情を煽《あお》るような動きに、アンナは思わず腰を揺らしてしまい、羞恥《しゅうち》にぎゅっと目を瞑《つぶ》った。

すると、耳元で小さく笑ったロイが甘く強請《ねだ》る。

「君も、俺が欲しい？」

退路を断たれた気がした。

先ほどのようにロイが望む答えを口にしたら、ロイのいいようにされてしまう。

そうわかっているのに、緩《ゆる》く腰を打ち付けられ続けているうちに、だんだんと頭の芯まで快楽に染まり思考が溶かされていく。

兄妹だとか、過《あやま》ちだとか、忘れてはならないはずの倫理。それが、ロイに貫かれるごとに少しずつ消えていき、最後に残ったのはロイへの想いだけ。

「アンナ、教えて」

「……ロイ様が、ほしい」

誰よりも愛しているから。出かけたその言葉は、なけなしの理性によりすんでのところで呑み込んだ。

表情を綻《ほころ》ばせたロイが、余裕なく唇を重ねる。

「いいよ。たくさんあげる」

言葉通り、ロイは余すことなくアンナの舌を絡めて味わい、太腿《ふともも》を抱えこんで最奥まで突き込んだ。ロイが腰を動かすたびに水気を帯びた卑猥《ひわい》な音が立ち、甘い衝撃が何度も下腹を襲う。

快楽を叩きこむように身体を揺さぶられ、アンナはロイの首に腕を絡めてしがみついた。

「あぁっ、ん、あっ、ロイ、さまっ……！」

「さまはいらない、からっ……ロイと呼んで」

「ロ、イ……わ、たし……もうっ……」

「ああ……俺も……」

限界だと訴えるような激しい抽挿に、ベッドが悲鳴を上げて軋《きし》む。

質量の増した雄棒を隘路《あいろ》が食いちぎらんばかりに締め付けると、ロイが甘ったるい嗚咽《おえつ》を漏らした。その直後、深く強い快楽が全身を駆け巡り、アンナは嬌声《きょうせい》を上げながら限界を迎えた。

全てが蕩《とろ》けゆくような淫悦に浸《ひた》っていると、中で痙攣《けいれん》するロイの屹立《きつりつ》が引き抜かれ、アンナの腹に熱い精を放つ。

先ほどの口振りから、てっきり中で果てるのかと思っていたアンナは、ロイがアンナの名誉とクレスウェルの未来を守ってくれたことに感謝する。

（やっぱりロイ様は……ロイは優しい人）

ヤンデレ化しても、家族を不幸にする道は選ばなかった。

とはいえ、こうしてアンナと一線を越えてしまったので、着実に不幸への道を進んでいる気がするが、ふたりだけの秘密にとどめておけばひとまず問題はない……と思うのは甘いだろうか。

そんなことを考えながら、いまだ整わぬ荒い呼吸で胸を上下させていると、覆いかぶさるロイが優しく唇を食《は》んでくる。

「ね……義兄様《にいさま》」

「ロイ、だろ」

「ロ、ロイ。あの、さっき言ってた『また眠らせてあげようか』ってどういう意味？」

「言っただろ。君は、隙がありすぎだって」

確かに、眠ってしまう前にそんな話をした。

だが、それと何の関係があるのかわからず、ひたすらロイから与えられる口づけを受け続けながら考えていると――

「ティールのシロップは、君専用の睡眠薬なんだ」

ロイは悪びれる様子もなく種を明かした。

「私、専用？」

「そう。リラックスティーだけでも眠くなる君の体質に合わせて作った」

「な、なんのために？」

アンナは不眠症ではなく、作ってくれと頼んだこともない。

もしかして新しい研究でも始めたのかと思ったのだが。

「もっと君に触れるために」

完全に自分都合だった。だが、製作理由を知ったアンナはハッとする。

「もしかして、舞踏会の夜も……？」

淫《みだ》らな夢と、起床時の身体の状態を思い出して、アンナは恐る恐る尋ねてみる。すると、まだ硬さを持っているロイの雄が、蕩《とろ》けたままのアンナの淫唇にピタリと押し付けられた。

「ああ、あの夜が、君の身体に初めて触れた日だよ。眠りながら悦《よろこ》ぶ君のここに、こうやって、擦り合わせて共に果てた」

「あっ……」

花芽を押し潰すようにスライドされて息を詰める。

「夢じゃ、なかったのね」

「こっそり薬を含ませて、許可なく触れていた俺を軽蔑する？　嫌いになった？」

確かに褒められたことではないが、そもそも触れられる夢は自分の願望だと思っていた。

いや、願望だった。結ばれないのなら、せめて夢の中だけでも愛し合えるのは嬉しかった。

それをロイが叶えてくれていたのだ。

ゆるゆると淫芯を刺激されながらも、アンナは首を横に振る。

「嫌いになんてならないわ。むしろ、少し安心してる」

「安心？」

腰の動きを止めたロイが、不思議そうな目でアンナを見下ろす。

「その、ロイとキスしたり、それ以上のことをする夢を見てしまって、兄妹なのにどうしようって悩んでたから」

正直にカミングアウトすれば、ロイは「そうか」と微笑んだ。

「だが、それで俺を義兄ではなく、男として見てくれるようになったんだろ」

正確には前世からずっと意識しているが、あえて言わずに曖昧《あいまい》に微笑み返す。

「実はね、シャロンのいとこに会う流れになったのもその夢が原因で……」

「……なるほど。結婚に後ろ向きだった君の考えが変わったのは、俺が触れて焦らせたせいだったのか」

自分で自分の首を絞めたと知り、ロイは溜め息を零してアンナの首筋に顔を埋《うず》める。

「でも、俺は君に触れたことを後悔してない。ずっとアンナが欲しかった。そして君は俺のものになると言ってくれた。だからもう、あの男には会わないでくれ」

懇願するロイの背を、アンナは宥《なだ》めるように優しく撫でた。

「ギルバート卿に会ったのは、焦りのせいもあるけど、ロイの友人になってもらえるかもって期待もあったの」

「なぜあいつが？」

「シャロンの話によるとね、ギルバート卿は偏見を持たないらしくて。それなら、私との結婚はなくても、ロイと仲良くなってもらえたらいいなって思ったの」

とはいえ、素行の問題もあるし、今日の別れ方で互いの印象は悪そうだし、友人になれる道は絶たれたも同然だが。

「俺のため……か。いつだって君はそうだな。俺のことを一番に考えてくれる。でも、あいつは君を気に入ったはずだ。だからもう会うな」

「わかったわ。でも、偶然どこかで会った時は、ご挨拶《あいさつ》だけはさせてね」

クレスウェルの娘として、最低限の社交はせねば家の評判に関わるだろう。

「……どこかで会わないように出かけなければいい」

「社交シーズン中、ずっと籠《こも》っていたら父様に叱られてしまうわ」

結婚はせずとも、前向きに動いている姿は見せなければ。

しかしロイはそれが気に食わないようだ。

「君は俺のものだ」

不服そうに呟《つぶや》き、深く口づけながら再び熱い楔《くさび》を押し込んできた。

「これを父さんが知ったら、俺が君を不幸にしてると言うんだろうな」

嫉妬心のままに激しく腰を揺さぶるロイが自嘲し、弱々しい笑みを浮かべる。

「んっ……わ、たしは、不幸だなんて、思ってないわ」

ロイを好きだから。誰よりも愛しているから。

たとえ結ばれなくとも、こうして好きな人に抱かれるのは幸せなこと。

けれど、愛していると告げられない関係は苦しくて……

そんな葛藤《かっとう》をかき消すように、アンナは深い快楽に酔いしれながらロイを強く抱き締めた。

第四章　幸福の代償

アンナを異性として意識したのはいつからだったか。

ロイは、薬草を煎じた小鍋にスポイトを差し込みながら物思いに耽《ふけ》る。

赤瞳のオッドアイを持って生まれたロイは、不幸を呼ぶ忌み子と呼ばれ、人々から疎《うと》まれている。

公爵家の息子だからか、不幸を恐れてか——領民は皆こそこそと距離を取るくらいで、面と向かって罵《ののし》ったり騒ぎ立てたりする者はいなかった。

だが、友人もなく使用人たちからもよそよそしくされ、ロイの胸には常に寂しさがあった。

唯一の救いは優しい母の存在だ。

母だけはロイを恐れず抱き締め、オリーブ色の瞳を細めて愛を注いでくれていた。

しかし、ロイが六歳の誕生日を迎える、よく晴れた朝。

『おめ……で、と……ロイ』

『うっ……かあさん……かあさん……』

『かあさ、は……あな……たの、しあわ……を……お空から、見守って……——』

母は、華咲病《はなさきびょう》によりこの世を去った。

父にお前のせいだと責められ、離れに幽閉されたロイは独《ひと》りぼっちになってしまった。

『かあさん……会いたいよ……』

父は滅多に訪れず、使用人が交代で世話をしに来ていたが、泣いているロイを慰《なぐさ》める者はいなかった。その涙もやがて枯れ、孤独を受け入れざるを得なくなり、ロイの成長と共に使用人も最低限の世話しかしに来なくなり……

ロイは孤独な環境の中、本を読み漁《あさ》り、薬学を学び、薬の調合をしながら過ごすようになった。母の命を奪った、華咲病《はなさきびょう》の治療薬を開発するために。

そうして十八歳のある日、父が再婚した。

予想はしていたが、義母となる女性は紹介されなかった。

ロイも興味はないのでそれでかまわなかったのだが、意外なことが起こる。

『は、初めまして義兄様《にいさま》、私はアンナです。お会いできて尊死《とうとし》しそうなレベルで嬉しいです』

アンナが新しい母親に連れられ、ひょっこりやってきたのだ。

ふっくらとした頬を紅潮させ、丸い瞳を輝かせ、意味のわからない言葉を吐く可憐《かれん》な少女は、忌み子の象徴である赤い瞳を見ても怖がらなかった。それどころか……

『すごく綺麗。まるで宝石みたい』

『ほう、せき?』

『そう、キラキラ輝くルビーみたい。あ、義兄様《にいさま》知ってますか? ルビーには「勝利」と「成功」に導《みちび》く力があるって』

ロイの瞳は、いつかロイを、勝利と成功に導《みちび》いてくれる宝石だと語った。

思い返してみれば、その瞬間からアンナが特別な存在になった気がする。だからこそ、遠ざけなければと思ったのだ。真っ直ぐで太陽のように明るいアンナを不幸にしたくないと。

胸は痛んだが、関わるなと素っ気なくした。

だというのに、アンナはラッキー体質だから平気だと言ってかまわず懐いてくる。

いつ不幸にしてしまうのかとハラハラしていたが、季節が幾度《いくど》変わっても、アンナは楽しそうにロイの隣で過ごしていた。ロイの気持ちを明るく照らしてくれる、眩《まぶ》しい笑顔を見せて。

そうして時間を重ねるうちに、ロイにとってアンナの傍は唯一の安らげる場所で、自分の居場所だと思えるようになっていった。

アンナが義妹《いもうと》でよかったと心から思っていたのだ。

——だがそれは、アンナが十四歳の時に変化する。

父が王都に出て帰らない日の夜、離れに泊まったアンナが寝ぼけてロイのベッドに横になった。

気づいたロイは驚いたが、ベッドは広く余裕もある。起こすのはかわいそうだとそのまま寝かせてやったのだが。

『んー……』

抱き枕と勘違いでもしたのか、アンナはロイに抱き着いてきたのだ。

『ロイ様ぁ……好き……』

名を呼ばれ、好意を告げられ、女らしく膨らんだ胸を押し付けられ、艶《なま》めかしく足を絡められ……

意識してしまった。

義妹《いもうと》を、女性として。

本当の兄妹であればきっとそんな考えにはならなかったのだろう。成長したのだと思う程度ですんだかもしれない。

けれど、血が繋《つな》がっていない事実が、アンナに向けていた好意に変化をもたらしてしまった。

以来、義兄様《にいさま》大好きとくっつかれるたびに意識してしまい、気づけば抱いてはならぬ想いへと変貌を遂げてしまった。

ダメだと思えば思うほど、想いは募《つの》るばかりで。

アンナが微笑むたび、抱き締めたくなる衝動を抑えるのに必死だった。

いつしか隣に座ることができなくなり、離れに泊まりたいと言われても断った。

美しく成長していくアンナに、邪《よこしま》な想いを抱いていると伝わってしまうのが怖いから。

不用意に触れないように気を付けもした。

アンナが向けてくれる好意をいいように捉《とら》えて、いつか過《あやま》ちを犯してしまう気がしたのだ。

大切なアンナを不幸にしたくない。だから、スクールの話を聞いた時、賛成した。

会わないようにして、アンナへの想いを断ち切りたかったのだ。

以前のように、義妹《いもうと》として見られるようになるだろうと期待して。

だが、出立前日——

当時新人だった使用人のカミールが、アンナに懸想《けそう》していると感じた瞬間、どす黒い感情に支配され、それまで必死にとどめていたものが決壊した。

わざと赤瞳でカミールを睨《にら》み上げて牽制し追い払い、そして……

『好き……』

『っ……！』

ソファで無防備に眠るアンナが好意を呟《つぶや》いた刹那《せつな》、堪《こら》えきれずに口づけてしまった。

罪悪感《ざいあくかん》がないわけじゃない。

だが、アンナに触れられる幸福感の方が強く、背徳感という刺激も相まって、ロイはその日から義兄の仮面を取り払い、眠っているアンナと唇を重ねるようになった。

アンナが夢の中にいる間だけでも、自分のものだと感じたいがために。


脳裏に過去を浮かべて揺蕩《たゆた》っていたロイは、ガラス瓶に入った薬液を軽く揺らし自嘲する。

(結局、夢の中にいる間だけでは満足できず、強引に関係を迫った。本当、自分でもどうしようもない人間だと思うよ)

嫉妬の炎に身を焦《こ》がし、独占欲に駆られてアンナの純潔を奪った。

だというのに、アンナはロイの行いを非難せず抱き締め返してくれる。

兄妹で睦《むつ》み合うなどしていいわけがないのに。

身勝手な自分を受け止めてくれるアンナのためなら、なんでもしてやりたい。

しかし、どれだけアンナが望もうとも、誰かのものになるのは許せない。

(誰にも渡さない。結婚なんてさせるものか)

だが、アンナがクレスウェルの娘である以上、父によって無理矢理結婚させられる可能性がある。

(いっそアンナを連れてクレスウェルから出てやろうか)

クレスウェルを捨て、アンナとふたり、人里離れた小さな家で慎ましやかに生きていく。

ひとりよがりな想像をしたロイは自嘲し、しかしいざとなればそれも辞さないつもりでひとつの瓶を手に取った。中に入っているのは、白い大きな花びらが特徴のホワイト・ブルームだ。

『ホワイト・ブルームの茶を好んで飲んでいた者の華咲病《はなさきびょう》の進行が遅くなったらしい』

そんな話がロイの耳に入ったのは十三歳の時だ。

本邸に訪れていた変わり者の商人が離れにやってきて、欲しいものはないかと聞いてきた。

その時、母を殺したこの瞳の色を変える薬はないかと尋ねると、商人は言った。

『残念ながらそんな薬はありませんが、不治の病《やまい》に効くかもしれない茶なら知ってますよ』と。

それが、ホワイト・ブルームだった。

どこの誰が言っていたかもわからない眉唾物《まゆつばもの》の話だが、離れに閉じ込められているロイには天啓のように思えた。

もしそれが本当で、病《やまい》の進行を遅らせることができるなら、治すことも可能ではないか。

治療薬を作れたら、母のようにただ死を待つだけの人を助けられる。人を死の運命から救えたら、忌み子のイメージが和《やわ》らぎ、父や世間が自分に向けている目が変わるかもしれない。

そう考えたロイは、華咲病《はなさきびょう》の治療薬を研究すべく、自分で薬草や草花を育てるようになった。

幸か不幸か、時間はたっぷりある。

ロイは、孤独を紛《まぎ》らわすように夢中になって薬学を学び、日々研究に没頭した。

ここ二年ほどは、月に一度、ひいきにしている闇商人に治験薬を渡し、薬を買うことが難しいスラムの華咲病《はなさきびょう》患者に届けてもらっている。

闇商人に治験薬の説明を頼み、了承の上で試してもらっているが、今のところ進行を若干遅らせられてはいるものの、華は咲き続けているらしい。

(若干では個人差の範囲かもしれない。別の配合も試してみるか)

本来なら患者の様子を見ながら調節をしたいが、買い出しに抜け出すのが精一杯な状態では難しい。とにかく、華の増殖を抑える効果がはっきりと出るように配合を変えながら、試していくしかないのが現状だ。

「この前入手した最新の薬剤書を読んでみるか」

乾燥した白い花びらが入っている小瓶を棚に戻したロイは、白衣を脱ぐと調合室の扉を押し開けた。隣接している書斎から目的の本を手にし、リビングへと向かう。

すると、薬草園の世話を頼んでいたアンナが、ソファに座りうとうとと頭を揺らしているのを見つけた。

(……治療薬が完成したら、アンナとの未来も拓けるだろうか)

考えるが、むしろ逆効果になりそうだとすぐに悟る。

忌み子の不幸を呼ぶイメージが和《やわ》らげば、貴族たちを安堵させアンナが結婚しやすくなるだけ。

（やっぱり連れ出す……いや、孕《はら》ませればいい）

クレスウェルの評判は落ちるが、アンナが結婚することはなくなる。

さらにうまくいけば勘当され、クレスウェルを出られるのだ。

（そうなったら、俺は何が何でも君と子供を守ってやるからな）

鈍い光を纏《まと》った目で慈《いつく》しむようにアンナを見つめたロイは、彼女の膝の上にオカルト誌が載っているのに気づいた。読んでいたら眠くなってしまったのだろうか。

（無防備で可愛いな）

ロイは薬剤書をソファに置き、アンナを背後から抱き締めた。

うなじに唇を押し付けると、アンナがくすぐったそうに肩をすくめる。

「お疲れアンナ」

「ん……義兄様《にいさま》もお疲れ様」

「また義兄様《にいさま》って呼んだな？」

「あっ……ごめんなさい。まだ慣れなくて」

「お仕置きだ」

怒ってはいないが、アンナにもっと触れたいロイは、仕置きを口実にして唇を重ねた。

あれから二度、アンナを抱いた。嫉妬でも仕置きでもなく、ただ、愛しさが込み上げるまま、まだ戸惑いがちなアンナをベッドに組み敷いて身体を繋《つな》げた。

時間の許す限り共に快楽に溺れ、名を呼び合い果てる。互いに、愛の言葉は紡《つむ》がずに。

アンナがロイに好きだと告げなくなったのはいつからだったか。あの頃はロイも葛藤《かっとう》していた時期だったので、告げられない方が都合がよかったが、今となっては聞きたくて仕方ない。

(とはいえ、俺も伝えられないから強制できないが……)

ロイがアンナに好きだと、愛していると口にできない理由は、愛していた母を喪《うしな》ったからだ。

『ふふ、わたしのロイ。世界で一番愛しているわ』

『僕も！　大好きだよ、母さん』

ロイにとって、想いを告げることは相手に死を宣告するに等しい。

愛する者を手に入れたい。けれど不幸を呼び、失いたくない。その恐怖から告げられないのだ。

いくらアンナがラッキー体質だとしても。

だから、言葉で伝えられない代わりに唇をたっぷりと愛してやると、キスの合間にアンナに問われる。

「今は休憩中？」

「もうおしまいにした。あとは夕食まで本を読もうと思って」

そう言ってソファに置いた本を手に取り、アンナの隣に腰を下ろした。

「また難しそうな本。おしまいっていってもおしまいじゃないのね」

「ああ、言われてみれば確かに」

気づかなかったが、これも薬の研究に繋《つな》がるのでおしまいではないのかもしれない。

「アンナはまたその本か。謎の筆者ゴースト、だったか」

「ええ、様々な伝説や謎を、法に触れるギリギリまで攻めて解明に迫る記事が面白いの」

ロイも読んでみてと勧めたアンナは、「あっ」と目を輝かせた。

「ね、ロイ。ふたりで気分転換に出かけない？」

唐突に提案され、ロイは開きかけた本をそのままに首を傾げる。

「出かけるって、どこへ」

「ロルニアに小旅行」

ロルニアとは、クレスウェル領の隣、緑溢《あふ》れる広大なベムク領を挟んで反対側に位置する、ソディナ領内にあるリゾート地だ。

遺跡や美術館に巨大マーケットなどがあり、海沿いには貴族の別荘が多く建ち並んでいる。

「それは無理じゃないか？」

確かにロルニアであれば自分を知っている者も少なく、眼帯を着ければ外出もそこまで気にせずにできるだろう。

だが、外泊など父が許さないはずだ。しかもアンナと一緒にならばなおさら。

「たとえ内緒で出たとしても、父さんにバレたらこうして会えなくなる」

「ふふふ。それがね、父様は来週から二週間くらい王都に滞在する予定なんだって。だから心配ないし、母様からも一泊くらいならって許可ももらってあるの」

「義母上《ははうえ》から？」

アンナの母クラリッサは、さすがアンナの母と言うべきか、ロイを恐れる素振りはない。

使用人たちのように、アンナによってロイへの恐怖心が薄れたのではなく、初対面からそうだった。故《ゆえ》に、アンナがいない間も時々焼き菓子などを届けに来てくれていたが、クラリッサを不幸にしてはならないとなるべく接触しないようにしていた。

今回、許可を出したのは、アンナがいれば問題ないと考えているからなのか。

女神のような人だとアンナは尊敬しているが、あまりにも寛容だと逆に心配になる。

（それに、俺とふたりでなんて、変な噂が立つのではと不安に思わないのか？　いや、それは今更か。こうして離れに来ることをずっと許してきたんだし）

恐らく、仲のいい兄妹だと思い信頼してくれているのだろう。

アンナが最近離れにいるのも、ロイの研究を手伝っているだけだと信じているに違いない。

「義母上《ははうえ》にはなんて言って許可をもらったんだ？」

「研究に必要な材料がロルニアのマーケットにあって、義兄様《にいさま》が自分の目で見て入手したいと話してたって言ったの。母様はロイの研究を応援してくれてるでしょう？」

確かに、研究のためだと言えば許可は下りやすいだろう。

だがまさかアンナがクラリッサに嘘をつくとは思わず、ロイは苦笑する。

「うまく騙《だま》したな。君はいつからそんな悪い子になったんだ」

「ロイに出会ってから今日までずっと、かな」

ロイのためなら悪くなれる。

そんな殺し文句に聞こえて、ロイはたまらずアンナを抱き寄せて唇を奪った。

「わかった。俺も一緒に悪くなるよ」

「ありがとう！　ロイと遠出ができるなんて楽しみ」

嬉しそうに笑みを浮かべるアンナを見て、ロイも眦《まなじり》を下げる。

慣れない土地に行くのは不安だが、誰の目も気にせずアンナと過ごせるのは願ったり叶ったりだ。

（一応、それらしい材料があるか確認しておくか）

クラリッサがいたから、ロイは今日までアンナを傍に置くことができている。

大切な協力者の信用を失わないよう、ロイはアンナの嘘をなるべく真実に変える段取りを頭の中で巡らせながら、腕の中の温もりをしばらく堪能したのだった。

◇　◇　◇

『君はいつからそんな悪い子になったんだ』

こぢんまりとした屋敷のフロントガーデンに立つアンナは、数日前のロイのセリフを思い出す。

（思えば、私はずっと家族を騙《だま》しているのよね）

十年前、ロイに出会ってからというもの、恋慕を隠して仲のいい兄妹に見せかけているのだから。

そして今、薬剤の買い付けともうひとつの理由により、ロイとふたりで一泊の小旅行に来ている。

心苦しいが、これもロイのためだ。

（この旅行で、少しでもロイの気分転換ができればいいんだけど）

あの日から二週間、身体の関係は一度きりでは終わらずに今も続いている。

ロイはアンナを抱きながらいつも懇願する。君は俺のものだ。離れていかないでくれ、と。

原因はやはり、孤独感から生まれたアンナへの執着だろう。身体を繋《つな》げてひとつになることで、アンナが傍にいるという安心感と、独占欲を満たしているのだ。

アンナに執着していてはロイが幸せにはなれない。

どうすればいいのか悩んだ結果、思い付いたのが、ロイを外に連れ出すことだった。

グレインの言いつけを守って離れに籠《こも》り続け、月に一度の買い出しで街に出るだけではだめだ。

ロイはもっと外の世界を見るべきだと考えたのだ。

それに、クレスウェル領を出れば、ロイを知る者はぐんと少なくなる。仮に噂は知っていたとしても顔まで知らないだろう。

（きっとこの旅行はロイにとっていい刺激となるはず）

期待を胸に息を吸い込むと、玄関からロイが出てきた。

「こんな感じでいいのか？」

念のため、黒革の眼帯を装着したロイが、自信なさげに前髪を避けてアンナに見せる。

「素敵！　伊達政宗《だてまさむね》様みたいですごく似合ってる！」

「だて……？」

（あっ、つい前世のノリで！）

興奮し、うっかり杏奈の頃のテンションで話してしまったアンナは、取《と》り繕《つくろ》うように空笑いする。

「き、気にしないで。とにかくかっこいいって意味だから」

「だてなんとかっていうのは、かっこいいという意味なのか」

あながち間違っていないので頷くと、ロイは納得した様子で屋敷を仰ぐ。

「それにしても、いい家だな」

「ありがとう。でも、クレスウェルの屋敷に比べたら小さいでしょ？」

なんなら離れよりも狭いのだが、「広すぎるよりいい」と言うロイの様子を見ると、気に入ったらしい。

「それに、全体的に温かい雰囲気がある。アンナと義母上《ははうえ》が住んでいた場所だというのも頷けるな」

そう言われて、アンナは改めて母と住んでいた家を見上げた。

はちみつ色のレンガの壁と、丸くカーブした窓や扉。

全体的に柔らかな印象のこの屋敷は、アンナの父が気に入って購入したと母から聞いている。

「この家は実の父が選んだらしいんだけど、母様に似てると思ったのかも」

「アンナの父上か……。アンナも、幼い頃に父上を病《やまい》で亡くしてるんだったな」

「ええ、二歳の時だったから顔も覚えてないんだけど、穏やかな人で怒ったところを見たことがないって母様が話してた」

「なら、君の父上の雰囲気も感じられる家なんだな」

家族皆を表現した家だと褒められ、アンナは嬉しくなりはにかんだ。

（……お父さんとお母さん、どうしてるかな）

二度と会えないかもしれない前世の両親は元気にしているだろうか。もしまだ悲しんでいるなら、異世界で元気に推しと暮らしていますと伝えられたら安心させられるのに。

家族三人で暮らしていた古びた実家を思い出し、郷愁の念に胸が切なくなる。

しかし、旅行初日からしんみりしてはいられない。

アンナは小さく深呼吸してロイに向き直る。

「でもごめんなさい。旅行に誘っておきながら、泊まるのが観光スポットの近くじゃなくて」

本当なら、あれこれ巡ってすぐに戻れる宿を手配したかったのだが、母に止められた。

宿を使うとグレインにバレるかもしれないと言うのだ。

宿にたまたま訪れたグレインに、「先日、ご兄妹でいらしてましたよ」などと支配人が漏らす可能性はゼロではないと。

なので、馬車で一時間ほど離れた郊外に建つアンナの生家を使うことになった。

ここならクレスウェルの人間が訪れることはないだろう。

「俺はこっちの方が静かでいい」

緑溢《あふ》れるのどかな風景を見渡すロイの横顔は穏やかだ。

「そう言ってもらえて嬉しい。夕飯はネイサが用意しに来てくれるらしいから、それまでには帰ってきましょう」

母の依頼を受け、今でも屋敷を定期的に手入れしている使用人が世話をしてくれることになっている。明るい人柄で、アンナにとって第二の母のような人だ。

そのネイサが、世話のためにちょくちょく屋敷に足を運ぶことをロイには事前に伝えてあったのだが、やはり気乗りしないらしい。

「わかった。でも俺は極力関わらないようにするよ」

関わって不幸にしてしまうかもと心配しているのだ。

アンナはロイの手を取って、励ますように両手で包む。

「ねぇ、ロイ。ロイのお母様が亡くなったのはあなたのせいじゃないわ。赤い瞳が不幸を呼ぶなんて迷信よ。クレスウェルの人たちも不幸になってないでしょう？」

「それはアンナがいるからだ」

「なら、私がいるからネイサには何も起きない。でも、私はロイが忌み子じゃないって信じてるし、私がいなくても不幸は起きないって思うわ」

だから心配しなくていいと微笑むと、ロイの手がアンナの頬に添えられて唇が重なった。

「どうして君はそこまで俺を信じられるんだ？」

推しだから。好きだから。特別だから。

いくつも浮かぶ言葉はあれど、今の関係ではどれも口にし難《がた》い。

「ロイだから、かな」

「なんだそれ」

「ね、なんだろう」

冗談だと思ったのかロイが小さく笑うと、アンナも同じような笑みを返す。

そうして、ロイの手を引きながら門までの小道を歩いた。

ロイを信じられる理由は何か。小さな門を押し開き、アンナは前世の記憶を辿《たど》る。

最良でメリバエンドしかない、切なさ溢《あふ》れるダークファンタジー乙女ゲーム『君と織りなす愛の果て』。

ハピエン厨の自分が不思議なほど惹かれ、寝る間も惜しんでロイルートをプレイした。

人の不幸を自分のせいだと請け負ってしまう姿に、ロイのせいではないと胸を痛めた。

負けないでほしい。本当の幸せを掴《つか》んでほしいと願っていた。

ゲーム制作会社に、ファンディスクを出してロイを幸せにしてあげてほしいと要望を出したこともある。

そうした強い想いと運の強さで転生したと思っていたが、もしかしたら、ロイを幸せにする宿命だからこんなにも惹かれ、信じていられるのかもしれない。

(私は、ロイのためにいる)

そう思うと、心が強くなった気がして自然と口角が上がった。

(ロイがヤンデレ発動して禁断の関係になったからって挫《くじ》けないわ)

なんなら今の関係は、頑張る自分へのご褒美《ほうび》だと思おう。

いつか、ロイが幸せを掴《つか》むまでのボーナスタイムを満喫すべく、アンナはロイと共に馬車に乗り込んだ。

わかっていたが、ロイの美貌は片目を覆っていても隠しきれないらしい。

『研究に役立ちそうなものがないか見てみたい』

そんなロイの希望もあり、まずはロルニアの巨大マーケットで、特産品や研究に使えるものはないかと見て回っているのだが。

「あらぁ、お兄さんみたいないい男におまけしないわけにはいかないね〜。こっちの種も持っていってくださいな」

「あ、ああ、ありがとう」

「お兄さん、うちの店のも見てってくれませんかね。娘がお兄さんのこと気になって仕方ねぇみたいでして」

「や、やめてよお父さん！」

……と、買い物を始めてからずっとこんな調子で、おば様や若い娘たちのハートを奪い続けているのだ。

いつもよりカジュアルな装《よそお》いなので話しかけやすいのもあるだろうが、赤い瞳さえなければ、ロイはきっと社交界で令嬢たちを虜《とりこ》にしたであろうことがよくわかる。

(それにしても、まさかの状況ね)

誰の目も気にせずロイが買い物を楽しめると思っていたが、別の意味で目立ってしまっている。

当のロイもゆっくりと商品を見ていられないようだ。今も、雑貨屋に立つ店主の娘の熱い眼差しを受けて困っている。

店主の娘はアンナがロイとどういう関係なのか気になっているようで、チラチラと視線を投げていた。

(困っているロイを助けてあげたいけど、この女性が運命の人だとしたら妨《さまた》げになるわけにはいかない)

アンナは胸をもやつかせながらも笑みを浮かべた。

「義兄様《にいさま》、このブレスレット可愛いと思わない？」

赤い石がはめ込まれたブレスレットを手にわざと兄妹アピールすると、店主の娘はあからさまに安堵し瞳を輝かせる。

「そちら特産品の宝石を使用しているんですが、妹さんは色白ですし、きっと似合うと思います！」

「……アンナ」

いつもより少し低い声で呼ばれるも、アンナは顔を上げられない。

不機嫌そうな声色なのは、義兄様《にいさま》と呼んだことを快《こころよ》く思っていないからだ。絶対。

さらに予想するなら、きっと冷たい目で見ているに違いない。

「な、なあに？」

視線はブレスレットのままに答えると、ややあって「わかった」とロイが何かを納得した。

「気に入ったのなら買おう。せっかくだし俺と揃いにしようか」

「えっ」

「隣の空色のも一緒に」

「はい！　ありがとうございます！」

ロイは支払いをすませると、アンナの左手首にブレスレットを着け、自分の右手首にも装着する。

「確かに、君によく似合うな」

「あ、ありがとう。義兄様《にいさま》も似合うわ」

ぴくり、微笑むロイの眉が引《ひ》き攣《つ》ったのが見えて、アンナは笑みを保ちつつも心の中で「やば」と漏らす。そんなふたりのひりついた空気を感じているのかいないのか、店主の娘がにこにこしながら主にロイに話しかけてくる。

「ご兄妹でお揃いのものを持つなんて、仲がよろしいんですね」

ここでアンナが肯定するとさらにロイの機嫌が悪くなる気がするので、黙ってぎこちない笑みを浮かべる。

「ええ。他の男に奪われないよう、どこかに閉じ込めておきたいくらいに可愛がっています」

ロイは到底兄妹らしからぬコメントをして、ブレスレットを着けたアンナの手を取った。

アンナと店主の娘が同時に瞠目《どうもく》するも、ロイは涼しい顔で歩き始める。

「次はどの店に行こうか」

「あの、て、手を離して。兄妹だって言ったのに変に思われちゃう」

頼むも、ロイは逆にしっかりと手を握って離さない。

「君が俺を義兄様《にいさま》と呼ばなければ変に思われることもなかった」

図星を突かれ、アンナは「うっ」と呻《うめ》く。

「でも、その方がよさそうな雰囲気だったし」

空気を読んだのだと伝えるも、ロイは溜め息を吐いた。

「俺はあの店員に全く興味はないし、気遣うつもりもない。それとも、彼女をお茶にでも誘った方がよかったたか？」


(その聞き方はずるい)

本音を言えば、自分の目の前で女性を口説くロイなど見たくはない。だが、それがロイの幸せに繋《つな》がるなら、耐えなければならないのだ。

(わかってるけど……)

そうしてくれと頷けない自分の弱さと身勝手さに、下唇を噛む。

返事をしないいまましばらくマーケット内を歩いていると、繋《つな》ぐ手に優しく力を込めたロイが口を開いた。

「この街に俺たちを知る者はいないんだ。なら、兄妹でいる必要はない」

それは、兄妹でいたくないという意味なのか。ただ執着してアンナを抱いているのかと思っていたが、恋心故《ゆえ》にそれだけではないのかもと期待してしまう。

「だから、不必要に義兄様《にいさま》と呼ばないでくれ」

ロイが指を絡めて恋人のように手を繋《つな》いでくると、揃いのブレスレットが微《わず》かにぶつかった。

(このままクレスウェルの家に帰らなければ、ずっと恋人みたいに過ごせるのかな)

誰も自分たちを知らない地でなら叶うのではないか。

そんな誘惑が何度も頭を過《よぎ》りながらも、珍しい花の種や薬剤の買い物に付き合う。そろそろどこかで昼食を、と店を探しにマーケットを出た直後。

「えっ……シャロン？」

洋品店から出てきた友人を見つけ、アンナは慌ててロイの手を振りほどいた。

「……アンナ」

「ごめんなさい。でもあそこにシャロンが」

咎《とが》めようとしたロイが眉を顰《ひそ》めたままアンナの視線を辿《たど》る。

ちょうどそのタイミングで、シャロンと視線がぶつかった。

彼女は驚いた様子で目を瞬《またた》かせた後、笑みを浮かべて足早にやってくる。

「やっぱりアンナだわ！」

「シャロン、すごい偶然ね」

「本当に。こんなところで会うなんて思ってなかったから、ついオーラを確認しちゃった」

ふふふと笑ったシャロンが隣に立つロイを見上げる。

「……そのオーラ、この前アンナを連れ去った方ですよね？」

さすがシャロン。外見ではなくオーラで同一人物と気づいたようだ。

しかし、ギルバートと会った時の話が出てしまい、またロイが機嫌を損ねるのではとアンナの背中に嫌な汗が滲《にじ》む。

当のロイはというと、関わらないようにしているのか無言で小さく頷いた。

「シャロン、あの時はバタバタしてごめんね」

「気にしてないわ。こちらのお義兄様《にいさま》が心配して迎えにきたのでしょう？」

「ど、どうして義兄様《にいさま》だってわかったの？」

ロイと視線を交わして目を瞠《みは》ると、シャロンは控えめに笑う。

「だって、アンナがよく自慢していたお義兄様《にいさま》の容姿そのままだし」

「や、やだ、バラさないでよ」

羞恥《しゅうち》に頬を染めながらちらりとロイを見れば、口元が緩《ゆる》んでいて喜んでいるのがわかる。

「それに何よりオーラが人と違うから」

――人と違う。

その言葉にロイは表情を強張《こわば》らせ一歩後ずさったが、シャロンは気遣うように微笑んだ。

「大丈夫ですよ、ロイ卿。そのままオーラを視せてください」

「だが……」

戸惑うロイにかまわず、シャロンはマイペースにオーラの観察を始める。

ロイはシャロンがオーラを視られることを知っている。いつかロイのオーラを視たいと言っていると話したこともある。だが、忌み子と呼ばれる存在故《ゆえ》に、あまり気は進まないようだった。

なのに、心の準備もなく視られて不安なのだろう。

アンナに縋《すが》るような視線を寄越すロイの姿に、心ならずも胸の内がキュンとする。

（これが母性というものかしら）

大丈夫よと抱き締めたい衝動に駆られていると、シャロンが「ありがとうございます」と前のめりになっていた姿勢を直した。

「アンナが話していた通り、心根の優しい方なんですね。温かい色のオーラに包まれています」

「だからバラさないでってば」

アンナが慌てて口止めする一方、ロイがまたも眦《まなじり》を下げる。

「でも、よくない色のオーラも視えます」

その言葉に、アンナとロイは表情を硬くした。

「シャロン、それって……」

「ロイ卿の内側から出ているものではないから、元から持っているものではないわ。恐らく人からもらったり、弱った心が引き寄せてしまったりしたものだと思う」

もらったり、引き寄せたりしたのなら。

「つまり、瞳の力で人に不幸をもたらしてるわけじゃないってこと？」

アンナは期待に胸を膨らませ尋ねた。言葉はないが、ロイの瞳も揺れている。

「そうかもしれない。でも言い切れないから、やっぱり例の文献についてもっと調べないとだめね。実はね、ここには王都に向かう途中で寄ったの」

「そうだったのね」

舞踏会で会った際、シャロンは父について王都に行くと言っていた。

図書館で再び手がかりを探してみてくれると。

「文献？　なんの話だ？」

ロイが首を捻《ひね》るのを見て、シャロンは眉間に皺《しわ》を寄せる。

「アンナってば、お義兄様《にいさま》に話してないの？」

「う、うん。結果が出てから伝える方がいいかなって」

結果によってはがっかりさせてしまうかもしれない。だからロイには言わずにいた。

アンナの配慮に気づいたシャロンがハッとする。

「私ってば余計なことを……ごめんなさい」

「ううん、シャロンがオーラを視てくれたおかげで話せそう。だから気にしないで」

内側から悪いオーラが出ていないと知れただけでも、忌み子の力が迷信だという可能性が強まった。それを踏まえて文献で得た情報を共有すれば、ロイの心も軽くなるかもしれない。

「義兄様《にいさま》、文献についてはここで立ち話する内容じゃないから、屋敷に戻ったら話してもいい？」

「ああ、わかった」

ロイが静かに頷いた時だ。

「やあ、アンナ嬢！　また会えるなんて嬉しいな」

本日の二度目となるまさかの遭遇、ギルバートまで現れた。

これはまずい。非常にまずい。

怖くて隣のロイを見られないアンナは、ぎこちない笑みでスカートを摘まみ膝を折った。

「ギルバート卿もいらしてたんですね」

「そうなんだ。シャロンと伯父上が王都に行くって言うから、僕も王都の別邸でしばらくゆっくりしようかと思って」

ゲーム上、ギルバートが王都へ行くのは、ヒロインがメイン攻略キャラの誰のルートにも入らず、パラメーターを隠しキャラルート解放必要値まで上げた場合のみだ。

ロイがヒロインとの出会いイベントをスルーしたため、ロイルートは消えたはず。

なので、ヒロインは隠しキャラのギルバートルートに入ったのかもしれない。

「ところで、彼はアンナ嬢を僕から奪った方かな？」

目敏《めざと》く気づいたギルバートが、ロイに挑戦的な笑みを向ける。

「奪ったんじゃなく、毒牙から守ったんだ」

冷えた声色でロイが告げると、ふたりの間に見えない火花が散った。

「ギル、この方はアンナのお義兄様《にいさま》よ」

「兄君？　なるほど、ロイ・クレスウェル卿でしたか」

シャロンが話していた通り、ギルバートはロイを前にしても物怖《ものお》じせず立っている。

やはり、素行の問題がクリアできれば友人になってほしい人物だ。

親友とまではいかなくても、たまに会って気兼ねなく話せる間柄くらいにならなれるのでは。

そう期待した矢先。

「申し遅れました。僕は――」

「ギルバート・スネイル。スネイル子爵の子息で、毎夜娼館に通い放蕩している不誠実な男」

うまくいきそうにないことを悟らされた。

（というか、いつの間に調べてたの）

使用人の誰かに頼んでいたのか、情報通の裏商人から得たのだろうか。

「真偽はさておき、女性の前でする話題としてはいかがなものですかね、ロイ卿」

「女性ならなおさら、下手に関わらないよう知って然《しか》るべき事実だ」

「仮に事実だったとしても、アンナ嬢が僕を選んでくれるなら、僕は他の女性なんて見向きもしないと誓いますよ」

一触即発の雰囲気の中、シャロンが「ギル」と止めるもロイの声が被さる。

「そんな口約束は信じられない。ギルバート卿、アンナを不幸にするだろう貴公はアンナに選ばれないし、俺が選ばせない」

「不幸？　一番その可能性がありそうなあなたよりはマシでは」

嘲笑し吐き捨てられた棘のある言葉は、ロイだけではなくアンナの胸にも刺さった。

ロイも攻撃的なのである程度は仕方ないが、忌み子であることを苦しんできたロイの心を慮《おもんぱか》ると黙ってはいられない。アンナはギルバートを鋭い目で見据えて言う。

「ギルバート卿。義兄《あに》を傷《きず》つけるあなたを、私は絶対に選びません」

「ああ、勇ましく兄君を庇《かば》うあなたも魅力的でいいな。是が非でも手に入れたくなる」

恍惚《こうこつ》とした表情を覗《のぞ》かせた刹那《せつな》、ロイがアンナとギルバートの間に立った。

その瞳は翳《かげ》り、静かな怒りを宿している。

「お前が手に入れるのはアンナではなくとびきりの不幸だ」

「それでアンナ嬢が僕のものになるなら幸福が勝つよ」

ロイの脅《おど》しに屈せず、余裕を崩さないギルバート。

「アンナはお前のものにはならない」

ロイは苛立ちながら踵《きびす》を返し、アンナの手を引いた。

「帰ろう」

「わ、わかったわ」

シャロンが溜め息を吐いてギルバートの腕を叩く。

「ごめんね、アンナ。ギルは叱っておくから」

「シャロンは悪くないわ！　王都から戻ったら連絡して！」

頷くシャロンの隣で手を振るギルバート。さすがに挨拶《あいさつ》をする気分になれず、小さく頭を下げるだけにとどめる。

「本当に戻るの？」

アンナはロイの険しい横顔を見上げて問うた。

「悪いが、観光なんて気分じゃなくなった」

せっかく気分転換してもらおうと来たのに、こんなことになるとは。

色々と街を見て回れば気も紛《まぎ》れるのではと一瞬考えるも、強引に連れ回すようなことはしたくはない。

ひとまず今日は屋敷に戻り、明日仕切り直すのがよさそうだ。

頭の中で段取りしながら馬車に乗る。

しばらく無言で景色を眺めていると、ふいにロイが切り出した。

「前に、友人になれるかもと君は言っていたが、彼だけは無理だな」

確かに、先ほどの感じでは友情を築くのは難しそうだ。

だが、冷静に考えてみれば、今回はアンナが絡んでいたから互いに喧嘩腰《けんかごし》になっただけで、ロイとギルバートがアンナに興味がなくなれば、まだ友人にはなれる可能性はあるのでは。

先ほどの感じなら、口では悪く言いながらもなんだかんだ一緒にいる、という関係ならいけるかもしれない。

ロイを傷《きず》つけたことは許せないが、腫《は》れ物に触れるように気を使うばかりが正解とも限らない。

それに、ロイもギルバートも母を亡くしているから、分かり合える部分があるはずだ。今すぐは無理だろうが、もしそうなれるならシャロンに相談してみてもよさそうだ。

「アンナ」

不意にロイに呼ばれて隣を見るや、強引に口づけられる。

「んぅっ？」

車内とはいえ、通りすがりの人や御者に見られたらどうするのか。

アンナは目を白黒させ顎《あご》を引くも、ロイの唇が追いかけてくる。

「ロイ、待って」

「あいつ、君を諦めてなかった。王都に行くらしいが、戻ったら誘いに来るかもしれない」

揺らぐロイの瞳には不安と焦燥が見えた。

ギルバートがどう動くか。もしヒロインがギルバートルートに入ったのであれば、アンナのことにかまけている暇はなくなるはず。まして最良のメリバエンドならもう戻ってこない。

王の落とし子が生きていると知った宰相に危険因子扱いされ、ヒロインと共に国外へ逃亡するのだ。

だが、そう説明することはできないので、アンナは「大丈夫」と微笑んだ。

「さっきしっかりお断りしたもの」

しかしロイは納得いかないようで、「どうかな」と再びアンナに唇を重ねる。

「こうやって簡単にキスされるくらい隙だらけの君じゃ、どんなに断ってもあっという間にあいつのペースに飲まれそうだ」

確かに、口の回るギルバートは手ごわい。悪魔が誘惑するように、あの手この手で女性を口説く男だ。けれどアンナにも警戒心はあるし、ギルバートに隙を見せたつもりはない。

「隙を見せるのはロイだからよ」

とはいえ、積極的にアンナに声をかけるのはギルバートくらいで、夜会などで会う貴族子息らは隙を見せるうんぬんの前に寄ってこない。

もちろん、ロイの存在を恐れて。

払拭《ふっしょく》したい忌み子の力に守られているとは、なんとも皮肉な話だ。

「だとしても心配なんだ。君は眩《まぶ》しいくらいに真っ直ぐだから、さっきみたいに拒絶して噛み付いても、相手には魅力的に映るんだろうし」

言われてみれば、拒否してもギルバートは楽しそうだった。

袖にされることが少ない色男なので、逆に燃えたのかもしれない。

もしくはロイがいたからわざとか。

「あいつ、アンナが自分のものになるなら、みたいに言ってたな」

苛立ちを乗せた低い声で囁《ささや》いたロイは、アンナの白い首筋に唇を這わせる。

「あの時本当は、君は俺のだって言ってやりたかった」

だが『お前のものにはならない』とだけにとどめた。

下手なことを言ってグレインに伝われば最後。

アンナと引き離されないように堪《こら》えたのだ。

「アンナ……俺のアンナ。口づけるだけじゃ足りない。今すぐ君の全部を感じたい」

強請《ねだ》るロイの腕がアンナをすっぽりと閉じ込める。

「だ、だめ、せめて屋敷まで我慢して」

ギルバートのせいで不安になっているのはわかるが、馬車で許せるのはさすがに口づけまでだ。

「わかった。我慢する。その代わり、帰ったらたっぷり感じさせてもらうから」

耳元で甘く宣言したロイは、約束通りアンナを解放した。

（た、たっぷりってどれくらい……!?）

ベッドの上ではいつもたっぷりな気がするが、それ以上のことをするのだろうか。

密かにどぎまぎしながら馬車に揺られ続け、やがて屋敷に到着するやロイはアンナの手を引いて足早に玄関に入った。扉が閉まると噛みつくように唇を奪われる。

「アンナっ……」

息つく暇もないほどに舌を絡められ、壁に押し付けられ、節くれだった指がアンナの髪をかき乱していく。

「んっ……ロイ、待って」

「十分待った」

限界だと言わんばかりの性急な手つきで背中のボタンが外され、コットンドレスの襟ぐりが緩《ゆる》む。待ってくれたのは重々承知している。だが言いたいのはそうではなく。

「ここじゃなくて、ベッドで」

キスの合間にどうにか伝えると、ロイは短く「わかった」と告げてアンナを横抱きにした。

「えっ、じ、自分で歩くわ」

「この方がくっついていられるしキスもできる。俺は歩くから、アンナがキスして」

「ええっ、危ないんじゃ」

「大丈夫。早く」

しないと動かないようで、ロイは「ん」と唇を甘えるように突き出す。

自分からするのは恥ずかしいが、目を閉じたアンナはロイの首に腕を回して口づけた。

ちゅっちゅっと軽く啄《ついば》むと、ロイは上機嫌で歩き出して階段を上がり、まだ陽が差し込む明るいゲストルームに入った。

前日からネイサが整えてくれていたベッドに押し倒され、ドレスを脱がされ、アンナはいつもとは違う背徳感に襲われる。

自分が育った生家で、これから義兄に抱かれるのだ。

離れとは違う天井を背に、ロイが再び唇を重ねた。

アンナの唇の端から零れる吐息まで欲しがるように、何度も角度を変えながら口づけに没頭する。

余すことなく咥内を堪能され、火照《ほて》り始めた身体がロイによってゆっくりとうつ伏せに導《みちび》かれた。

肩や背に丁寧な口づけを受けているうちに、コルセットの紐が解かれて床に落とされる。

アンナの白いうなじにキスの雨が降り、やがて華奢《きゃしゃ》な背中にぴたりとロイが寄り添うと、何も纏《まと》っていない肌同士が重なった。

いつのまにシャツを脱いだのか。

熱に浮かされた頭でぼんやり考えていると、ロイの手がアンナの身体をそっと横向かせた。

耳朶《じだ》に熱い舌が這い、ぞわりとした感覚に思わず切ない声が漏れる。

最初に抱かれてからというもの、回数を重ねるごとにロイはアンナの弱い部分を次々と暴いていった。そのせいで、ここ最近はあっという間に高められてしまい、すぐに果てることが多い。

今も、舌で耳を嬲《なぶ》りながら、背後から伸ばした手で乳房を鷲掴《わしづか》みにし、柔らかさを楽しむように捏《こ》ねる手のひらが時折先端を擦っては離れていく。こうして焦らされると、後にアンナの感度がよくなるのをロイは知っているのだ。だからわざと先端を掠《かす》めるように触れている。

じわじわと生まれる快楽に、アンナの肩がぴくりと跳ねた。

「ん……ぁ……」

「あいつは想像もしてないだろうな」

「なに、を？」

「俺とアンナがこうしてること」

当然だ。想像されては困る。兄妹であるにもかかわらず、ギルバートの前でそんな雰囲気を醸《かも》し出してしまっているということではないか。

「いっそ知ってもらおうか」

つんと隆起した桃色の尖りを扱《しご》かれて、アンナの腰の奥がキュンと疼《うず》いた。

「あっ……そんなの、ダメ」

「どうして？　俺は知ってもらいたいよ。あいつだけじゃない。もっと大勢の男たちにアンナは俺のものだって知らしめて、誰も手を出せないようにしたい」

独占欲を吐露した唇に耳朶《じだ》を甘く噛まれ、与えられる刺激に昂《たかぶ》りが増す。

指の腹で転がされた突起がさらに膨れて、悦《よろこ》びを主張した。

「ここも、俺に触られるとこんなに硬くなるいやらしい身体だって知ってもらおうか？」

不穏な囁《ささや》きにアンナは首を小さく横に振る。

「いや？」

今度はこくこくと頷くと、ロイが吐息だけで満足そうに笑った。

「わかった。じゃあ、こっちは今どうなってるか俺だけに教えて」

撫でられ、無意識に揺れる腰に合わせてするりとショーツが引き下げられた。

外気で冷えを感じるそこに、ロイの指が後ろから這わされる。

「濡れてる」

秘裂をスムーズに滑る指の感覚で、潤《うる》んでしまっているのが嫌でもわかる。

「いちいち言わないでっ……」

「代わりにアンナが教えてくれるなら言わないであげるよ」

「い、意地悪」

そんな恥ずかしいことをさせるなんて。

アンナが唇を尖らせている間に、ロイの中指がクレバスに潜《もぐ》り込んだ。

蜜口をくすぐるように愛《め》でられれば、ぞわぞわと下腹の奥が疼《うず》いて切ない声が漏れる。

「ここは？　どんな感じがする？」

(そんなの、恥ずかしくて言えるわけ……)

答えられないでいると、ロイの指先がつぷりと中に侵入した。

「ん、ぁっ……」

浅い部分で抜き差しされるたびに喜悦が走る。

ロイの指をしゃぶる花唇がさらに蜜を溢《あふ》れさせ、卑猥《ひわい》な音は大きくなるばかり。

「指に吸い付いてくる。気持ちいい？」

吐息交じりに尋ねられ、アンナは顔を赤らめながら素直に頷いた。

「そうか。それなら続けてあげるよ」

そう言ってロイは、浅い出し入れを繰り返した。

確かに気持ちいい。けれど、指一本、しかも指先を埋める程度では刺激が緩《ゆる》やかで物足りない。

時折、花芽に蜜を塗りこむように触れられるのがまた、アンナの欲を高めていた。

（もっと……もっと奥に欲しい）

いつも与えられている強い快楽を求めて、アンナは無意識に腰を揺らす。

浅く突くロイの細い指を追いかけるように動き、奥へ奥へと呑み込ませると、耳の後ろでくすりと笑う気配がした。

「俺の指で自慰してるみたいで可愛いな」

「あっ……違っ」

そんなつもりは毛頭なかったアンナは、一気に恥ずかしくなり腰を止める。

「いいよ、もっと俺の指を好きに使って。ほら」

ロイはアンナの腰を持ち上げるようにして膝立たせると、後ろから指を二本根元まで沈めた。

「ああっ！　ふか、いっ……」

中を拡げるようにかき混ぜる指が、アンナのいいところを掠《かす》める。

蜜壁が反応してうねると、ロイはなぜかそこを避けて別の部分をゆっくりと擦った。

ややあってまた腹側に触れてくるも、今度はぴたりと動きを止めてしまう。

「なんで……」

「使っていいって言っただろ?」

つまり、自分で動けということらしい。

(なんて意地悪なの……!)

さっきまで嫉妬に駆られながらアンナを欲しがっていたのに。いつもなら、少し焦らしてアンナに欲しいと言わせるくらいで、その後は嫌というほど与えてくれるのに。

もしや、知らない間にロイの気に障《さわ》ることでもしてしまったのか。

(あ……もしかして)

買い物の時に、ロイを義兄様《にいさま》と呼んだからでは。だから今、仕置きを受けているのだとしたら。

(ううっ……やらないと許してもらえないかも)

おそらくロイは、アンナが自分を欲しがる姿が見たいのだ。

義兄としてではなく、ロイを欲しがっていることを伝えなければ。

アンナは唇を引き結ぶと、羞恥《しゅうち》に耐えながら腰を前後に揺らし、ロイの指を自《みずか》ら迎え入れる。ずぷずぷと呑み込ませ感じ入った声を漏らせば、「いい子だな」とロイが囁《ささや》いて腹側に指を曲げた。

「ふぁっ……そ、こっ……」

指の腹がいいところに当たって、じわりと瞳が潤《うる》む。

「アンナはここが気持ちいいんだよな。今も嬉しそうに食い締めてきてる」

鮮烈な快感に、アンナは突き出した艶尻を陶然と振った。

がくがくと腰が震え、爪先《つまさき》が立って、踵《かかと》が上がる。

「もうイきそう?」

頷きたくとも腰を動かすので精いっぱいのアンナは、ひたすら息を荒らげながら喘《あえ》ぐだけ。

しかしロイはそれを許さず、揺れる尻に唇を這わせて囁《ささや》いた。

「教えてくれないならやめようか?」

ロイの指が角度を失い、膨れて満たされる寸前だった快楽が中途半端に放り出されてしまう。

「っ……あ、やだ……」

「嫌なら次はちゃんと教えること。いいな?」

こくこくと頷くと、ロイはアンナの弱点を指で押し上げた。

「ああっ! あ、はぁ……んっ」

再び訪れた快感に悦《よろこ》び、夢中になって自分から腰を揺らす。

痴態を晒《さら》しているとわかっているが、一度失いかけた快楽の高みを早く掴《つか》みたくて仕方ない。

「ああっ、も、イくっ……きちゃう」

「ん、ちゃんと言えたな。いいよ、俺の指を使ってイくところを見せて」

「あっ、あっ、イっ……く……!」

四肢が震え、とどめとばかりにロイの指が擦り上げた刹那《せつな》、愉悦が弾けてアンナは嬌声《きょうせい》を上げながら腰を躍らせた。

ベッドに突っ伏したまま呼吸を整えていると、ゆっくりと指が抜かれる。

濡れそぼったそこから糸が引いて、ぷつりと切れると、アンナの内腿《うちもも》に張り付いた。

ロイはアンナの蜜を纏《まと》った指を舐めあげる。

「アンナの味がして美味《おい》しい」

「……や、……そんなの、美味《おい》しくない」

「美味《おい》しいよ。甘くて癖になるやらしい味。もっと味わわせて」

言うや、ロイは力の抜けたアンナの身体を仰向けにした。

されるがまま、大きく開かされた足の間にロイが顔を伏せてくる。

そして言葉通り蜜を味わうため、熱い舌が蜜壺に入り込んできた。

「あぁっ……」

尖った舌先で肉壁をねっとりと舐め回され、アンナは頤《おとがい》を高く上げて喘《あえ》ぐ。

「は……ここ、ふくらませて可愛い」

ロイの親指が花芽を捏《こ》ねると、蜜口がひくついて愛液がとぷりと零れた。

それを音を立てて吸ったロイは、もっとと強請《ねだ》るように秘芽を愛撫する。

「ひ、ぁっ……あっ、また」

一度果てたせいか、あっという間に高みへと押し上げられ、アンナはあられもない声を漏らした。

アンナの浅い呼吸と隘路《あいろ》の締め付けで悟ったのだろう。達しろと言うように腫《は》れた粒を擦られて、
腰がせり上がった瞬間、アンナは快楽の波に身体を躍らせた。

頭が白に染まる中、蜜を堪能した舌がゆるゆると秘裂を舐め上がってくる。

「やぁっ……！」

濡れた唇が淫芯を包んで、チロチロと舌先で弾かれた。

「だめっ！　イったばっかりだからっ」

強すぎる刺激に抵抗しようと腰を引くも、ロイの手が抱え込むようにがしりと掴《つか》んでいて動けない。

嫌だと首を横に振ってもロイはかまわず、淫《みだ》らな水音を立てながらすっかりと硬くなった突起を吸い上げた。

「んあぁぁぁっ」

ロイの淫技に敏感になっている身体が耐えられるはずもなく、アンナの腰がこれでもかというくらいに跳ねる。

溢《あふ》れる蜜を舌で掬《すく》われる感覚さえ快楽として享受してしまい、腰の震えが止まらない。

「も、だめ……おかしくなっちゃう」

「ああ、いいな。おかしくなったアンナも見せて」

甘く囁《ささや》いて懇願したロイは、隠れている真珠を指で広げて暴き、舌をあてがった。

びりびりと強すぎる刺激が身体中を走り、悶《もだ》えたアンナは背中を仰け反らせる。

「ひっ、いやっ！　無理っ……」

「無理？　俺を拒絶するんだ？」

違うと頭を大きく横に振る。ロイではなく刺激の問題だと。だが、ロイはそれをわかって聞いているのだ。なにせ声色に悦楽が混ざっているのだから。

「無理じゃないよな？　本当はなんて言うんだ？」

とうに手離した理性の代わりに満ちた劣情が、喘《あえ》ぎっぱなしのアンナを正直にさせる。

「気持ちいいっ……よすぎてダメなの……！」

「可愛い……もっとダメになってるアンナを見せて。俺だけに……全部……」

むき出しになった芽を舌で嬲《なぶ》られ、秘口に沈んだ二本の指に蜜壁を擦られ、アンナは何度も達した。

「っ……は、ぁ……」

息ができないほどの愉悦に、高みから戻ってこられず意識が飛びかける。

しかし次々と襲い来る快楽の波に引き戻され、アンナははくはくと空気を吸い込んだ。

卑猥《ひわい》な水音を立てるロイの節くれだった指が、腹側の弱い部分を抉るように刺激する。

快楽に染まり切った身体はそれを喜び、絶頂し、腰が戦慄《わなな》いた刹那《せつな》、痙攣《けいれん》する内側からなにかが噴き零れる感覚がした。

「ははっ……潮まで噴けるなんて、君は本当に最高だな」

アンナの淫液で喉や胸元を濡らしたロイは、眼帯を取り外して適当に放る。

「君のせいで俺も限界だ」

余裕のない欲情に駆られた目でアンナを見下ろし、ロイははだけさせたトラウザーズから張り詰めて大きくなったものを取り出した。

我慢できないと訴えるように脈打つ雄棒の先端からは、透明な淫水が溢《あふ》れている。

ロイはアンナに覆いかぶさると、息苦しいくらいの甘く濃厚なキスをしながら、ひくつく蜜口に切っ先をあてがった。直後、一気に屹立《きつりつ》を奥まで押し込む。

甘美な愉悦にアンナの下腹の奥が燃えるように熱くなり、蜜洞がロイの雄茎を食い締めた。

「っ……きつ……もしかして、挿れただけでイったのか？」

アンナに応《こた》える余裕はない。ただ、蕩《とろ》けた瞳でロイを見つめ、薄い腹を情欲に震わせていた。

朦朧とするアンナと共に快楽に溺れようと、ロイが律動を開始する。突き上げられる度に走る鮮烈な快感に、媚肉が絶え間なく蠢《うごめ》く。

奥の奥まで容赦なく攻められて、アンナは喉を反らせながら何度も腰を跳ね上げさせた。

「アンナ……俺の、アンナ」

腰を掴《つか》んでガツガツと突き上げられながら繰り返し名を呼ばれる。与えられる肉悦に耽溺《たんでき》するアンナは、愛しい人に求められひとつになれる喜びを伝えるように自《みずか》らも腰を揺らした。

求められて嬉しいのはロイも同じらしい。

ロイに合わせて腰を躍らすアンナの中で、抽挿を繰り返す熱棒が太さを増した。

このままひとつに溶け合えたらいいのに。

頭の片隅に想いが過《よぎ》り、ロイに向かって両手を伸ばす。

「っ、可愛い……」

欲に濡れて潤《うる》んだ赤瞳を細めたロイは、たまらないといった様子で指を絡めアンナに覆いかぶさった。手首を飾る揃いのブレスレットが重なり合い、吐息を奪うように口づけ合い、夢中で腰を打ち付け合う。

「すごい、気持ちいい。アンナ、もっと俺を欲しがって」

蕩《とろ》けきった奥を穿《うが》ちながら、ロイが掠《かす》れた声で囁《ささや》いた。

「あぁっ、んん、は、ロイ……ロイ……っ……」

「気持ちいい？　奥にもっと欲しい？」

「ほしっ……ロイ、の、もっと」

「じゃあ今日はここに、出してみようか？」

その言葉に、快楽に支配されていた頭が少しだけ冷静さを取り戻す。

「だ、め」

「でも、きっともっと気持ちよくなれるよ」

耳元で誘惑され、ぐりっと奥を捏《こ》ねるように突かれた。

だが、絆《ほだ》されてはいけないと、アンナは唇を引き結ぶ。

ふたりが結ばれていい関係ではないとロイもわかっているはず。初めて身体を繋《つな》げた時も、アンナが悲しむことはしたくないと言って結局止めてくれたではないか。

その後も請われたことはなかったのに、どうして。

「許してくれないのは俺たちが兄妹だから？　兄妹じゃないあいつなら許すのか？」

ああ、そうか。あの日もギルバートが原因だった。

不安と嫉妬と独占欲からアンナを抱き、深い繋《つな》がりを求めて中に出したがっていた。

今回もきっと同じなのだろう。

「ちが、う。ロイを、守りたいの」

未婚のアンナが妊娠するなど、クレスウェル家の一大事だ。

クレスウェルの名を汚したのはどこの誰か。グレインは当然アンナを詰問《きつもん》するだろう。そして、アンナがどうにか隠し通したとしても、妊娠を不幸と捉《とら》え、ロイは責められてしまうはず。

そんな事態になってほしくはない。

切実な想いを胸に涙を滲《にじ》ませると、ロイは困ったように眉尻を下げて唇を重ねた。

「ずるいな、君は」

優しい声色で囁《ささや》くロイが、ふっと笑う。

「そんな言われ方したら……ますます孕《はら》んでほしくなる」

アンナが驚いて目を見開くのと同時に、ロイは食らい尽くすような腰つきでアンナの最奥を穿《うが》った。

「だめぇっ、止まってっ」

「大丈夫、俺が守るから。アンナも子供も。だからっ、孕《はら》んで」

途切れ途切れに伝えながらアンナを荒々しく揺さぶる。

アンナは自分のものだと、絶対に手離さないと主張するように。

「孕《はら》んで……！　俺と、君の……っ……」

「ああああっ！」

子宮が揺らされ、蜜液が飛び散る。

「も……イ、くっ……アンナっ……！」

子宮口をこじ開けるようにロイの先端が押し付けられた刹那《せつな》、アンナは腰を大きく震わせて絶頂した。ロイは締め付けを味わいながら、白濁を吐き出しアンナの奥深くに子種を流し込む。

じわりと拡がる熱を奥に撫でつけるように揺すられて、アンナは絶頂から降りられないまままさらに軽く達した。

ロイは痙攣《けいれん》するアンナの隘路《あいろ》を堪能し、恍惚《こうこつ》と息を漏らす。

やがて全て出し切ると、ゆっくりと自身を引き抜いた。

追いかけるように淫液が流れ出てくる感覚がして、アンナはううっと声を漏らす。

「ロイが責められたらいやなのに、どうして」

全身から力が抜け、くたりとしながら涙声で訴えれば、宥《なだ》めるような口づけが降ってくる。

「アンナ……君は本当に俺たらしだな」

ロイは諦めたように苦笑して、トラウザーズのポケットから小瓶を取り出した。蓋《ふた》を開け、液体を自分の口に入れたかと思うと、アンナに覆いかぶさって唇を重ねる。

「んっ？」

咥内にとろりとした甘い液体が流し込まれて、アンナは目を瞬《またた》かせた。

ロイに「飲んで」と促《うなが》され、よくわからないがこくりと飲み込む。

「な、に？」

「避妊薬。これで妊娠の心配はないよ」

ロイは瓶をポケットに戻し、アンナの隣に寝そべった。

避妊薬を用意していたということは。

「もしかして、最初からこれを飲ますつもりで……？」

「念のために持ってるだけだ。俺は君との子を欲しいと思ってる。それくらい俺は本気で君を……」

そこまで言いかけて、ロイは口を引き結んだ。

何を言おうとしたのか、聞きたいけど怖くて聞けない。

アンナが望んでいる言葉だったとしても、そこにふたりの幸せな未来はないのだから。

だから、アンナは追及せず、ただ愛しい人を見つめた。

兄妹として、決して告げられない想いを胸に。

そうして見つめ合っていると、ロイは切なげに微笑んでアンナを抱き締める。

「君との子は欲しいけど、怖いとも思う」

「怖い……？」

「子供を不幸にしたくない」

弱々しい声で紡《つむ》がれた言葉に、アンナは得心する。

子供ができればアンナはロイのものになる。けれど、忌み子の自分では生まれてきた子を不幸にしてしまうかもしれない。だから避妊薬を用意してあったのだ。

アンナはロイの首筋に顔を埋《うず》めたまま眉根を寄せた。

「勝手すぎよ」

「悪い。だが、君のことになるとダメなんだ。歯止めがきかなくなる」

アンナの頭頂に柔らかくキスを落として頬ずりをしたロイが、縋《すが》るように抱き締める腕に力をこめた。

「私、ロイには幸せになってほしいの」

「俺は、君がいてくれるだけでいい」

「私はそれじゃ足りない。もっともっと幸せになってほしい。だから、ロイが忌み子じゃないって証拠を探してるの」

「それで文献を？」

頷くと、ロイは「そうか」と短く言って腕を緩《ゆる》めた。

「だが無駄だ。俺も商人に頼んで探したが、どれも曖昧《あいまい》なものばかりだった」

「それがね、王立図書館の閲覧禁止の書庫にそれらしいのがあったの」

およそピロートークに似つかわしくないが、双眸《そうぼう》を瞠《みは》るロイを見上げ、アンナは説明する。

昔、ロイと同じ片目の赤い青年が、ある日突然村の人々を殺《あや》めたこと。

村の名を含む詳細は黒く塗り潰されているものの、その事件により『赤い瞳を持つ者は、血を好む悪魔の証《あかし》。傍にいれば不幸になる』と言われるようになったこと。

「その逸話《いつわ》は初めて聞くな……。だが、結局真偽はわからないんだろう？　なら、他のと大差ないんじゃないか？」

「だったら、様々な逸話《いつわ》が記された本は探せば誰でも読めるのに、なぜこの本だけ閲覧禁止の書庫に収められていると思う？　しかも肝心な部分が塗り潰された状態で」

そして、それが王立図書館の貴重な文献ばかりが並ぶ、閲覧禁止の書庫に保管されている理由は何か。

問いかけると、ロイは熟考し瞳を揺らす。

「隠された、知られたくない何かがある、のか？」

「私とシャロンはそう考えてる。それに、さっきシャロンが視てくれた通り、ロイから悪いオーラが出てないなら、忌み子の言い伝えは真実とは異なって伝えられているかもしれないってことじゃない？」

アンナは希望に目を輝かせてロイを見つめた。

「俺のせいで不幸が起きてるわけじゃないということか？」

「きっとそうよ。そもそも、不幸は大なり小なり皆に訪れるものでしょう？」

前世で流行《はや》っていた、読むと不幸になるメールや見たら呪われる画像などもそうだが、どれもそんな力などない。だが、あると信じた者にたまたまよくないことが起きれば、それはその者にとっての真《まこと》となる。忌み子が人を不幸にするというのも同じだ。

「遠くで『ついてない』って嘆いている人の不幸は、ロイのせいじゃないでしょう？」

「それは……俺と関わってないならな」

「多分ね、ロイが関わっていてもいなくても、その不幸は起きるものだったのよ」

関わったかどうかは結果論だ。ロイが何かをして不幸になったのでないなら、それはロイのせいではなく、その者の運や行いが絡んだものだろう。

「誰かのせいにするのは楽だけど、それは間違ってる。私からすれば、ロイのせいにしている人たちがロイを不幸にしているように見えるわ」

愛されず、孤独を強いられてきたロイこそが不幸にされている。

しかしロイはその不幸を誰かのせいにしていない。

忌み子だと差別され、不幸を押し付けられても。

「だから、そんな環境から離れて、少しでもリフレッシュしてもらえたらと思って、この旅行を計画したの。誕生日プレゼントになればいいなって」

「……え？」

予想もしていなかったのだろう。驚いて固まったロイが瞬《まばた》きを繰り返す。

「少し早いプレゼントになっちゃうけど、誕生日はお母様の命日だから父様が家にいるでしょう？チャンスは王都に行ってる今しかないと思ったの」

本当は夕食のサプライズまで黙っておきたかったが、ロイが暗い気持ちのままでいるのを放ってはおけない。アンナはいまだ目を丸くしているロイににっこりと微笑む。

「誕生日おめでとう、ロイ」

ロイと出会ってから十年、毎年伝え続けた言葉を今年も贈ると、ようやくロイの眦《まなじり》が柔らかく下がった。

「ありがとう、アンナ」

感極まったロイがはにかみ、アンナの額《ひたい》に口づけを落とす。

「君のおかげで俺は、自分の誕生日を受け入れられるようになったんだ」

ロイにとって誕生日は、自分が生まれてきたことを後悔する日だった。

けれど、アンナが祝うようになって以来、誕生日に悲しい顔を見せなくなっていった。

そしてその変化をアンナも喜んでいる。

「君がいてくれなければ、得られなかったものがたくさんある。今日の旅行もそうだ。君が誘ってくれなければ、クレスウェルから出ることはなかった。そもそも、君と過ごした日々がなかったら、外の世界に出なかったと思う」

言われてみれば、確かにロイはどのルートでもクレスウェルから出る描写はなかった。離れを中心とした小さな世界で、誰かを不幸にする恐怖に怯《おび》えながらヒロインとの恋を育《はぐく》んでいた。

そんな彼を自分が前向きにできたのだと思うと感慨深く、ロイのためにと走り続けた努力が実を結んだことを嬉しく感じる。

「俺が踏み出せたのは、アンナが傍にいてくれるからだ。さっき君は、俺に幸せになってほしいって言ってたけど、俺は今、君のおかげですごく幸せだ」

穏やかな声色で告げられて、アンナも幸せな心地になる。

視線が甘く絡み、互いに唇を寄せて口づけ合う。

「アンナの誕生日には、俺もとびきりのものを贈りたいな」

「それなら、またロイと旅行したいわ。だからそれまでにロイが忌み子じゃないって証明して、何も気にせずに色んなところに行きましょう」

そうして本当の幸せを手にしてほしい。

「わかった。俺の方でも調べてみるよ」

「本当!?」

今までずっと自分が忌み子であると信じてきたロイが、前向きな発言をしたので、アンナは食い気味に確かめる。

「ああ、本当に。君に頼ってばかりじゃかっこ悪いからな」

「私がしたくてしてることよ。というか、どんなロイもかっこいいわ」

きっぱり言い切ると、ロイがくすくすと笑った。

(この感じ、なんだか懐かしい)

ふたりの関係が以前のように戻った気がして、けれど互いに一糸纏《まと》わぬ姿であることが二度と戻れないことを知らしめる。

だが今はそれでもいい。

好きだと、愛していると伝えたくとも伝えてはならない、許されない禁断の関係でも、ロイが幸せになれるなら、それで。

自分に関して後ろ向きだったロイの協力に、状況が一気に好転したように感じたアンナは、旅行に来てよかったと心から喜んだ。

窓に夕陽が差し込む頃、階下から音がしてアンナは階段を下りた。

ダイニングルームに入るや、深緑の髪に白髪の増えたお団子ヘアのネイサが満面の笑みを浮かべる。

「まあまあ、アンナお嬢様！　立派なレディになられて！」

「ネイサ！　また会えて嬉しいわ。元気だった？」

互いに腕を広げ、十年ぶりのハグをする。

「ええ、とても。でも、お嬢様と会えなくなって寂しゅうございました」

ネイサから昔と変わらないお日様のような香りがして、別れた日のことを思い出す。

母の結婚が決まった時、当然ネイサも共にクレスウェルに行くと思っていた。

だが、ネイサは住み込みではなく、家族がいる家から通っている使用人だったため、共に行けなかったのだ。

「私も寂しかったわ」

とはいえ、ネイサと別れて数刻で前世の記憶が覚醒したので、本格的に寂しさを覚えたのはロイとの交流に慣れてからだが。

「お戻りが早かったのですか？　湯あみも済ませたので？」

白いナイトドレスにシルクガウンを羽織っているアンナの姿を見て、ネイサが首を傾げる。

ロイとの情事がバレてはいけない。

アンナは心臓をバクバクさせながら笑みを貼り付けた。

「そうなの。汗をかいたから夕食前にさっぱりしようと思って」

「クレスウェル領より気温が高いですからね。今日は湿気も多いですし」

どうやら疑われてはいないようだ。

(そうよね。普通は兄妹で……なんて考えないもの)

「ところでお嬢様、ご一緒に来られている兄君はどちらに？」

「ゲストルームで休んでるわ。朝からあちこち回って疲れたみたい」

早めに戻ったとはいえ、ロイにとって初めての旅行だ。

早朝から移動し、マーケットを端から端まで見て回った上、帰宅そうそう激しく抱き合った。体力を消耗したロイは、アンナが湯あみをしている間に眠ってしまったようで、そのまま寝かせている。

「そうですか。ではご挨拶《あいさつ》は後ほどですね」

「そうね」

明るい表情のネイサを見てふと、彼女はロイが忌み子と呼ばれていることを知っているのだろうかと心配になる。

アンナは最初、ロイが病弱だと聞かされていた。だがそれは子供に『近づいてはダメだ』とわかりやすく伝えるための言い回しだ。

クレスウェルとは離れているロルニアでも、情報通の耳聡《みみざと》い者であれば、クレスウェル家の長男が赤瞳持ちだという噂くらいは知っている。

母クラリッサも最初はどうだったかわからないが、ロイの身体をというより心を気遣っている様子から、今では知らないわけではなさそうだ。しかし知っている確証はなく、アンナも話題に出さないので、本当のところは謎のままだ。

何も知らない可能性もあるので、ネイサにも余計なことは言わずにおくのが得策だろう。

「それでネイサ、これから夕食の支度よね?」

「ええ、奥様とお嬢様から頼まれたもの、しっかりご用意できてますよ」

ふふふと微笑むネイサが、キッチンカウンターに置いてある四角い箱を手で示した。

「ありがとう! 私も準備手伝うわ」

「助かります。喜んでいただけるといいですね」

小声で告げたネイサに、アンナは笑顔で頷いた。


――一時間後。

テーブルクロスを敷いたダイニングテーブルにカトラリーを置いていると、身だしなみを整えたロイが下りてきた。

ガウン姿のアンナとは違い、ネイサと初対面のロイはしっかりと服を着こんでいる。眼帯も装着済みだ。

「起きたのね、義兄様《にいさま》」

「すまない。少し目を閉じるだけのつもりが、気づいたら寝てた」

「気にしないで。それより紹介するわ」

アンナはロイの腕を引き、キッチンへと移動する。

「ネイサ！　義兄《あに》のロイよ」

皿に料理を盛り付けていたネイサが、ロイを見てにこにこと目を細めた。

「ロイ様、初めまして。以前このお屋敷に勤めておりましたネイサと申します。お会いできて光栄です」

「え、ええ。こちらこそ。お世話になります」

緊張しているのか、やや硬い挨拶《あいさつ》を返すロイに「あら」とネイサが眉を上げた。

「ロイ様も眼帯をしてらっしゃるのね」

気まずそうにするロイの横で、アンナは首を捻《ひね》る。

「も、って？」

「ええ、旦那様……アンナお嬢様のお父上も着けていらしたんですよ」

実の父が昔、片目にひどい怪我を負ったとクラリッサから聞いてはいた。だが、眼帯をしていたのは初耳だ。

「傷跡《きずあと》を隠すため？」

「そうです。大きな傷《きず》で瞼《まぶた》が閉じてらしてて、見た人が不快な気分にならないようにと配慮なさってました」

「そうだったのね」

「毎日色々な眼帯を着けてらっしゃいましたよ。ファッションだって言って。なので、ロイ様を見て少し懐かしくなってしまって。急に申し訳ありません」

昔を思い出してつい語っちゃうのは年寄りの悪い癖ねと、ネイサが眉尻を下げて笑う。

「いえ……アンナのお父上の話が聞けて嬉しいです」

「それならよかった。今、お夕食運びますね」

「俺も手伝います」

ロイが気を使って申し出るものの、アンナは「ダメよ義兄様《にいさま》」と再び腕を引いてダイニングに戻る。

「今日の主役は座ってて」

そうして椅子に座らせると、ネイサと共に料理を並べていく。

「シェパーズパイにローストビーフ、添えられてる温野菜も全部俺の好物だ」

「ネイサの料理は、クレスウェルの料理長にも負けてないのよ」

「褒めすぎですよ、お嬢様。ロイ様のお口に合えばいいんですけど」

はにかむネイサが最後に運んだのは、アンナがデコレーションして仕上げたバースデーケーキだ。

甘酸っぱいストロベリージャムと生クリームをスポンジで挟み、粉砂糖をたっぷり降らせたシンプルなケーキなのだが、これもロイの好物で、ここ数年、ロイの誕生日にアンナが毎年手作りしている。

「ケーキまでいつの間に……」

「ネイサにレシピを伝えて、スポンジだけ焼いてもらってたの。さあ、お祝いしましょう」

アンナがグラスにワインを注ぎ、ネイサがローストビーフを切り分ける。

「義兄様《にいさま》、お誕生日おめでとう！」

「おめでとうございます」

温かな雰囲気に包まれるダイニングで、はにかんだロイがアンナとグラスを打ち鳴らす。

「ありがとう」

嬉しそうに微笑するロイの姿に、アンナもつられて笑顔になる。

今日という日が、ロイにとって幸せな日のひとつになってくれたらいい。

切に願いながら、いつもと違う場所でのささやかなバースデーパーティーを楽しんだ。


翌朝、優しいロイの呼び声で目覚めたアンナが最初に感じたのは倦怠感《けんたいかん》だ。

「……おはよう、ロイ」

「おはよう。顔色が悪いが大丈夫か？」

しかも見た目にもわかるようで、ロイが心配そうに顔を覗《のぞ》き込んでくる。

「少し身体が重い感じがするけど大丈夫」

昨夜、ネイサが帰った後、アンナはまたロイに抱かれた。

お礼だと言って丁寧に愛撫を施《ほどこ》され、声が掠《かす》れてしまうほど何度も貫かれた。怠《だる》さはきっと疲れのせいだろう。ロイも自覚があるのか、少々ばつが悪そうな顔をしている。

苦笑して身体を起こそうとすると、横になっていろとロイに押しとどめられた。

「今日はこのまま屋敷でゆっくりしよう」

「でも、せっかく旅行に来たのに」

クレスウェルにいたら行けないような場所を見せてあげたい。

特にロルニアの植物園は種類が豊富で、薬草を扱うロイに喜んでもらえると思っていたのだ。

「また機会を見て来ればいい」

アンナの身体の方が大事だと言って、額《ひたい》に口づけたロイは、ベッドから下りると簡単に服を着た。

「何か食べられそうか？　昨日、ネイサさんが朝食用に用意してくれたスープなら飲めそうか？」

「ううん、まだお腹空いてないから」

「わかった。じゃあ飲み物だけ持ってくる」

そう言ってロイが部屋から出た直後、アンナは枕に頭を沈めたままにもかかわらず眩暈《めまい》がしていることに気づいた。景色がぐにゃりと曲がる。その気持ち悪さに耐えきれず、瞼《まぶた》を閉じた。

(なんだろう……貧血？　少し息苦しい感じもする。それに胸の辺りがひりひりして熱い)

気づいた直後、焼けるような感覚が走った。

確かめるように胸に触れて、その違和感に視線を下ろす。

(花……？)

胸元の真ん中にバラのような桃色の花が見えて、アンナは瞬《まばた》きを繰り返した。

自分のナイトドレスに花のコサージュなど付いていただろうか。

いや、そもそも昨夜は、何も纏《まと》わない状態でロイと抱き合ったまま眠りについたはず。
だとすれば、これは――
嫌な予感を胸に、恐る恐る起き上がる。
見たくない。けれど、確かめなければならない。
浅い呼吸を繰り返し、震える指先でブランケットをゆっくりとずらしたその直後。
――ガチャン。
開きっぱなしのドアの方から何かが割れる音がした。
けれど今、アンナにそちらを確認する余裕はなかった。
胸元に、咲いているのだ。咲いてはいけない、『華』が。
(嘘……でしょ……)
胸の華に釘付けになったまま動けない。だが、胸の内では鼓動が激しく暴れている。
なぜ、私なのか。
なぜ、今なのか。
ロイが幸せを感じてくれているであろう今、なぜ。
「アンナ、に……」
打ちのめされ、震えるロイの声が聞こえる。
「……アンナに、華が」
ああ、そのセリフは、ヒロインに言ったものと同じではないか。

ロイルートの最終章前。


『俺の……俺のせいだ。俺に関わったから』

「俺の……俺のせいだ。俺に関わったから」

両想いになったふたりが、幸せを掴《つか》んだと思った矢先。


『俺が君を……愛してしまったから』

「俺が君を……っ……」

華咲病《はなさきびょう》を患《わずら》ってしまったヒロインに向けたものと。


「ごめ……ごめん……アンナ……」

皮膚に根を張るように咲く一輪の華を見つめながら、アンナは首を横に振った。

「俺が君を不幸にしてしまった」

涙声で後悔を吐露するロイに、アンナはまた大きく頭を振った。

違う。ロイのせいじゃない。

そう伝える前に急激な眩暈《めまい》を感じ、アンナの意識は途絶えた。

第五章　真実と試練

夢ならば、一刻も早く覚めてくれないだろうか。

希うロイの胸を、グレインの容赦ない言葉が刺す。

「やはりお前は忌み子なのだな」

答える気力を失っているロイは、ただ無言で床を見つめ立ち尽くした。

アンナの生家にグレインとクラリッサが到着したのは、つい今しがただ。

昨朝、意識を失ったアンナを医師に診てもらい、正式に華咲病《はなさきびょう》と診断された後、ネイサに頼んでクレスウェルに知らせを送ってもらった。

意識のないアンナをクレスウェルに連れ帰ることができないため、両親に来てもらうよう頼んだのだ。

ベッドに横たわるアンナを見たふたりは絶句した。

崩れるように膝をつき、はらはらと涙を流すクラリッサの隣で、グレインが力のない声を零す。

「カトリーヌだけでなく、アンナまで……しかもまた華咲病《はなさきびょう》だと？」

ショックが大きすぎて半笑いしたグレインは、よろけるように椅子に腰掛けた。

「こんなことになるなんて……やはり見逃すべきではなかった」

その言葉に、無言のまま項垂《うなだ》れていたロイの瞳が揺らぐ。

アンナの手を両手で握るクラリッサが、得心したように静かに口を開いた。

「やっぱりあなたは、アンナがロイさんと過ごしていることに気づいていらしたんですね」

「ああ……君たちがうちに来て半年くらい経った頃、アンナがバスケットを腕にかけて楽しそうに離れから出る姿を見かけて以来、気づいていた」

吐露された真実に、ロイは目を瞠《みは》り顔を上げる。

「……なぜ、今まで何も言わずに……」

「クラリッサも使用人たちも協力しているようだったから様子を見ていた。それに、この子がうちに来てから、使用人たちの笑顔が増えたことに気づいたのだ。離れに通う者たちに常にあった緊張の面持ちが消えたのは、明らかにアンナが影響していると感じたよ」

父は知っていた。知っていて、黙って見守ってくれていたのだ。

使用人たちの雰囲気が変わり、自分への対応が変化したのは肌で感じていた。

アンナのおかげだと思っていたのは自分だけでなく、父もだった。

「アンナはよくラッキー体質だと自分で言っていたが、ある日使用人が、ロイの雰囲気が柔らかくなったと話しているのを偶然聞いた。その時に、もしかしたらアンナの体質のおかげで、ロイにいい変化が起きたのではと期待したのだ。一年、二年、五年と過ぎていく中、不安はあった。だが、十年経った最近では、もしかしたら忌み子の力などなかったのではと思い始めていた。言い伝えが嘘だったのではと思えるまでになっていた」

そこまで話したグレインは、背を丸めて顔を両手で覆う。

「だが、結局こうなった。最初に見かけた時、しっかりと叱るべきだったのだ」

会わないよう止めるべきだったと嘆くグレインを見て、ロイは拳《こぶし》を握った。

「俺も、アンナに華が咲いてからずっと考えていました。もっと拒絶すべきだったと」

タオルを返しに来たあの日。

『義兄様《にいさま》は人を不幸にしてなんかない。私は不幸にならない。それを証明するわ。だから、明日も明後日も、その次の日も、毎日義兄様《にいさま》に会いにここに来るね』

一緒にいたがるアンナをもっと強く拒絶していれば、病《やまい》を患《わずら》わずに済んだかもしれない。

「なぜ……なぜ、しなかった」

「眩《まぶ》しくて、温かくて、心地がよかったんだ」

アンナがいるとロイの世界が明るくなった。

『じゃあ、義兄様《にいさま》が元気ない時は、私が傍にいてたくさん声をかけてあげる』

静かな離れが活気づき、モノクロームの景色が鮮やかに色づいて見えた。

「失ったものが戻ってきたようで、嬉しかった」

救われていたのだ。生きているのか死んでいるのかわからなくなるほどの孤独な世界から。

アンナの大切さを改めて感じ、ロイの瞳に涙が滲《にじ》む。

「不幸にすると考えなかったのか！」

「考えてたさ！　いつだって不安だった！　でもそのたびにアンナが笑ってくれた。大丈夫、不幸にならない、義兄様《にいさま》は忌み子じゃないって……信じてくれた」

忌み子ではない、不幸にならないという確証はない。

けれど、アンナが自信を持って口にすると、本当に大丈夫かもしれないと思えた。

ロイもアンナを信じていたのだ。

「それで調子に乗って、わたしがいない隙にアンナをロルニアまで連れ出したのか？」

咎《とが》めようとするグレインを、ずっと黙っていたクラリッサが「いいえ」と止めた。

「それは私が許可したんです」

「……なんだって？　なぜ君がそんなことを……」

「勝手にごめんなさい。薬の材料の買い付けと、ロイさんの誕生日を祝ってあげたいとアンナに頼まれました。クレスウェルから出て、気分転換をさせたいと」

アンナの希望をクラリッサが叶えたと知り、グレインは深い溜め息を吐く。

「君もアンナも、わたしがなんのためにロイを離れに置いているかわかってないのだな」

アンナとクラリッサまで非難され、ロイは沸きたつ怒りのまま拳《こぶし》を震わせ口を開く。

「わかってないのは父さんだろう？　母さんが死んで、まだ六歳だった俺は離れにひとりにされた。泣いても叫んでも慰《なぐさ》めてくれる者はなく、抱き締めてももらえない。ずっと孤独で、苦しくて。年に一度の誕生日さえ祝ってくれないあなたに、わかってないのかと問う資格はない」

まるで子供の駄々のようだと自覚している。

けれど、母を喪《うしな》って二十年以上、届かず溜め込んでいた思いが、堰《せき》を切ったように溢《あふ》れて止まらない。

「ロイ、わたしも好き好《この》んでお前を離れに追いやったのではない。お前に関わりすぎてクレスウェルが没落したらどうする。お前も厳しい暮らしを強いられるのだぞ」

ああ、結局それか。

確かに、代々続く公爵家を守ることは大事だろう。

ロイがいることで、クレスウェルの体裁を保つのに父が苦労しているのも承知している。

だが、父だというなら、母を喪《うしな》った幼い息子の心も守ってほしかった。

涙に暮れながら毎日書き続けた手紙の返事くらい、一度でも、くれてもよかったではないか。

「……どうだっていい。クレスウェルがどうなろうとかまわない」

「お前、何を……」

「クレスウェルを優先して息子に孤独を与え続けたあなたより、俺を案じ、忌み子などない証拠を、孤独ではない未来を探してくれるアンナの方が大切だ」

そう言い放つと、勢いよく立ち上がったグレインとロイの視線がぶつかった。

遠目に見るだけだった父と、こんなにも近い距離で互いの姿を認め合うのはいつ振りか。

そう考えた直後、グレインはロイの頬を拳《こぶし》で殴った。

よろけて一歩後ずさる。だが、不思議と痛みはあまり感じない。

感覚を忘れるほど、父に、今の状況に、絶望していた。

「わたしがなぜ、お前をクレスウェルに置いていたと思う！　クレスウェルを守るだけなら、お前をどこか遠くにやっていた！」

今更父親らしい言葉を叩きつけられても、思い返す辛い日々は痛みばかりで、ロイにはわからない。

口を噤《つぐ》んでいると、グレインは重苦しい溜め息を吐き部屋を出ていった。

静寂が辺りを包む中、クラリッサがロイを振り返る。

「ロイさん。どうか気に病《や》まないで。カトリーヌさんのことも、アンナのことも、あなたのせいではないわ」

「いいえ……きっと俺のせいです。アンナは違うと信じてくれていたけど、やっぱり俺は人を不幸にする。だから、義母上《ははうえ》も俺に関わらない方がいい」

そう言って、クラリッサに背を向けたのだが――

「実はね、私の前の夫も赤い瞳を持っていたの」

突如打ち明けられた真実に、踏み出しかけた足が止まる。

そういえばネイサが話していた。

「目にひどい怪我をして、眼帯をしていたと……」

「ええ、その通りよ。怪我をしたのは赤い瞳の方だった」

「義母上《ははうえ》は、忌み子について知っていて結婚したんですか？」

「ええ、もちろん。彼が怪我をしたのはロルニアに引っ越す前だったけれど、私は一度も不幸になったことはないし、周りを不幸にもしていなかったわ。ただ、忌み子の迷信を知って夫のせいにする人もいたけれど、誰かの病《やまい》も、怪我も、夫に原因がないものばかりだった」

そもそも、ほぼ面識がない者も中にはいたという。

「彼は言っていたわ。人のせいにしないとやりきれない弱い人もいるのだと。グレインもそうだったのかもしれないわね」

カトリーヌを喪《うしな》った痛みを、悲しみを、幼い息子に押し付けてしまったのだろう。

クラリッサはそう続けて言って、労《いたわ》るように苦笑した。

「もしかして、父と結婚を決めた時、すでに俺のことも知っていたんですか？」

「もちろん。でも迷信だとわかっているから、結婚を申し込まれた時も迷わなかったわ。むしろ、この結婚に意味があるのかもしれないと感じたの」

「意味……？」

「おそらく、あなたと出会っていなくても、アンは華咲病《はなさきびょう》にかかったでしょう。だけど幸運なことに、私はグレインと巡り会い、アンナはあなたと出会えた」

グレインと結婚し、ロイと出会えた。華咲病《はなさきびょう》の薬を研究しているロイと。

「ロイさん、どうかアンを助けてください」

ロイが研究している華咲病《はなさきびょう》の治療薬を完成させてほしい。

願い、立ち上がって頭を下げるクラリッサ。

数日前、世話になっている闇商人からの報告では、治験者の進行は緩《ゆる》まっているものの華は消えていないと聞かされている。

間に合うだろうか。進展がほぼない現段階から、アンナを救えるだろうか。

戸惑い、眠るアンナを見つめた刹那《せつな》、ふと、ふたりが出会った日のことを思い出す。

ロイの赤い瞳が綺麗だと見上げて、アンナは言ってくれた。

『そうなのね！　じゃあどうか忘れないで、義兄様《にいさま》。その瞳は、いつか義兄様《にいさま》を勝利と成功に導《みちび》いてくれる宝石だって』

不幸を呼ぶのではなく、勝利と成功に導《みちび》く瞳だと。

ルビー色の瞳に光が宿る。

（……救えるか、じゃない。救うんだ）

何のために学び、研究を続けてきたのだ。

母の命を奪った病《やまい》を治す薬を作り、不幸に打ち勝つのだろう。

もう二度と、何もできないまま愛する人を喪《うしな》うものか。

自身を叱咤《しった》したロイは、真っ直ぐにクラリッサを見つめる。

「クレスウェルに戻ります。戻って、アンナを救います」

「ありがとう！　よろしくお願いします」

涙を流して微笑むクラリッサに一礼し、ロイは今度こそ踵《きびす》を返した。

美しくも残酷な不治の病《やまい》から、誰よりも愛しいアンナを救うために。

◇　◇　◇

――ああ、熱い。

胸に宿る熱を逃すようにゆっくりと息を吐くと、アンナの耳に聞き慣れた声が届く。

「アン……私が代わってあげられたらいいのに」

切実な涙声が母のものだと気づき、次いで感じた胸元の熱さに、意識を失う前の出来事を思い出した。

華咲病《はなさきびょう》にかかってしまったことを。愛する人の、絶望に染まった真っ青な顔を。

そして今もうひとり、悲しませてしまっている大切な人に向けて唇を動かす。

「そうしたら、私が悲しいから嫌よ」

掠《かす》れた声で呟《つぶや》き双眸《そうぼう》を開くと、目に涙を浮かべて喜ぶクラリッサが、アンナの手をギュッと握りしめた。

「アン！　ああっ、よかった！　このまま目を覚まさなかったらどうしようかと思っていたのよ」

「心配かけてごめんなさい。でも大丈夫。華咲病《はなさきびょう》は、華が咲くと気を失うけど、落ち着けば意識が戻るから」

華咲病《はなさきびょう》は、前触れもなくある日突然身体に異変を感じて、間もなく華が咲く。

初めの華が咲く場所は人により違うが、数日置きに次々と各所に咲いていく。

養分は発症者の生命力で、数が増えるごとに身体は衰弱し、やがて死に至るのだ。

「次に華が咲いたらまた気を失うかもしれないけど、ちゃんと目を覚ますから心配しないで」

ただし、命が尽きたその時は別なのだが、それを悟らせずにアンナは微笑む。

「詳しいのね」

「義兄様《にいさま》の手伝いがしたくて勉強したの。ところでここはまだロルニア？」

「ええ。アンの意識がないから、ここで様子を見ていたのよ」

アンナと母の世話は、以前のようにネイサが通ってしてくれているらしい。

また、グレインは王都に一度戻ったが、すぐにここへ来るとのことだ。

「義兄様《にいさま》は？」

「あなたを助けるために、クレスウェルに戻ったわ」

治療薬の完成を急いでくれているという母の言葉に、華咲病《はなさきびょう》を発症したヒロインとロイの結末が脳裏を過《よぎ》る。

最終章の中盤、衰弱していくヒロインを助けようとロイは薬の研究を急いだ。

しかしうまくいかず、発症から約三ヶ月後、ヒロインはロイに愛していると告げ、この世を去る。

残され、悲しみに暮れるロイだったが、『諦めず、薬を完成させて苦しむ誰かを救ってあげて』と願ったヒロインの遺言に従い、薬の研究を進めた。……しかしひと月後。

『ああ……俺の身体に、君と同じ華が咲いてる』

自身も華咲病《はなさきびょう》を患《わずら》い、日に日に弱っていく身体でどうにか薬を完成させると同時、とうとう力尽きたロイは息を引き取るのだ。

ヒロインと同じ病《やまい》で、同じ華を纏《まと》い死ねることを幸福だと感じながら。

（咲くのはその患者オリジナルの、世界にひとつしかない華。けれど、ヒロインとロイは全く同じ華で、それがまたユーザーをたまらない気持ちにさせたんだけど……）

そんな結末にはなってほしくない。

縋《すが》るように、手首を飾る揃いのブレスレットにそっと触れる。

アンナへの執着を見せる今、死んでしまえばロイはきっと心を病《や》むだろう。そんなのは全然ハッピーエンドではない。

まだ動けるうちに、クレスウェルに戻ってロイを支えなければ。

惜しむらくは、ゲーム内では治療薬の完成について詳細が語られていなかったことだ。足りていなかったものがわかれば完成させられるのに。

「母様、私もクレスウェルに戻りたい」

「でも、移動中に華が咲いたら……」

「母様、私の体質忘れちゃった？」

とはいえ、華咲病《はなさきびょう》になった今、その体質が本当だったのかも怪しいが、母は「そうね」と微笑んでくれた。

「アンならきっと大丈夫。そうと決まればすぐに動きましょう」

ネイサに移動の手配を頼んでくると立ち上がった優しい母に、アンナはありがとうと微笑んだ。

グレインを待っていては次の華が咲いてしまうかもしれない。そう考えた母は、グレインの戻りを待たず、王都に文を出してからアンナを連れてロルニアを発った。

無事にクレスウェルに戻れたのは、日が暮れる少し前だ。

途中次の華が咲かなかったことに安堵し、馬車から降りたアンナが車椅子に座ると、玄関扉から
アイシャが飛び出してきた。

「姉さまっ！」

抱き着いてきたまだ幼い背中に腕を回し、頬を摺り寄せる。

「アイシャ、ただいま」

「ご病気になられたんでしょう？　姉さまの大好きなデザート、アイシャの分も全部あげたら治る？」

病気についてアイシャがどこまで聞かされているのかわからないが、余計な心配をかけないようアンナは笑みを浮かべた。

「ふふ、ありがとうアイシャ。それならすぐに元気になっちゃうわ。でも、美味《おい》しいものはアイシャと一緒に食べたいな」

「だめよ。それじゃ姉さまが元気になれないでしょう？　そうだ、カミール！　料理長に今夜から姉さまのデザートは多めにしてってお願いして」

「はい、承知しました」

アイシャの後ろに控えていたカミールが眦《まなじり》を下げると、満足したアイシャはクラリッサとハグをする。寂しかったと口を尖らせるアイシャの姿を見て、アンナは申し訳なくなり眉尻を下げた。

数日とはいえ、家族が皆いなかったのだ。

カミールや使用人たちがいても、心細かっただろう。

ふたりの様子を見守っていると、カミールがアンナの背後に回って車椅子のハンドルを握った。

「お部屋までご案内しますね」

「ありがとうカミール。あの、義兄様《にいさま》の様子はわかる？」

ロイがロルニアを出立したのは二日前だ。無事に戻り、離れで過ごしているのだろうか。

心配になって尋ねると、玄関の扉をくぐったカミールが苦笑する。

「お帰りになられてから、不眠不休で研究に没頭なさっていますよ」

「不眠不休って、そんなに根を詰めたら倒れちゃうわ」

「ですよねぇ。なので、休んでくださいとちょこちょこお願いしてるんですけど、そんな暇はないと仰《おっしゃ》って。食事も適当にパンを齧《かじ》っておしまいなんですよね」

毎回ほぼ残されるから料理長がご立腹で、と続けるカミールを、アンナは目を瞠《みは》って振り返った。

「カミールは頻繁《ひんぱん》に義兄様《にいさま》のお世話を？」

「実は僕、ロイ様に頼まれて研究のお手伝いをしているんです。と言っても、足りない物の買い付けや、ちょっと怪しい商人さんに治験薬を渡すのがメインですけど」

怪しい商人……というのは、恐らく闇商人だろう。

アンナは会ったことはないが、ロイルートをプレイしていると時々現れるので覚えている。

「そうなのね……ありがとう」

「いえ、僕もアンナお嬢様のためにできることがあって嬉しいです」

ロイ様と話すのは緊張しますけど……とカミールは苦笑した。

「やっぱりカミールも義兄様《にいさま》が苦手？」

二年前、アンナが王都に発つ前日も、離れに訪れたカミールがロイに怯《おび》えたような素振りを見せていた。

そして今、アンナが華咲病《はなさきびょう》を患《わずら》ったのだ。

ロイのせいでなくとも、もしかしたら……と、目に見えない力を恐れてしまうのは仕方がない。

アンナの質問に、カミールは少し言い難《にく》そうに「はい」と頷いた。

「でも、お噂の方より、どちらかというとロイ様が僕に敵意を持っている気がしているからで……」

それは恐らく、アンナに言い寄る男だと勘違いされているからだろう。

二階に上がるためアンナが車椅子から立ち上がると、手を貸してくれたカミールが嬉しそうに目を細める。

「だけど先日、頭を下げられたんです。『俺ひとりでは時間が足りない。どうかアンナのために力を貸してくれ』と仰《おっしゃ》って。ロイ様は本当に、アンナお嬢様を大切に想ってるんですね」

ロイが、アンナのために頭を下げるほど必死になってくれている。

その切実な想いに胸を打たれ、目頭が熱くなる。

今すぐロイに会いたい気持ちに駆られながらも、アンナはカミールに支えられて自室のベッドに腰掛けた。

倦怠感《けんたいかん》に息を吐き、身体を休めるべく横になる。

「アンナお嬢様、ロイ様からこちらの薬を飲むように言付かってます」

カミールが手で示すナイトテーブルには、白い包み紙がいくつか入った籠《かご》が置かれている。

恐らく治験薬だろう。個人差はあるようだが、進行を遅らせる効果があるらしい。

副作用についてもロイから聞いているアンナは、迷うことなく頷いた。

「わかったわ。記録も取っておかないとね」

華が咲くまでの時間や日々の体調、病状の変化など。今度は患者としてロイに協力するのだ。

「さすがですね。ロイ様も仰《おっしゃ》ってました。アンナお嬢様の経過をよく観察して報告してくれって」

指示は使用人たちで共有済みとのことで、記録の準備もできているとカミールが説明してくれた。

「ありがとう。迷惑かけてしまうけどよろしくね」

「迷惑だなんて。皆でお嬢様をお支えしますから、どうか負けないでください」

カミールが泣きそうに顔を歪めて微笑む。

「ええ、義兄様《にいさま》と一緒に頑張るわ」

そう答えると、部屋に入ってきたクラリッサがカミールを下がらせてベッドに腰を下ろした。

「アンナ、グレインからよ」

そう言って差し出されたのは、白い封筒に入ったメッセージカードだ。

二つ折りのそれを開いてみると、達筆な字が綴《つづ》られている。

『親愛なるアンナ、意識が戻ったとクラリッサから聞いた。とても嬉しいよ。だが今までのようにロイとは会わないでくれ。君のためにも、どうか頼む』

読み終えたアンナはハッとしてクラリッサを見た。

「やっぱり父様は、私が義兄様《にいさま》と会っていることを知ってたの？」

「ええ、もうずいぶん前から気づいていたようよ」

時折、あえて見ない振りをしてくれているような気はしていた。

離れから戻った時にばったりと会ってしまい、慌てふためきながら誤魔化した経験が何度かある。

幼いアイシャがうっかりロイの話題を口にしてしまった時も、聞いていない振りをしてくれたように見えたが。

やはりグレインにはバレていたのだ。

優しげに苦笑した母は、アンナが眠っていた時のことを教えてくれる。

どうやらグレインは、ロイと過ごすアンナを見ていて期待していたらしい。

息子は忌み子ではないのでは……と。

「でも、私が華咲病《はなさきびょう》になったから、また義兄様《にいさま》が不幸にしたと思ってしまったのね？」

だから、ロイの傍にいれば病気の進行が早まるかもしれないと心配して、このカードを送ってきたのだ。

ロイのせいではない。そう突っぱねて会うことはできるだろう。

だが、必死に治療薬を作ってくれているロイの邪魔をしてはいけない。したくない。

ただ、寝食を惜しんでの研究を続けるのは心配だ。

「母様、義兄様《にいさま》に手紙を書くから、カミールに届けてもらってもいい？」

体調管理はしてもらわないと、ゲームと同じようにロイまで華咲病《はなさきびょう》を患《わずら》ってしまうかもしれない。だからせめて、手紙くらいは許してほしい。

「ええ、もちろん」

快諾してくれた母に感謝を告げたアンナは、ブレスレットに触れ、暮れなずむ空を映す窓をそっと見やる。

(ロイ……どうか、無理はしないで)

息を吐き、鎖骨の辺りがひりつくのを感じながら、ロイの無事を切に祈った。

それから一輪、また一輪と華が増え、気絶を繰り返しながら半月ほど経った頃。

意識が戻ったばかりのアンナのもとに、シャロンから吉報が届いた。

『ギルのおかげで村が判明したわ。ベムク領の最東端にあるガラム村よ。ただ、村はすでになくなっているみたいなの。事件についても見つからない。ひとまず村があった場所まで行ってみるわ。この手紙が届く頃には進展があることを祈っていて』

(すごいわ、シャロン！　ギルバートのおかげって、何があったのかわからないけど嬉しい)

ベムク領はクレスウェル領の隣にある。

アンナは使用人に地図を持って来てもらい、ガラム村を探した。

しかし、最東端にガラム村の名は載っておらず、あるのはリブナーという村の名だけ。

(村がなくなったのっていつくらいなのかな)

古い地図になら載っているだろうか。図書館に行けば調べられるのだが、外出は禁じられている。

怠《だる》さを逃すように息を吐いたアンナは、夕陽の差し込む窓に目をやり、肩から落ちかけたガウンをかけ直した。

(私もシャロンと一緒に行けたらよかった)

現地にひとりで行くことはないと思うが、困ったりしていないか心配だ。

病《やまい》により何もできない歯痒《はがゆ》さに、自分はラッキー体質ではなくなってしまったのではと弱気になる。

本当にラッキーなら、自分は病《やまい》に侵《おか》されず、シャロンと共に村に行けているはずだ。

そう悲観的になりかけてしまい、慌てて首を横に振る。

おそらく、この病《やまい》はヒロインの代わりにアンナが請け負ったものだ。

ロイの薬はヒロインが病《やまい》を患《わずら》うことで完成に向かう。

「でも、ロイに幸せになってもらうには、私が生きていないと意味がない」

ヒロインの代わりに病《やまい》を患《わずら》ったアンナが死んだ場合、ロイも華咲病《はなさきびょう》を患《わずら》うメリバエンドを辿《たど》る可能性があるのだ。

ロイが生存するハッピーエンドを迎えるためには、薬の完成まで病《やまい》に耐え、なんとしても生き延びなければ。

完成さえすれば、万が一ロイが華咲病《はなさきびょう》になっても治療できるはず。だから絶対に生き延びる。

強く心に誓ったアンナは、シャロンへの返事と、ロイにも進展があったことを伝えるため、ナイトテーブルに転がるペンに手に伸ばした。

それからさらに半月後。

先日、手首から新しく咲いた華に触れたアンナは、怠《だる》い身体を起こしてロイが用意してくれた苦い粉薬を喉に流し込んだ。

口直しに甘い紅茶を飲んだところでノックの音が響き、開いた扉からクラリッサが顔を覗《のぞ》かせる。

「アン、あなたのお友達が来てくれたわよ。通してもいいかしら？」

自分を訪ねてくる友人などひとりしかいない。

頷くと、予想通りの人物が、しかし予想外のスピードでアンナに迫り、抱き締められた。

「シャ、ロン？　どうしたの？」

「それはこっちのセリフよ。華咲病《はなさきびょう》にかかったなんて手紙には書いてなかったじゃない。ラッキー体質はどうしたの？」

「心配かけてごめんね。でも、義兄様《にいさま》の薬のおかげで華はそこまで咲いてないのよ」

主治医の話によると、今まで診てきた華咲病《はなさきびょう》の患者の中では、ダントツで進行が遅いらしい。

義兄が独自に研究している治験薬を服用していることを伝えると、かなり興味を持ってくれていたので、ロイの薬が広く役立てる日は近いかもしれない。

それには、忌み子についての誤解を払拭《ふっしょく》する必要があるが。

「あなたの傍にそんな家族がいるということがラッキーということね」

「ええ。でも、父様は病《やまい》にかかったこと自体を不幸と捉《とら》えていて、義兄様《にいさま》と揉めたみたい」

ロルニアでロイとグレインが衝突した話を聞いたのは、二輪目の華が咲いた後だった。

王都から戻ったグレインの監視の厳しさに、母が苦笑しつつ教えてくれたのだ。

グレインに、お前のせいだと責められたロイが、クレスウェルを優先する父よりアンナが大事だと言い放って仲違いをしたと。

ロイからそれだけ大切に想ってもらえるのは嬉しいが、自分の病《やまい》がきっかけでこじれてしまったのは複雑な気持ちだった。

「私が病気になったのは義兄様《にいさま》のせいじゃないのに」

「その通りよ、アンナ」

シャロンは瞳を輝かせ、アンナの両肩をがしりと掴《つか》んだ。

「今日はね、王都から最高の手土産《てみやげ》をお見舞いに持ってきたわ」

王都から。そのワードにアンナの胸が期待で膨らむ。

「それってもしかして……！」

ずっと探していた、ロイを幸せに導《みちび》ける大切なものでは。

目を輝かせるアンナに、シャロンが力強く頷く。

「あなたのお義兄様《にいさま》は不吉な存在なんかじゃない。その証拠となるものを見つけたの」

「シャロン！　すごいわ！」

感極まってシャロンに抱き着くと、華奢《きゃしゃ》な腕が包み返してくれた。

「アンナ、ぜひロイ卿と一緒に聞いて」

「ええ、もちろん！」

アンナはさっそくクラリッサに事情を説明し、離れにいるロイを呼んでもらう。

ロイに会うのは久しぶりだ。早く顔が見たい。

(でも、この姿を見て悲しまないかが心配)

病状の報告は受けているはずだが、華が増えた姿を見て落ち込んだり焦ったりしないかが少し気がかりだ。

喜びと不安にそわついていると、しばらくして、少しやつれたロイが躊躇《ためら》いがちにアンナの部屋にやってきた。

「アンナ……！」

クッションにもたれ掛かるアンナを見つけ、足早にベッドの傍に寄る。

「体調はどうだ？」

ベッドに腰掛けたロイが、気づかわしげに触れた頬に熱が籠《こも》る。

会いたかった。顔が見たかった。触れたかった。見つめ合いたかった。

言葉を交わしたかった——

溜め込んでいた想いが一気に溢《あふ》れ、涙がじわりと滲《にじ》む。

縋《すが》りつきたい衝動をぐっと抑え、アンナは自分と同じように泣きそうなロイの瞳を見据えて微笑んだ。

「義兄様《にいさま》のおかげで元気よ」

「嘘つけ。顔色が悪い」

「それは義兄様《にいさま》もよ。ちゃんと休んでないでしょう？」

涼しげな目元には隈がくっきりと浮かんでいる。

唇もかさついていて、水分も取れていないのではと心配になる。

「俺のことはいいんだ」

「よくないわ」

「そうです、よくないですよ」

アンナに続いて窘《たしな》めたのは、クラリッサと共に一歩下がった場所で見守っていたシャロンだ。

「シャロン嬢……俺に話があると聞いたが……」

「はい。ご自分を蔑《ないがし》ろにしているロイ卿に、疲れも吹き飛ぶ素敵なお話をしに来ました」

「早く薬を完成させないといけないんだ。手短に頼みたい」

一分一秒も惜しいと言わんばかりの切羽《せっぱ》詰まったロイに、シャロンは「わかりました」と頷く。

ちょうどお茶が運ばれてきて、クラリッサに促《うなが》されたシャロンは椅子に腰掛けた。

「結論から言うと、ロイ卿は忌み子ではありません」

背筋をしゃんと伸ばしたシャロンの宣言に、ロイが石のように固まる。

「に、義兄様《にいさま》！」

アンナが興奮して腕を引っぱると、ロイの唇がようやく反応する。

「だが、アンナが母と同じ病《やまい》に……」

無理もない。生まれてからずっと、忌み子として畏怖《いふ》され続けてきたのだ。

こうしてアンナまで華咲病《はなさきびょう》に侵《おか》された今、違ったと言われてもすぐには信じ難《がた》いのだろう。

「病《やまい》を患《わずら》ってしまったことを不幸な出来事だと思えば不幸になる。けれど、病《やまい》にかかり『そうなる運命だった』と捉《とら》える人もいる。不幸、運命。どのように呼ぶかはお任せしますが、私とギルが調べた『忌み子ではない』という結果は変わりません」

「そういえば、ギルバート卿のおかげで村の名が判明したとアンナから聞いた。なぜあいつが？」

ギルバートへの嫌悪を露骨に表すロイを見て、シャロンはクスクスと肩を揺らす。

「ギルもそんな顔をしてこう言ってました。ロイ卿が忌み子であると確定すれば、アンナ嬢から引き離せる、と」

「嫌な奴だな」

刻まれているロイの眉間の皺《しわ》がさらに深まった。

ギルバートのことだ。

アンナへの好意というより、面白がってロイに嫌がらせしようとしたのだろう。

「そのギルですが、お恥ずかしながら彼が懇意にしている高級娼館で、娼婦たちに例の文献の内容について知っている人がいないか探ってもらいました」

なるほどとアンナは得心する。

高級娼館は貴族の男たちも贔屓《ひいき》にしている者が多い。

そして、酒と欲に酔いしれた彼らの口は非常に滑りやすくなる。

「五日ほど経って、ギルがひとつの情報を掴《つか》んできました。とある娼婦の常連に王族の縁者がいて、忌み子について興味があると持ち掛けたところ、そんなものはいないと笑ったそうです」

その縁者の男は、酒を注がれながら饒舌《じょうぜつ》に続けた。

『そもそもあれは、ガラム村で起きた王族の失態を隠したものだ』と。

「王族の失態とは穏やかではない話ね……」

ティーカップを両手で包んだクラリッサが不安げに眉尻を下げる。

「情報を得た私は王立図書館に向かい、ガラム村を調べました」

そして古い地図にガラム村を発見した。

「ガラム村はベムク領の最東端に記されていました。ですが、ガラム村は随分前になくなったようで、事件についてもそれらしい記事は見つからなかった。まるでそんな事件は最初から存在していないみたいに」

そこまで聞いたロイはピンときたようで、シャロンを真っ直ぐに見据えた。

「王族の失態を隠したものだから見つからないのか」

「ええ、そうです。そして、隠していたものが全て記されているのが、この手記です」

シャロンが鞄から取り出したのは、ずいぶんと古びた本だ。

「それをどこで?」

ロイが問うと、シャロンは「廃村となったガラム村の隣、リブナー村で」と答えた。

アンナは、先日見た地図にリブナーという名の村があったことを思い出す。

「現地まで行ってくれてありがとう。道中、困ったことや危険はなかった？」

「ギルが一緒に来てくれたから問題なかったわ」

まさかここでもギルバートが出てくるとは思わず、アンナは目を丸くした。

ロイは少々呆れ気味で溜め息を吐く。

「そんなに俺が忌み子だと確定させたかったのか」

「それもあったと思いますけど、王族の失態を暴けるのは面白そうだって、さらに乗り気になったんです。なぜかはわかりませんが」

少々訝《いぶか》しげに首を傾げたシャロンの言葉を聞いて、アンナだけが密かに納得する。

国王の落とし子であるギルバートにとって、王族の弱みはいざという時の武器になるかもしれない。故《ゆえ》に手に入れておきたかったのだろう。

だが、王都から離れたということは、ヒロインとの恋愛イベントが発生しなかったのではないか。だとすれば、ヒロインはどのエンドにも辿《たど》り着かず、ギルバートは宰相に命を狙われることはなくなる。

ただし、養父への復讐を止めるヒロインがいないので、スネイル子爵を手に掛ける可能性はあるが……などと心配しているうちに、シャロンが本を開いた。

「この手記は、村人を虐殺したという青年の幼馴染《おさななじみ》が残したものだと、その幼馴染《おさななじみ》の子孫の方が教えてくれました」

そうしてシャロンが語るのは、百年以上前に起こった真実だ——

ガラム村には昔、飢饉《ききん》に見舞われぬようにと土地神に生贄《いけにえ》を捧げる風習があったそうだ。

しかし、それは大昔の話で、今は細々ながらも農業を営《いとな》む穏やかな村だった。

あるひどい嵐の日、隣国より帰国途中だった当時の王弟が、大雨から逃れるようにガラム村に立ち寄った。

小さな村なりにできる限りもてなしたのだが、酒癖の悪い王弟は、誰から耳にしたのか生贄《いけにえ》を捧げて嵐を治めよと言った。

村の者は皆冗談だと思い笑ったが、酔った王弟は据わった目でひとりのうら若い女性を選び、やれと指示したそうだ。

村人のひとりが贄《にえ》を捧げる祠《ほこら》はもうないと話し、どうにかやめさせようとしたのだが……

『祠《ほこら》など気にするな。そうだな、豪雨に火が勝てば贄《にえ》の効果ありとわかりやすい。その女を火あぶりにしろ』

逆らえばその者も火あぶりだと告げられ、さらに王弟の従者たちに剣を突きつけられては逆らえない。

村人たちは、泣き叫んで許しを乞う女性を木に磔《はりつけ》にし、火で嬲《なぶ》り焼いたのだ。

『おお、見ろ。こんな嵐でもよく燃える。贄《にえ》の勝ちだ』

大喜びする王弟と、嘆くことも許されず立ち尽くす村人たち。

そして、その光景を、隣の村に住む女性の婚約者が運悪く見てしまった。

彼女の指から愛を誓い合った指輪が落ちて、婚約者の青年の生まれながらに赤い左目が、愛する者を焼き尽くす炎を映し……

『あ……ぅ、うあああああああああああああっ！』

叫び、そして——壊れた。


シャロンがページを捲《めく》る。

「青年は怒りに支配され、仕方なく手を貸してしまった、俺は悪くないと言い訳を並べて嘆く村人を次々と殺害。王弟も手にかけようとするが、従者らによって斬られてしまった。うつぶせに倒れながらも、赤い瞳で王弟を睨《にら》みつけたまま絶命したそうです」

鉄に似た血の臭いが充満する中、酔いが醒《さ》めた王弟は青ざめ、あろうことか証拠隠滅を図るべく従者たちに残る村人を殺すように命じたらしい。

そうして、ガラム村は消えたのだ。

「この手記は、青年の幼馴染《おさななじみ》が逃げ延び、いつか彼らの無念を晴らしたいと記したものだったようです。ただ、持ち主の子孫は、自分たちの村がガラム村の二の舞になっては困ると危惧し、しかし捨てることも憚《はばか》られ、ずっとしまっておいたのだと話してくれました」

今回持っていることを明かしたのは、隠蔽《いんぺい》により作られた忌み子の伝承に苦しむ人がいることに心を痛めたかららしい。

出所を明かさないでくれるなら、役立ててほしいと渡してくれたそうだ。

「消えた村の不幸を語れば、赤い瞳の青年の呪いを受けて災いが降りかかる。当時はそんな風に言われていたらしいけれど、おそらく王弟が真実を言いふらされないように作ったのでしょうね」

だが、人の口に戸は立てられぬもの。

いつしか『赤い瞳を持つ者は、血を好む悪魔の証《あかし》。傍にいれば不幸になる』という噂に変化し、稀《まれ》に生まれる赤い目の子供に悲しい人生を歩ませてきたのだ。

悍《おぞ》ましくも悲しい真実に、アンナは眉根を寄せた。

王立図書館に収められていたものは、当時の王族か従者か、罪の意識に苛《さいな》まれた者が残したのかもしれない。しかし、塗り潰されていたということは、結局は露見することを恐れたのだろう。

(当時の王弟に少しでも良心があったら、ロイは自分を責めたりせず、孤独も感じることなく暮らしていたかもしれないのに)

たとえ母を喪《うしな》っても、父と支え合って生きていたかもしれない。

心を痛めつつ、ベッドに腰掛け耳を傾けていたロイを見つめる。

「俺は、忌み子じゃない、のか？」

たどたどしく唇を動かしたロイに、アンナは笑みを向けた。

「そうよ。やっぱり義兄様《にいさま》は忌み子じゃなかった。人を不幸にする力なんて持ってなかったの」

ひとりの人間の失態によって自分の運命を狂わされたのだ。

真実を知った今、複雑な心境だろう。

信じられないといった様子で呆然とするロイに、クラリッサが微笑みかける。

「きっと、王弟は弱い人だったのね。非を認められず、怯《おび》え、人に罪を擦《なす》り付けてしまった。後に苦しむ者が現れるなんて想像もできなかったのでしょうね」

もしくは、そんな余裕もなかったのか。

「でも、義兄様《にいさま》はもう苦しまなくていいの」

忌み子の伝承が偽りであると広まるには時間がかかるだろうが、周囲から少しずつ伝わっていくだけでも違うはず。

まずはグレインが知り、使用人たちも知れば、ロイはもう離れに閉じこもる必要がなくなる。

ずっと見たいと願ってきた家族と過ごすロイの姿を想像し、アンナは目に涙を浮かべた。

そして、姿勢を正し、改めてシャロンに向き直る。

「シャロン、本当にありがとう。私ひとりでは真相に辿《たど》り着けなかった」

シャロンとギルバートがいなかったら、忌み子の真実を暴くことができず、ゲームのロイルートと同じ道を行くしかなかっただろう。

「大好きなアンナの役に立てて嬉しいわ。あと、礼には及ばないから。不謹慎だけど、おかげで充実した時間を過ごせたもの」

オカルト分野の探求は、シャロンの心を存分に満たしたらしい。

同行したギルバートは、面白くない結果に不満を募《つの》らせているだろうが。

「ギルバート卿にもよろしく伝えてね」

「ええ。それじゃあ今日はこれで。またお見舞いに……いいえ、次は快気祝いに来るわ。なのでロイ卿、どうかご自分を信じて、幸運を引き寄せてください」

静かに本を閉じて立ち上がるシャロンに、ロイはまだ実感が湧かないのか、瞳を揺らしながら頷いた。

「……ありがとう。忌み子じゃないというのはまだ現実味がないが……今は、アンナを治すことを優先するよ」

アンナが否定し続けてきたとはいえ、生まれてからずっと忌み子のレッテルを貼られ、自分でもそうだと思って生きてきたのだ。

念願叶って違うという証拠が出てきても、すぐに受け入れられないのは当然だろう。

微笑したシャロンが一礼し、見送るクラリッサと共に部屋を後にした。

扉が閉まりふたりきりになると、ロイは壊れ物を扱うような手つきでアンナをそっと抱き締めた。

「こんな日が来るなんて、信じられない」

「信じて」

忌み子は作為的に仕立てられた伝承だった。

赤い瞳を持つ者に、人を不幸にする特別な力などないのだ。

だから、ロイの母の死も、父の声なき慟哭も、アンナの病《やまい》も、どこかの誰かに降りかかる不幸も背負わなくていい。

そう伝えるように抱き締め返すと、ロイは震える息を吐いた。

「だったらなんで、君は華咲病《はなさきびょう》になったんだ？」

「え……？」

「忌み子の俺が愛した人は不幸になる。ずっと、そう思ってたんだ」

「そんな……違うわ。これは私の運命よ」

そう、これはロイの運命をハッピーエンドに導《みちび》くべくシナリオを捻《ね》じ曲げた代償だ。

本来はヒロインに降りかかるはずだった病《やまい》を、アンナが受けるのは運命。

だが、それを知る由《よし》もないロイは、拭《ぬぐ》えぬ不安から抱き締める腕に力を込める。

「本当に？　俺が君に恋をして、諦めきれずに欲しがってしまったせいじゃないのか？」

頼りなげな声で囁《ささや》かれた告白に、アンナは混乱して固まった。

「……恋？」

ぽつり、声が零れる。

今ロイは、恋をして、と紡《つむ》いだか。

「そ、れって……」

双眸《そうぼう》を瞠《みは》り、どうにか言葉を絞り出すと、ロイは掠《かす》れた声でつまびらかにしていく。

「ずっと、怖くて言えなかった。想うだけでなく、声にしてしまったらすぐにでも不幸にしてしまう気がしたから。今も怖い。告げた瞬間、君が苦しんだらと思うと……」

はっきりと言葉にして伝えることを恐れるロイに、アンナは当惑しながらも心を歓喜に震わせた。

言葉にしなくても、アンナには十分伝わっている。

「私もね、言えなかったの。兄妹だから言ってはいけないって、抑えてた」

何より、ロイが自分を抱くのは、孤独を恐れる故《ゆえ》の執着心からだと思っていたのだ。

だが、違った。ロイも同じ気持ちでいてくれた。

ロイがゆっくりと身体を離し、驚きに染まる瞳でアンナを見つめる。

「ずっと、俺の独《ひと》りよがりかと……」

「それ、私もよ」

理由は違えども、互いに求めながら、自分だけが懸想《けそう》していると思い込んでいた。

「なら……告げてもいいのか？」

忌み子でないのなら。不幸に堕とさないというのなら。

「聞かせて。そうしたら私、世界中の誰よりも幸せになれる」

病《やまい》など吹き飛ぶくらいに、幸福な気持ちで満たされるだろう。

ロイの端整な顔が緊張に強張《こわば》り、薄い唇が意を決して開かれる。

「アンナ……君を……君を、愛してる」

ずっと望んでいた。

望んでも得られぬと思っていた愛をロイに涙声で告げられ、込み上げる感動にアンナの瞳が潤《うる》む。

「私も、愛してる」

前世で惹かれ、転生してからもずっと焦《こ》がれ続け愛していた。

報われなくても、ロイがハッピーエンドを迎えられるのならそれでかまわないと思いながらも、求められ、肌を重ねる幸福を手離したくないと願ってしまっていた。

ロイの赤色とオリーブ色の瞳が波紋を纏《まと》って揺れる。

微笑むアンナの頬を涙が伝うと、ロイの指がそっと拭《ぬぐ》った。

そうして、どちらからともなく唇を寄せ、愛を囁《ささや》くように角度を変えながら重ね合う。

「必ず薬を完成させる。だから、もう少しだけ耐えてくれ」

「きっとできるわ。だって、ロイの瞳は勝利と成功に導《みちび》いてくれる宝石なんだから」

出会った時に伝えた言葉を再び口にすれば、ロイは眦《まなじり》を下げて頷き、もう一度アンナを抱き締めた。

◇　◇　◇

——これもダメだ。

ロイは顕微鏡から目を離し、唇を噛んだ。

アンナと想いを通わせ合い、薬の完成を誓ってから二週間が経った。

だが、薬の効果は依然として変わらず、進行をどうにか遅延させるに留まっている。

華咲病《はなさきびょう》は、ターリン王国に昔からある奇病だ。

呪いだと謳《うた》う者もいるようだが、近年の研究者たちによれば、吸収されたなんらかの花粉が体内で変異し、身体を苗床にして成長するもので、医学的根拠はあるらしい。

花粉によるアレルギーのように、個人の体質によって変異するかしないかが分かれるのではと予想され、原因となる物質の特定が急がれてきた。

しかし、症例数が少なく、死に至るまでの時間も早いため、なかなか成果が出せずに今日に至っている。

溜め息を吐き、ポケットからアンナと揃いで持っているブレスレットを取り出す。

「アンナ……」

会いたい、抱き締めたいと想いを募《つの》らせていると、足音が聞こえてきてブレスレットをポケットに戻した。

「ロイ様、例の商人からホワイト・ブルームを買ってきましたよ」

調合室にやってきたカミールが、花の入った籠《かご》を持ち上げて見せる。

「ありがとう。その辺に置いといてくれ。新しい植物や薬剤の情報はあったか？」

「いいえ、商人からは何も」

「そうか……。アンナの様子は？」

「昨夜、また新しい華が咲きました。昼過ぎに本邸を出る時にはまだ眠っていました。最近は微熱も続いてるようです」

熱が出ているということは、身体が本格的に足掻《あが》き始めたのだろう。

アンナが病《やまい》を発症してからもうひと月半になる。

早く華咲病《はなさきびょう》を叩く抗体を作らなければ、アンナの生命が危うい。

「アンナお嬢様の華がずっと枯れずに綺麗なのは、華がアンナお嬢様から栄養を摂ってるからなんですよね……」

「ああ、華咲病《はなさきびょう》の華は、命を奪いきってから枯れるんだ」

アンナに咲くのは、薔薇《ばら》に似た桃色の華だ。

愛らしいが、アンナの命を吸って咲いている。

(命を奪いきった後は養分がなくなり、華はあっという間に枯れる。母さんが死んだ時も、翌日には枯れ始めていた)

母の命を奪った華が憎くて、むしり取ってやりたいと涙した。

だが同時に、華も母の身体の一部だと思えて憚《はばか》られた。

(一輪摘んで、形見にできないかと考えたりもしたが)

柩《ひつぎ》に眠る母の姿を脳裏に浮かべ、悲しみに溢《あふ》れていた日を思い返した刹那《せつな》、ロイはふと閃《ひらめ》いた。

これまでの薬の研究で、あらゆる花とホワイト・ブルームを掛け合わせてきたが――

「調合を試していない花が、ある」

力を得て見開かれたロイの双眸《そうぼう》を、カミールが興奮して覗《のぞ》き込む。

「どの花ですか⁉」

「アンナに咲いている華だ」

身体に咲いた華を摘むと痛みが起こるので、負担をかけないためにも基本採取はしない。

だが、変異した物質で咲いた華なら、抗体を得られる特効薬が作れるのではないか。

「つ、摘んでいいんですか？」

「痛むだろうが、試す価値はある」

一輪だけでいい。一輪あれば結果を出せる。

ロイは立ち上がると、颯爽《さっそう》と調合室を出た。

「ロイ様、どちらへ？」

「本邸だ。父と義母上《ははうえ》に説明し、アンナから華を摘む許可をもらう」

アンナに意識がない今、両親の許可がいるだろう。

ロイはカミールに頼らず、自《みずか》ら説得するため本邸へ向かった。


特効薬が完成する確証はない。だが、僅《わず》かな可能性も逃さずに懸けたい。

どうかアンナの華を摘み、調合させてほしい。

突然本邸に押しかけて頭を下げたロイを、意外にもグレインは咎《とが》めることはなかった。

本邸に近づくな、アンナに関わるなと言われる覚悟をしていたのだが、『クラリッサがかまわないのなら』とすんなりと許可されたのだ。

もちろん快諾したクラリッサは、ロイが桃色の華を摘む間、どうか成功しますようにと祈ってくれていた。

そうして無事に華を手に入れ、離れに戻る際、クラリッサがこっそりと耳打ちした。

シャロンが得た情報を、アンナがグレインに話したのだと。

『義兄様《にいさま》は少しずつ受け入れようとしてる。父様も少しずつでいいから、忌み子ではない義兄様《にいさま》を受け入れて』

そして、失っていた親子の時間を取り戻してほしい。

弱々しい笑みを浮かべ、そう願ったそうだ。

病《やまい》に苦しみながらもロイを想い、家族を思い、幸運を運ぼうとしてくれるアンナ。

そんなアンナにも幸運をもたらすべく、ロイは調合室に籠《こも》った。


そして夜の帳《とばり》が下り、東の空が白み始めた明け方――

「できた……！」

ロイは小瓶の中で揺れる薬液を、輝く瞳で見つめた。

アンナの華を調合した薬がついに完成したのだ。

（これをアンナに……！）

小瓶を手に調合室を飛び出し、寝不足のせいでふらつきつつも庭を抜け、本邸の玄関扉を叩く。

「薬が……！　薬ができたんだ！　誰か！」

早く早くと心が急《せ》くまま、再びドアノッカーに手を伸ばすと同時に鍵が開いて、執事長が迎えてくれた。

「ロイ様、いかがしました」

「薬ができた。アンナに投与するから、父と義母上《ははうえ》に声をかけてくれるか」

「なんと！　かしこまりました。ロイ様はアンナお嬢様のところへ」

「ああ」

小瓶を落とさぬようしっかりと握り込むと、緩《ゆる》くカーブする階段を駆け上がる。

葡萄色の絨毯《じゅうたん》が敷き詰められた廊下の奥、茶色い扉を押し開けてアンナの部屋に入った。

まだ朝日の差し込まぬ室内は薄暗い。

ロイはベッドで眠るアンナの傍にそっと寄り添った。

「アンナ」

まだ意識が戻っていないのだろう。

普段なら声をかけ、少し身体を揺するだけで瞼《まぶた》を震わせるが、どちらにも反応しない。

ベッドに腰掛けたロイは、所々に華の咲いた白い手を取り薬の小瓶を握らせる。

「アンナ、ようやく薬が完成したんだ。少し苦いが飲んでくれ」

静かに呼吸を繰り返すアンナに頼むと、ロイは蓋《ふた》を外して自《みずか》らの口に液体を含んだ。

そうしてアンナに唇を重ねて、口移しで飲ませていく。

アンナの喉がこくりと上下し、ロイはほっと胸を撫でおろした。

「いい子だな」

優しく褒めて濡れた唇を撫でると、慌ただしい足音が近づいてくる。

ほどなくして部屋に駆け付けたのは、寝間着にガウンを羽織ったグレインとクラリッサだ。

「ロイ、薬ができたと聞いた」

「はい、今飲ませました。経過を観察したいので、このまま付き添わせてください」

「あ、ああ……わかった」

やはりグレインの態度は以前よりも柔らかい。

ロイが礼を告げると、小さな火が揺れる燭台《しょくだい》を手にしたクラリッサが心配そうに眉尻を下げた。

「ロイさん、隈がひどいわ。アンは私が見ているから少し休んだら？」

「いえ……傍にいたいんです」

異変があったらすぐに対処できるように。

何より、薬を作るため病《やまい》に伏せるアンナを傍で支えられなかった分、共にいて見守りたい。

ロイの決意を感じ取ったのか、クラリッサは慈《いつく》しむように眦《まなじり》を下げ、燭台《しょくだい》をテーブルの上に置いた。

「わかりました。けれど無理はしないでね」

「はい」

ロイが小さく頷くと、クラリッサはグレインの腕に手を添える。

「ここはロイさんにお任せしましょう」

「ああ、そうだな。ロイ……アンナをよろしく頼む。何か必要なものがあれば言ってくれ」

「は、い……ありがとう、ございます」

父の気遣う言葉に、鳩が豆鉄砲を食ったように目を丸くしたロイ。

グレインは不自然に咳払いをして、そそくさと背を向けて去っていく。

そんな夫の不器用な姿を見たクラリッサはくすっと笑い、グレインに続いて部屋を出た。

ロイはしばらく呆けて閉じた扉を見つめていたが、長い間張り詰めていたものがふいに緩《ゆる》んだのを感じた。

肩から力が抜け、息を吐き、アンナに微笑みかける。

「君のおかげだな」

ずっと前にロイが諦めてしまった希望にアンナが手を伸ばし、協力者を得て掴《つか》み取ってくれた。おかげで、自分を取り巻く環境が変わり始めている。

「……だが、まだ足りないんだ」

どれだけ自分や周りにいい変化が起きようとも、アンナがいなくては意味がない。

「君がいない世界を生きるのは、忌み子として生きるより辛い」

アンナが隣で微笑んでくれることで、ロイの毎日は美しく鮮やかに色づいているのだから。

ロイはアンナの手を掬《すく》い上げ、両手で大事に包み込む。

どうか薬が効き、アンナを救ってくれますように。

瞼《まぶた》を閉じ、祈り続けるロイを、窓から柔らかく差し込む陽が照らした。

◇　◇　◇

優しい温もりに誘われ、意識がゆっくりと覚醒する。

夕陽に彩《いろど》られた天蓋《てんがい》を見つめ、ぼんやりしながらも思考を巡らせた。

自分はどうして眠っていたのか。

普通に就寝した？

華が咲いて気を失った？

最近はまずそれを思い出す作業から入るのだが。

「……え？」

アンナは華が増えていないか確認すべく、身体を起こそうとして気づいた。

「ロイ……？」

離れで薬を作っているはずのロイが、ベッドに伏せて眠っているではないか。

しかも、アンナの手を握ったまま。

「どうしてロイがここに？」

首を傾げ、よく眠っているロイの髪を撫でようと手を伸ばしたアンナは、さらなる変化に目を瞠《みは》る。

「は、華が……枯れて、る」

腕に咲いていた華々が萎《しお》れ、項垂《うなだ》れ、くすんでいるのだ。

「そういえば身体も怠《だる》くないし、熱くない」

それらの変化を見て、ロイがなぜいるのか合点がいった。

ナイトテーブルにその証《あかし》となる小瓶を見つけ、アンナの心は喜びと感謝で満たされる。

「完成、したんだ……！」

ロイに救われ、共に生きていける……と。

涙を浮かべ愛おしさのままにロイの手を頬に寄せると、かんばせの端整さを際立たせる長い睫毛《まつげ》が震えた。

「ん……」

掠《かす》れた声が聞こえ、瞼《まぶた》が開く。

「おはよう、ロイ」

アンナの挨拶《あいさつ》に、ロイはハッと顔を上げた。

「アンナ！　体調は？　熱は？　怠《だる》さは？」

矢継《やつ》ぎ早《ばや》に尋ねられ、アンナはロイの手のひらを自分の額《ひたい》に当てる。

「熱くないでしょう？　怠《だる》さも消えたわ。それから華も！　ほら見て」

明るい声で促《うなが》すと、ロイはアンナの腕を飾る華の様子を食い入るように観察した。

「枯れてきてる……」

「ロイが作ってくれた薬のおかげよ。私に未来をくれてありがとう」

笑みと共に涙が零れた。

それはアンナを見つめるロイも同様で。

顔を歪めたロイは、これまでの不安や重圧を安堵で溶かした涙を流し、アンナを抱き締めた。

「君を、失わずにすんでよかった」

涙声で告げたロイを抱き締め返すアンナも唇を震わせる。

「本当はね、不安だったの。死んでしまったらロイの傍にいられなくなるって。ロイを信じていたけど、すごく怖かった」

考えないようにしても、悲しい未来がどうしても過《よぎ》り、何度も挫《くじ》けそうになった。

けれど、そのたびにロイが薬を完成させる姿を脳裏に思い描いて自分を奮《ふる》い立たせた。

きっと間に合う。ロイの赤い瞳は、勝利と成功を約束する瞳なのだから、と。

「俺も怖かった。君がいない明日なんて想像したくなくて、薬を作ることに必死になった」

だが、もう恐れなくていい。

ここから先は、輝かしい未来が待っているのだから。

「アンナ、信じてくれてありがとう。どうかこれからもずっと俺と共に生きてほしい」

「生きるわ。あなたの隣で、ずっと」

愛している。

囁《ささや》き合うふたりの愛に溶かされるように、華々がゆっくりと頭《こうべ》を垂れた。

◇　◇　◇

到底兄妹らしからぬ密着度で抱き締め合うふたりを、グレインとクラリッサは扉の隙間から覗《のぞ》き見ていた。

グレインが溜め息を零し「やはりこうなったか」と呟《つぶや》く。

「あら、あなたも気づいていらしたんですね」

声を潜《ひそ》めて問うクラリッサに、グレインは「ああ」と短く返した。

「アンナはあからさまだったからな」

「そうね。アンナは慕うというより、恋している目をしていたから」

「ロイも、ロルニアでの反応を見ればわかる」

「熱烈だったものね」

クレスウェルよりアンナを選ぶと言い切ったロイを思い出し、ふふっと笑うクラリッサは、見つめ合うふたりを優しい眼差しで見守る。

「でも、気づいていてお叱りにならなかったのはどうしてですか？」

「前にも話したが、期待していたんだよ。アンナが何かを変えてくれるんじゃないかと。息子を信じてやれない弱くて臆病なわたしに代わって、支えになってくれるんじゃないかと」

たとえそこに兄妹の枠を超える想いがあったとしても、愛した人が生んだ我が子が、幸せになってくれるならいいとグレインは考えていた。

「だが、ロイは忌み子ではなかった。わたしは息子を信じず、目に見えないものを信じ、ロイを苦しめ続けた。わたしの方こそ、ロイを不幸にする最低な人間だった」

「それなら、これからたくさん幸せにしてあげてください」

苦しみから解放された息子を。

息子に寄り添い、支えてくれていた娘を。

「そうだな……まずは、ふたりに未来を作ってやることから始めようか」

「素敵。きっと喜びますね」

クラリッサが微笑み、頷くグレインも目元を和《やわ》らげた。

第六章　望んだ世界

クレスウェル領の街はずれに建つ小さな聖堂に、パイプオルガンの優美な音色が響き渡る。

女神を象るステンドグラスは陽を受けて鮮やかさを増し、隣り合って立つアンナとロイを照らしている。

腰の曲がった司祭が、慈愛に満ちた眼差しで口を開く。

「ロイ・クレスウェル。あなたはアンナ・ソルフィールドを妻とし、生涯愛し抜くことを誓いますか？」

「誓います」

白いタキシードに身を包み、凛《りん》と背筋を伸ばすロイが落ち着いた声で答えた。

「アンナ・ソルフィールド。あなたはロイ・クレスウェルを夫とし、生涯愛し抜くことを誓いますか？」

「はい、誓います」

煌《きら》めく純白のドレスを纏《まと》うアンナも迷いなく返答し、指輪の交換が始まる。

ロイはアンナの手を掬《すく》い上げ、薬指に指輪を通した。

アンナが希望したこの指輪は、ロイの赤瞳によく似たルビーをあしらったものだ。

指の先まですらりと伸びる腕や、レースを飾る胸元に咲いていた華はもうない。

ロイの薬が効き、全て枯れて抜け落ちた。

今日のためにと使用人たちが念入りに仕上げた肌は、アンナを覆うヴェールにも劣らぬきめ細やかさだ。

華咲病《はなさきびょう》を患《わずら》っていたなど、信じられないほどに。

「お母さま、どうして姉さまはソルフィールドになったの？」

「前に話したでしょう。お兄様と結婚するためだって」

指輪交換の最中、最前列でこそこそと尋ねたアイシャの疑問を耳にして、アンナはロイとこっそり笑みを交わした。

アンナが母方のいとこであるソルフィールド子爵家に養子に出されたのは、ロイと兄妹関係を解消し結婚するためだ。

華咲病《はなさきびょう》発症から半年後、病《やまい》が完治したアンナはロイと共に両親に許しを請うた。

『ターリン王国では近親婚が禁忌とされているのは承知しています。けれど、俺はアンナを愛しています。どうか、アンナと共に国を出ることを許してください』

『父様、母様、ひどい我儘《わがまま》を言ってごめんなさい。でも、どうかお願いします。私もロイを愛してるんです』

本邸の応接間にて真剣な顔で願うふたりに、グレインは顔をしかめて首を横に振った。

『許すわけがないだろう』

その反応は、アンナとロイの想定内だ。

兄妹が恋に落ち、結婚を願うなどあってはならないのだから。

だが、反対されても諦めないとロイと誓い合った。

幸せになるために、説得を続けるつもり……だったのだが。

『そうよ。せっかく私たちも色々考えたのに、国を出るなんて悲しいこと言って』

本当にひどいわと口にしながらも微笑む母を見て、アンナは首を傾げた。

『考えたって……？』

『家督を継ぐ者が国外で暮らすのは困る。だからロイ、お前はクレスウェルに残り、アンナはクレスウェルを出なさい』

『それは、アンナを追い出すということですか』

結婚を反対するだけでなく、引き離そうとしている。

静かに怒りの炎を灯《とも》したロイに、グレインは頬を引きつらせた。

『落ち着きなさい。ふたりのために、アンナをクラリッサの親戚のもとに預けるんだ』

『そうよ。アンナは他のうちの子になって、ロイさんと結婚するのがいいんじゃないかっていうのが私たちの案なの』

両親の提案に、アンナとロイは両眉を上げた。

両親は、ふたりが愛し合っているのを知っていたのだ。故《ゆえ》に、一緒になりたいと願われたらどうするかをすでに考えていたと明かした。

そして、世間体を考慮した結果、アンナを養子に出すという方法を思いついたらしい。

『許して、くれるんですか？』

信じられないと瞬《まばた》きを繰り返すロイに、グレインは申し訳なさそうに微笑む。

『許してもらわねばならないのはわたしの方だ。今までお前には我慢をさせてきた。結婚を許すくらいでは足りないだろうが……親として寄り添えなかった分、できる限り協力させてほしい』

グレインが父親としてロイと関わろうとしている。

待ち望んでいた光景を目の当《まあ》たりにしたアンナは、込み上げる涙を堪《こら》え、唇を噛んだ。

『ありがとうございます』

同じくロイも瞳に嬉し涙を浮かべて頭を下げる。

ロイに倣《なら》って腰を折り曲げたアンナは、最高のハッピーエンドを迎えられる喜びにとうとう涙を零した。

そうして、両親の寛大な提案によりアンナはソルフィールド家の養子となり、半年後の現在——

「それでは、誓いのキスを」

アンナはロイと念願の……いや、奇跡の結婚式を挙げている。

(本当に、こんな未来が来るなんて、ロイと出会った頃は想像もしてなかった)

血は繋《つな》がらずとも兄妹である以上、結ばれるはずがないと思っていたのに。

養子に出たとはいえ十年以上兄妹だったこともあり、大々的に開くことはできない身内だけの結婚式ではあるが、アンナはこの上なく幸せだ。

神聖な口づけを交わすロイも、柔らかく細めた双眸《そうぼう》で幸せだと語っている。

祝福の鐘が鳴り響き、フェザーシャワーが降り注ぐ。

「お兄さま、お姉さま、おめでとう！」

「アン、ロイさん、末永く幸せにね」

羽根が舞い、皆の笑顔に囲まれる。

「おめでとう、ふたりとも」

拍手するグレインに、ロイと共にお辞儀した瞬間――

参列者から離れた壁際に、ステンドグラスの光芒《こうぼう》を淡く纏《まと》う美しい女性が佇《たたず》んでいるのが見えた。

長く柔らかな金の髪と、凪《な》いだオリーブ色の瞳。

もしかしてと、アンナがロイを見上げる。

「母、さん……？」

目を見開き、蚊の鳴くような声でロイが呟《つぶや》いた直後、女性……ロイの母カトリーヌは、優しい笑みを残し空気に溶けた。

ほんの数秒の再会。けれど、ロイは母の想いを受け取ったのだろう。

「心配かけてごめん。俺はもう、生まれたことを後悔しない」

大丈夫だと、アンナにしか聞こえない声で母に告げた。

ふわりふわりと白い羽根が舞う。

それはまるで、天国からの祝福にも思えて。

「お母様もお祝いしてくれてるみたいね」

「……ああ、そうだな」

ふたり、舞い散る羽根を眺めて微笑んだ。


濃紺の空に月の舟が浮かぶ時刻。

燭台《しょくだい》の灯が柔らかく照らすリビングにて、猫脚ソファに腰掛けたアンナはふふっと笑った。

「帰ってきたって感じ。やっぱりクレスウェルが一番ね」

結婚式が無事に終わり、慣れ親しんだ離れに戻ったアンナは、リラックスティーを飲んでほっと一息つく。

「ソルフィールドでの生活を満喫しているようだったが？」

カウンターでカップにコーヒーを注ぐロイが、からかうような視線を向ける。

「すごく楽しかったわ。ソルフィールドは人だけじゃなく動物もたくさんいて、皆可愛いの」

アンナを快《こころよ》く迎えてくれたソルフィールド家は大家族で、丘の上に建つ屋敷はいつも賑やかだった。広大な牧場には様々な動物がおり、アンナは半年間、毎日動物たちの世話をして過ごした。

「でも同時に、クレスウェルが自分の居場所だって強く感じたの。だから、ロイと結婚できて、こうして戻ってこられてよかった」

再婚している母のもとに嫁ぐという少し変わった状況だが、そんな家族の形もありだろう。

何より、クレスウェルの屋敷はかつてないほど幸せに満ちている。

「ロイ様、アンナ様、寝室のお支度が整いました。わたくし共はこれで失礼いたしますね」

「ああ、ありがとう」

薬の調合のため、相変わらず離れで生活しているロイのもとに使用人が頻繁《ひんぱん》に通うようにもなった。

いや、屋敷内だけではない。クレスウェル領内でもいい変化が起きている。

きっかけは、ゴーストが発行しているオカルト誌だ。

『忌み子の伝承はでまかせ！　赤瞳の次期公爵は不幸ではなく幸運をもたらした。彼はなんと、華《はな》咲病《さきびょう》の治療薬を完成させたのだ』

この見出しに続く暴露はそれだけではない。忌み子の伝承が王族の失態を隠蔽《いんぺい》するために作られたものだったと、ガラム村の悲しい真実まで赤裸々に記されており、読者は口々に卑劣だと非難した。

それはついに王族の耳にまで届いたようで、アンナの肌が綺麗になった頃、快気祝いに訪れたシャロンから謝罪の布告が出たと聞かされた。国民を不安にさせたことを詫び、差別をなくすよう願ったと。

なぜこのタイミングでゴーストが忌み子の真実を掴《つか》んだのか。

アンナにはひとつ、その理由が浮かんでいるが、シャロンが何も言わないので追及はしていない。

ただ『ありがとう』と感謝を伝えると、微笑したシャロンが唇の前で人差し指を立てたので、おそらく予想は合っているのだろう。

そして、記事と王族の布告効果は凄《すさ》まじく、『クレスウェルの次期公爵は救世主』と瞬《また》く間に広まり、ロイのもとには連日、治療薬の依頼が舞い込んでいる。

もちろんまだ伝承を信じる者もいるが、以前に比べたら大分減っており、ロイはフードを被らずに領内を出歩くようになった。

領民に声をかけられて応対するのはまだ慣れないようだが、グレインとの関係が少しずつよくなっているのと同じように好転していくだろう。

(とはいえ、父様との会話にまだぎこちなさが残ってるけど)

先ほども本邸で夕食を囲んでいたが、互いに気を使って話している感じがした。

どちらも繊細な心の持ち主なので、親子としての接し方に迷っているのだろう。

しかしいつか自然に話せるよう、アンナもサポートしていくつもりだ。

ロイに、さらに幸せになってもらうために。

(それにしても、今日は疲れたな……)

緊張して、あまり眠れず朝を迎え、支度に追われて式に挑み、その後は教会の庭でガーデンパーティー。親族のみに囲まれてのパーティーとはいえ、滅多に会わない者もいて気を使った。

結婚という一大イベントによる、目まぐるしくも充実した一日を思い返し、いつしかうとうとしていると、ロイがぴったりとくっついて隣に座る。

大きな手がアンナの肩を抱き、頬に軽く口付けられる。

「ここで寝て、また俺に悪戯《いたずら》されてもいいのか？」

「こっそり睡眠薬を入れたの？」

もうそんな必要はない。

わかってはいるが、アンナは半ば微睡《まどろ》みつつ舌ったらずに小さく笑って問う。

「どうかな。愛情は入れたけど」

耳元で囁《ささや》くと、ロイは耳朶《じだ》を食《は》んだ。

「今夜は特別な夜だろ？　寝るにはまだ早いぞ」

起きろと言わんばかりに舌先が耳孔をくすぐるので、思わず身を捩《よじ》る。

そうだ。今夜は夫婦となって初めての夜。ロマンチックに過ごすつもりで、大人っぽい夜着も新調したのだ。

寝支度を整えたいけれど、ロイの舌が気持ちよくて力が出ない。

代わりに漏れる甘い吐息を欲しがるように、ロイはアンナの顔を横向かせると唇を重ねた。

「ここで初めて君にキスした時、まさか結婚できるなんて考えてもなかったな」

「どう……思ってたの？」

「誰かに取られたくない、俺のものにしたいって、不安に思ってた。でも、キスすればするほど独占欲が高まって苦しくなった」

口付けの合間に吐露したロイの想いを受け、アンナも正直になる。

「私も同じ。忌み子じゃない証拠が見つかったら、ロイはきっと素敵な令嬢と結婚する。ロイが幸せなら私は義妹《いもうと》のままでいいって平気な振りして嫉妬してた」

義妹《いもうと》に転生した意味をはき違えればロイを困らせてしまう。

『君果て』においての自分の役割は、ロイをハッピーエンドに導《みちび》くものだと肝に銘じ、気持ちを抑え込もうと必死だった。

「君が嫉妬を？　じゃあ、俺がここでこうやって……初めて君の身体に触れた時は？　どう思ってた？」

再現するようにゆっくりとソファに押し倒され、スカートの中に潜《もぐ》り込ませた手で太腿《ふともも》を撫で上げていく。

羽のように軽い手つきで撫で擦られ、腰の奥で欲熱が微《かす》かに灯《とも》った。

初めて触れられた時は、夢だと思っていた。

キスされるだけだったそれが、ついに本格的な淫夢となってしまった戸惑いはあったが……

「夢だとしても、触れてもらえるのが嬉しかった」

現実で叶わないのなら、せめて夢だけでもロイを感じたい、結ばれたいと願った。

「今は？　俺に触れられてどう思う？」

先ほどから質問攻めだが、もしかしてアンナが寝ないようにしているのか。それとも、また何か不安になっていて確かめているのか。

触れられている感想を伝えるなど恥ずかしいが、ロイのためなら尽くすまで。

「嬉しいわ。嬉しいし、幸せ」

夢ではなく現実で触れてもらえる、愛してもらえている。

しかも晴れて夫婦となれたのだ。嬉しくないわけがない。

「俺も、同じ気持ちだ。結婚して、俺だけのものになった君に遠慮なく触れて愛せる」

甘く囁《ささや》くロイの指が足の付け根に到達し、レースに包まれる恥丘を撫でた。

「今夜は、俺の愛が君の中から溢《あふ》れるまで抱き尽くすから覚悟して」

宣言したロイの色香に当てられたアンナは、淫靡《いんび》な期待と蹂躙《じゅうりん》される恐れから、ゴクリと喉を鳴らした。

ぴたりと閉じた足の隙間に指が潜《もぐ》り込む。

「アンナ……足、開いて」

羞恥《しゅうち》はある。だが、まるで魔法にかかったように応じると、満足げに覆いかぶさったロイがしっとりと唇を重ねた。

下唇を優しく食まれて、アンナはロイの上唇を優しく吸う。

熱い舌に唇をなぞられ、招き入れるように口を薄く開くと、待ちきれないとばかりに舌が割り入ってくる。

夢中になって舌を絡め合う最中、レースの感触を楽しむように秘所を這っていた指が淫芯に触れ、アンナの腰が小さく跳ねた。

「初めて君に触れた舞踏会の夜も、こうして下着の上から撫でたんだ。夢の中でも俺は君にこうして触れていた？」

ところどころ朧《おぼろ》げだが、下着越しの愛撫にショーツをひどく濡らしていたのを思い出し頷く。

「俺も覚えてるよ。眠りながら小さく漏れるアンナの可愛い声も、下着越しに感じて、赤らんだ可愛い顔も」

――今夜も見せて。

強請《ねだ》ったロイは、アンナの背中に片手を回し、器用にボタンを外して、デイドレスの襟ぐりを引き下ろした。

ふるりとまろび出たふたつの白い果実を、情欲を宿したロイの瞳が見つめる。

視線で嬲《なぶ》られているような気がした途端、双丘の先端が固く尖った。

ロイの全てに反応してしまうのが恥ずかしくて、居たたまれなくて。

「うぅ……」と小さな呻《うめ》き声を零すと、ロイは「可愛い」と片方の頂にしゃぶりつく。

下肢の間では不埒《ふらち》な指が敏感な芽を擦り上げていて、力ない嬌声《きょうせい》がふたりだけのリビングに響いていく。

あの日、初めてロイに快感を引き出された時も、自分はこうして感じ入った声を出していたのだろうか。

夢現《ゆめうつつ》の状態の自分を、ロイはどんな風に愛していたのか。

もう片方の色付きを口に含んだロイを見下ろすと、濡れた眼差しとぶつかる。すると、見せつけるように舌を出し、艶《なま》めかしく先端を転がされた。

羞恥《しゅうち》に耐えきれずアンナが目を逸らした直後、愛撫がぴたりと止んだ。

「ダメだろアンナ。俺が君を愛するのを見てて」

いやだ、なんて言えるはずもない。

ベッドの上ではサディスティックになりがちなロイのこと、拒否すれば、それなら見なくていいと後ろから乱暴に抱かれるかもしれない。

結婚初夜という特別な夜にそれは勘弁してほしい。

新調した夜着を着てロマンチックに過ごすつもりだったアンナは、せめて最初から最後まで甘い雰囲気で過ごせるよう、耳まで真っ赤にしながらもロイを見つめた。

ロイの瞳が満足そうに細まる。

「いい子にはご褒美《ほうび》をあげないとな」

言うやロイは、アンナのドレスを脱がして床に落とすと、首筋から胸、腹へと口づけを徐々に降下させていく。

それはやがて恥丘に到達し、両足がぐっと割り開かれた。

「ま、まだ、見てないとダメ？」

「ダメ」

楽しそうに言われてしまい、アンナはまた小さく呻《うめ》く。

羞恥《しゅうち》に呼吸まで乱して見守っていると、ロイはアンナと視線を合わせたまま、下着の上から花芯に吸い付いた。

舌で擦り、押し潰し、歯で甘噛みされ、下腹が熱く昂《たかぶ》って震える。

アンナの蜜か、ロイの唾液か。……どちらもだろう。

すっかり濡れて形が浮き上がった芽を見て、ロイが妖しく笑んだ。

「ぷっくり腫らして、気持ちいいって俺にアピールしてる。偉いな」

痛いほどに膨らんだ秘芽を、指の腹でいい子いい子と撫でられて、アンナの腰に痺《しび》れが走る。

そのままくるくると円を描くように捏《こ》ね回されると、蜜口がひくついて腹の奥が疼《うず》いた。

ロイに触れられるのは気持ちがいい。

優しい微笑みと共に頬を撫でられるのも、淫猥な熱を持って肌を嬲《なぶ》られるのも。

それらは全て、ロイを愛しているからに他ならない。

焦《こ》がれ続けたロイに愛され甘く求められる奇跡に、与えられる快楽に、アンナの心は激しく打ち震えた。

「ロイ……好き……好きよ」

推しへの心酔、無邪気に告げてきた好意とは違う、愛欲を込めた想いを艶《なま》めいた声に乗せる。

すると、ロイは眦《まなじり》を愛おしげに下げて、柔らかな内腿《うちもも》に口づけた。

「俺も好きだよ。好きで好きでたまらない」

白い腿《もも》に口づけて吸い付き、赤い小さな花びらを散らす。

「早く、君とひとつになりたい。君の全てが欲しい。君も、俺が欲しくてたまらなくなって」

吐息交じりに懇願したロイは、指を横にスライドさせ弾くように刺激した。

「んんっ……ぁ……あっ、は」

執拗《しつよう》に攻め続けられ、腰が無意識のうちに揺れる。悦《よろこ》びが全身を駆け巡って身体がどんどんと熱くなる。

押し寄せる愉悦に目の前が白く弾けて、アンナは腰を躍らせた。

どくりどくりと蜜洞が収斂《しゅうれん》し、ロイを恋しがる。

しかし、ロイは指をショーツごと押し込んでその湿り具合とひくつきを楽しむだけで、アンナの望むものはやってこない。

「下着の上からでもイける敏感なここ、今からもっと気持ちよくしてやるからな」

熱っぽい声で囁《ささや》いたロイは、ショーツを抜き取り、柔らかな茂みをひと撫でするると秘裂を優しく押し広げた。

刹那《せつな》、とろりと蜜が零れる感覚がして、アンナは思わず目を逸らしてしまう。

しかしロイに咎《とが》められることはなかった。

彼の目は、淫《みだ》らに潤《うる》むアンナの性花に奪われているからだ。

「今日もすごく美味《うま》そうだ」

うっとりと囁《ささや》いたロイは、たった今湧き出した蜜液を舌で掬《すく》い、そのまま秘裂を舐め上げた。

ざらついた舌に硬い花芯を転がされて引けてしまう腰を、ロイの両手ががっちりと掴《つか》む。

「こら、逃げるな。あと、ちゃんと見てろよ?」

窘《たしな》めるや、ぱくりと淫芯にかぶりついたロイは、舌でゆるゆると舐めながら上目遣いでアンナの反応を確かめる。

「あっ、あっ……ん……」

せり上がる快感に媚蜜が一層溢《あふ》れ出す。

ロイはそれを舐め取りながら、硬く充血する尖りを薄い唇で扱いた。

「ああっ……こんな、のっ……またすぐ……っ」

「ん……いいよ、イって」

先ほど一度達したせいで感度が上がっているアンナの身体は、少しの刺激でも絶頂へ駆け上がってしまう。

ロイが漏らす熱い吐息さえも快楽を増長させるスイッチとなり、じゅうっと吸われながら指で蜜口をくすぐられた途端、腰がビクビクと戦慄《わなな》いた。

背中を反らし、脳天を貫くような甘い快感に酔いしれる。

だが、絶頂の余韻に浸《ひた》っている暇はなく、今度はロイの指が収縮する隘路《あいろ》に沈められた。

ロイによって淫《みだ》らに躾《しつ》けられた蜜洞は、根元まで押し込まれた指を歓迎するように締め付ける。

「そんな欲しかったのか？　嬉しそうに吸い付いてくるけど」

欲しくなるように仕向けているのはロイだ。そしてそれをまんまと欲してしまっているアンナなのだが、首を縦に振るのは恥ずかしい。見つめ合う視線を逸らさないだけでも褒めてもらいたいくらいだ。

「そのとろんとした目、俺に気持ちよくされてもっとって強請《ねだ》ってる目だな」

可愛いと口にしたロイの瞳は、アンナとは逆にぎらついている。

指が内壁を探るように抽挿を開始すると、はしたない水音が立った。

「はぁ……あっ、んっ」

たっぷりと粘液をまとわせた指が中で折れ曲がり、アンナの感じる部分を押して擦った。

「あぁっ！　そこ、ダメっ……よすぎてダメ、あっあっ」

強い快楽に腰を浮かせたアンナは、見ていろと言われているのを忘れ、目を瞑《つぶ》って喘《あえ》いだ。

容赦なくかき混ぜられ、とめどなく溢《あふ》れる蜜がロイの手まで濡らしていく。

アンナは頭の上にあるソファのひじ掛けを両手で掴《つか》み、甘い責め苦に耐えようとするが、小刻みに擦られて悲鳴に似た嬌声《きょうせい》を上げた。

「やぁっ！　んんんっ……あああぁっ――――！」

強烈な快感に仰け反り、爪先《つまさき》がピンと伸びる。

高められた熱が弾けると、ふわりと宙に浮くような感覚と共に腰が大きく震えた。

「はぁ……あ……は……」

果てて悶《もだ》える蜜壁が、ロイの指を奥に引き込むようにうねる。

「ロイ……もう……」

ひとつになりたい。

自分だけではなく、共に快楽に溺れたいと伸ばした手を、ロイの手が迎えて優しく指を絡めた。

「君はおねだり上手だな。それなら寝室に行こうか。広いベッドで君を愛したい」

息を荒らげながら頷くと、ロイはアンナを抱きかかえて寝室へと移動した。

使用人が整えてくれた寝室は、キャンドルがあちらこちらに飾られていて幻想的な空間となっている。しかし、そんなロマンチックな景色を楽しむ余裕はなくベッドに下ろされると、ロイが覆いかぶさった。

すぐに口づけが降ってきて、舌を絡められる。

味わうように唇を合わせるロイがアンナの手を掴《つか》み、彼の纏《まと》うシャツのボタンへと導《みちび》いた。

「アンナ……手伝ってくれる？」

小さく頷いたアンナは、口づけながらボタンをひとつずつ外していった。

程よく筋肉のついた裸体がアンナの手によって徐々に露《あら》わになる。

前がはだけると、ロイはアンナを抱き締めてくるりと転がり、互いの位置を逆にした。

ロイは腰をくっと浮かせ、アンナの下腹部に昂《たかぶ》りを押し付ける。

「君を愛せるように下も脱がせて」

再び請われたアンナは、ロイが自分にしてくれているのを真似て、腹筋に口づけを落としつつ下腹までやってきた。

トラウザーズを突き破りそうなほど勃ち上がったロイの昂《たかぶ》りを見て、思わずごくりと喉が鳴る。

今までちらりと目にすることはあったが、こんなにも間近に見ることはなかった。

熱さえ感じそうな距離に頬を赤らめ、少々もたつきながらもベルトを外す。

次いでトラウザーズの前立てを緩《ゆる》めると、下着ごと引き下ろした。

眼前に飛び出したのは、腹まで反り返る獰猛《どうもう》な屹立《きつりつ》。

雄々しいそれは、待ちきれないとばかりにどくどくと脈打っている。

つい釘付けになっていると、ロイが小さく笑う気配がした。

「そんなに欲しい？」

「そ、そんなつもりじゃ……」

慌てて雄棒から視線を逸らしたアンナだが、ソファで欲しがったのを思い出し顔を赤らめる。

「ああ、可愛いな、本当に」

とろりと瞳を和《やわ》らげたロイは、仰向けのままアンナにおいでと手を伸ばした。

誘われるまま愛しい人の腕の中に収まる……はずが、ロイの手は腰に添えられる。いまだ潤《うるお》っているあわいが硬い楔《くさび》の先端に突《つつ》かれ、媚蜜が糸を引いて滴《したた》った。

「は……欲しいなら、アンナが自分で挿れて」

吐息交じりの色っぽい声で強請《ねだ》られるが、アンナは眉尻を下げて戸惑う。

「う、うまくできないかも」

「俺が教える。ほら、まずは俺のがちゃんと入るように手に持って」

そう言ってロイはアンナの手に、太く芯の通った昂《たかぶ》りをそっと握らせた。

「そのままゆっくり腰を落として」

蠱惑的《こわくてき》な声に従い、ぬかるんだ蜜口にロイの切っ先をおずおずと迎え入れていく。

その様子を、熱に浮かされたようなロイの瞳が食い入るように見つめている。アンナは羞恥《しゅうち》に染まる目を伏せた。

「あっ……は……」

「ん……っ……いいよ、そのまま奥まで……」

ゆっくりと呑み込んでいくと、蜜壁を広げる熱杭がぶるっと小さく震え、ロイが息を詰めた。

いつもは自分を組み敷いているロイが、アンナの挿入を受けて息を乱している。その姿に興奮を覚えたアンナは、小さな優越感《ゆうえつかん》に甘い吐息を漏らし、逞《たくま》しい屹立《きつりつ》をどうにか奥まで収めた。

熱の塊が、指では届かなかった場所までみっちりと埋まっている。

身体を支え直そうと少し動くだけで蜜壁を擦られ、意図せず小さな嬌声《きょうせい》が零れた。

「よくできたな。それじゃ、アンナが気持ちいいように動いて」

と言われても、前世を合わせ、上に乗るのも自分で動くのも初めてでわからない。

まごついていると、ロイは腰を優しく撫で、押し付けるように下から突き上げた。

「ほら、俺に合わせてごらん」

アンナの腰を持ち上げては引き寄せるロイに合わせ、ぎこちなく腰を揺らす。

「はぁ……あ……」

「そう……気持ちいいよ」

ロイの突き上げるタイミングで腰を落とせば、奥を擦られて愉悦が身体を貫いた。

それはロイも同じようで、アンナを穿《うが》ちながら恍惚《こうこつ》と息を乱している。

「は、ぁ……アンナ……」

ロイともっと一緒に溺れたい。

五感全てが愛に満たされる、あの快楽の果てに辿《たど》り着きたくて、アンナはロイの上で身体を跳ねさせた。

互いの吐息が荒くなり、寝室が濃密な空気に包まれていく。

いつしかアンナからたどたどしさは消え、気づけば夢中になってロイの上で腰をくねらせていた。

「つ……もっと……もっと俺を求めて、俺だけのアンナを見せて」

赤瞳が情欲に揺らめき、アンナの痴態に陶酔《とうすい》するロイは、淫猥に弾む胸の先端を指で優しく弾いた。増やされた刺激に身体はすぐさま反応し、ロイの楔《くさび》をぎゅうっと締め付ける。

「ぅ……は……本当、快楽に弱い身体で可愛い」

もっと乱れろと言うように胸の尖りをきゅっと摘まれ、アンナは必死に腰を振り立てた。

「あ……すご……アンナっ……」

「あっ、ロイっ！　あぁぁっ！」

たまらないとばかりにそそり勃つものに奥を打ち付けられ、法悦の波が一気に押し寄せた。

アンナは声にならない嬌声《きょうせい》を上げ、身体を痙攣《けいれん》させながらロイの胸に倒れ込む。

いやらしく脈打つ媚肉を堪能するロイは、上体を起こすと向かい合ってアンナを抱き締めた。

「今度は俺がいっぱいしてあげるから、しっかり掴《つか》まってて」

告げると、すっかり蕩《とろ》けた蜜洞をガツガツと激しく突き上げた。

「ああああっ！　奥っ、溶けちゃうっ」

「っ、ほんと、もう、とろっとろだな」

半開きになったアンナの唇に、ロイがかぶりついて貪《むさぼ》る。

「奥、そんなとんとんって、ひぁ……またきちゃう……！」

「もう少し待って。今度は……っ……一緒にイこう」

容赦ない抽挿に合わせベッドが軋《きし》み、喘《あえ》ぎ声が次々と零れる。

結合部からアンナの淫水が飛び散って、互いの肌とシーツを濡らした。

「んんぁっ……も無理、イっちゃう、無理っ」

「アンナっ……」

ロイは高みを目指し、愛を込めながら剛直で最奥を穿《うが》つ。

「中に……中に出したいっ」

「きて、ロイっ……いっぱいちょうだい」

愛し合う夫婦ならば当然の行為。だが、アンナが強請《ねだ》るのは初めてで、興奮したロイは低く唸《うな》ると子宮口に押し付けるようにして白濁を放った。

同時に達したアンナは、夫が散らす精を搾り取るように蜜壁を収斂《しゅうれん》させ、くたりとロイに身体を預ける。

ようやく訪れた、愛に満たされた時間。

汗ばむ肌を合わせたまま、アンナが官能で乱れた呼吸を整えていると……

「え――」

ぐらりと景色が反転した。

気づけば背中にシーツがあり、覆いかぶさるロイが妖しく微笑む。

「その顔は、これで終わりだと思ってたな？」

「ち、違うの?」

「忘れたのか? 今夜は、俺の愛が君の中から溢《あふ》れるまで抱き尽くすって言っただろ?」

そういえば言っていた。

覚悟しろと、色っぽく宣言していたのを思い出し、アンナはぎこちなく笑う。

「もう、十分愛でいっぱいになったと思う、なぁ……」

と言ってみたところで、ロイが折れないのはわかっているが。

「まだまだだよ。もっともっと愛して、アンナをぐずぐずにしたい」

理性を崩して、時間さえ忘れるほど混ざり合いたい。

甘く囁《ささや》いて唇を重ねたロイは、飽きずにアンナの舌を味わった。

「たくさん感じて、たくさん受け取って。一晩で孕《はら》むくらい満たしてあげるから」

再び律動を開始したロイは、まだまだ硬さを失わない熱杭を荒々しく突き込んだ。

もう十分だと思っていたはずが、弱い部分を的確に狙った淫撃に、下腹の奥が物欲しげにうねる。

身もだえるアンナをさらに追い詰め腰を振り立てるロイは、シーツを掴《つか》む細い左手に指を絡めて口元に引き寄せた。

「アンナ、愛してる。君こそが俺の幸せだ」

囁《ささや》き、薬指で光る指輪に口づける。

アンナは、甘く煌《きら》めくロイのオッドアイを見つめ返して、首筋に両腕を回した。

「私も愛してる。ずっとずっとあなただけ」

前世から好きだったロイ《推し》と、願わくば来世でもまた巡り会って愛し合いたい。
どちらからともなく唇が重なり、愛を伝える濃厚なキスを交わす。
そうしてふたりは何度も愛を囁《ささや》き合いながら、至福の夜に溺れていった。

終章　幸福に満たされて

結婚式から三ヶ月後――

「本日はお招きありがとう、アンナ」

気持ちのよい初秋の昼下がり、クレスウェル邸の中庭にてシャロンとギルバートが笑みを浮かべ一礼した。

「いらっしゃい、シャロン。ギルバート卿もご足労いただき感謝します」

「あなたから誘ってもらえるなら、僕はどこへだって駆けつけるよ」

女性なら誰もがうっとりするような笑みを浮かべたギルバートを、丸いテーブルに茶器を並べるロイが冷めた目で見つめる。

「勘違いしないでもらいたい。卿に会いたいわけじゃなく、礼のために呼んだだけだ」

「礼のために呼んだとは思えない態度ですね、ロイ卿」

ふたりが話す通り、今日はギルバートに礼をすべく招いた。忌み子の真相について、シャロンと共に探り当ててくれたからだ。

シャロンには華咲病《はなさきびょう》が完治してすぐ、ソルフィールドに発つ前に会って礼をした。

その時に、ロイと結婚することも報告したのだが、「やっぱりね」と彼女はすんなり受け入れた。

聞けば、前から怪しいとは思っていたが、ロルニアで会った時にほぼ確信したらしい。

だから驚きはないと、相好を崩して結婚を祝ってくれた。

「さあ、座って。軽食はシェフが用意してくれたの。お菓子は私が、紅茶はロイがブレンドしたものよ」

ふたつのケーキスタンドに行儀よく並ぶのは、昨日一日かけてアンナが用意した焼き菓子だ。

「私の好きなクリームたっぷりのカップケーキ！」

「しかもブルーベリー入りよ」

「アンナ大好き。一生あなたの親友でいさせてね」

お菓子はシャロンの好みに合わせただけでなく、本日の主役となるギルバートが好きなチョコレートブラウニーも用意してある。

事前にシャロンから聞いて、母から作り方を学んだのだ。

ブラウニーに気づいたギルバートは「参ったな」と言いつつ座りながら、向かいの席に腰を下ろしたアンナを熱い眼差しで見つめる。

「僕の好物まで用意してくれるなんて嬉しいな。人妻でもかまわない。ぜひ僕と――」

口説きモードに入ったギルバートの眼前に、ロイがずいっとナイフを突きつけた。

「渡すのを忘れていた。必要なければ今俺が貴公に使うが」

「必要なんで受け取らせてもらいますよ」

そんなやり取りを隣の席で見ていたシャロンは、深い溜め息を吐いた。

「ロイ卿、性懲りもなくギルがごめんなさい」

ギルバートはロイが不機嫌になるとわかっていて、わざとアンナにちょっかいをかけている。それはアンナもわかっていたので苦笑した。

「でも、そうやってロイを気にしてくれなかったら、ギルバート卿の協力はなかったのだし、ロイは今も忌み子の伝承に苦しめられてたかもしれないのよね」

「幸せにできるのは僕のほうだって見せつけるために協力したら、逆の結果になった上、アンナ嬢と結婚するとは……僕もついてないよ」

芝居がかった仕草で肩をすくめたギルバートは、ロイが淹《い》れた紅茶の香りを楽しむ。

「まあでも、ふたりが幸せそうで何よりだ。ああそうか、まだ言ってなかったな。ご結婚おめでとうございます」

アンナとロイに向かって微笑むギルバートは、豪奢《ごうしゃ》な薔薇《ばら》柄のカップに口をつけた。祝福を受けたロイは、立ち上がると喧嘩腰《けんかごし》だった態度を改め真摯《しんし》な顔で一礼する。

「ギルバート卿。卿のおかげで俺を取り巻く環境が変わった。シャロン嬢も、アンナも、改めて礼を言わせてくれ。人生を変えてくれて本当にありがとう」

柔らかな風が吹いて、アンナはロイの腕に手を添えた。

「顔を上げて。人生を変えてくれたのはロイもよ。私の命を救ってくれた」

「ええ、そうです。それに、もっとたくさんの命も救ってる」

微笑むシャロンの言う通り、ロイが完成させた治療薬により、華咲病《はなさきびょう》は不治の病《やまい》ではなくなった。

患者だけでなく、その家族も救われているのだ。

「そうですね。実は僕も、あなたに関わって救われた」

「卿が俺に？」

「正直に言うと、予感がしていたんです。アンナ嬢とシャロンが見つけた文献に、世間がひっくり返るような真実があるかもしれないって。そしてそこには俺の勝手な都合もあった。そして結果、あの人の鼻を明かせた」

おそらく、ギルバートが言う都合とは、自分の出生に関わるものだろう。

ガラム村の真実が暴かれたことにより、当時の王弟の血を引く現国王は民衆から反感を買い、退位を決めた。

現在は重鎮として長らく仕えていた王の従兄が王位を継いでいる。

つまり、養父のスネイル子爵は、王の落とし子であるギルバートを利用できなくなったのだ。

自分が調べた真実が養父の目論《もくろ》みをくじいて満足しているのか、復讐を止めるはずのヒロインがいなくとも、暗殺予定だった養父はまだ健在だ。

(ギルバートも、このまま平穏に暮らせるといいな)

ロイの幸せを一心に願ってきたアンナだが、家族や友人を始め、『君果て』で生きるヒロインやシルヴァンたちもハッピーエンドを迎えてほしいと願う。

もちろん、前世の家族や同僚、親友の陽菜乃にも。

「というか、僕とシャロンは自分のために動いたと言っても過言じゃない。その結果がたまたまあなたの人生に影響しただけ。あなたの人生を変えたのは、あなたの行動と努力では？」

薬を完成させて、評価を得たのは、ロイの長年の努力。

強引ではあったものの、アンナと結婚できたのも、ロイが手に入れようと必死に手を伸ばした結果だ。

「なので、僕からも感謝を。ロイ卿、ありがとうございます」

「ああ、こちらこそ」

いまだかつてない和《なご》やかな空気がふたりを包んでいるのを見て、アンナは眦《まなじり》を下げた。

「なんだか仲良くなれそうでよかった」

以前ほんのりと願っていた『ギルバート友人化計画』が実現しそうな雰囲気に、アンナは心を躍らせた……のだが。

「ロイ卿より、あなたと仲良くなりたいな、アンナ嬢」

「ギルバート卿、今すぐ茶を淹《い》れ直そう。苦味があるが気にせず飲んでくれ」

「まだひと口しか飲んでないし、多分毒を入れる気満々ですよね。礼に呼んだティーパーティーで毒殺って、礼の仕方がぶっ飛んでますよ」

あっという間に犬猿モードに後戻りだ。

「あらら、もう戻ったわ」

呆れて苦笑するシャロンと共に、アンナはくすくすと肩を揺らす。

「喧嘩《けんか》するほど仲がいいってやつかもよ？」

「「よくない」」

ロイとギルバートの声がハモって、アンナとシャロンは声に出して笑った。

その直後、急に吐き気がアンナを襲う。アンナはそれを静めようと胸元を押さえて深呼吸した。

「どうした？」

心配したロイが隣の席から顔を覗《のぞ》き込む。

「実は昨日から胃の調子が悪くて」

変なものでも食べたのか、むかむかとした胸やけのような感覚が続いているのだ。それを落ち着けるべく、アンナは紅茶をひと口飲む。

ふぅっと息を吐くその様子に、いち早くピンときたのはシャロンだ。

「アンナ、もしかしてあなた、妊娠の可能性はない？」

問われたアンナはハッと瞠目《どうもく》する。

ロイとの新婚生活を満喫していて気にしていなかったが、月のものがもう二ヶ月ほど止まっている。避妊薬も飲んでいないので、可能性は大だと隣のロイを見れば、彼はオッドアイを輝かせた。

「君と俺の子が、できたのか？」

「そう、みたい」

実感が湧かないが頷くと、ロイは人目も憚《はばか》らずアンナを抱き締めた。

「君はまた俺を幸せにして……。幸せすぎて、怖いくらいだ」

「私も、幸せすぎて夢みたい」

ロイの背中に腕を回し、アンナも幸福を噛み締める。『君果て』の世界に転生し、推しの義妹《いもうと》になれた。

叶わない恋のはずが、愛され、結ばれ、夫婦になり、子供まで授かった。

奇跡に溢《あふ》れたこの人生が夢なら、ずっと夢の中で生きていたいほどに幸せだ。

「だけど夢じゃない」

幸せにしたいと願った人が幸せになってくれた今を、夢になんてしたくない。

「これからも、たくさんの幸せをロイに感じてもらうから覚悟してね」

けれどそれは特別な幸福でなくていい。

平穏な日々の中、笑みを交わし合い愛しみ合う。

やがて生まれた子供を毎日抱き締め、成長を見守り、他愛なくもかけがえのない毎日を送る。

当たり前のようで当たり前ではない小さな幸せを積み重ね、時に訪れる不幸も支え合って乗り越え、ロイと共にひたむきに生きていければ、それだけで。

「君も覚悟して。幸せをくれる君を、愛して愛して愛し尽くすから」

ロイの愛はアンナの幸福。しかし人前で囁《ささや》かれるのは恥ずかしく、はにかんで頷くとニマニマと微笑むシャロンと目が合った。

「ふふっ、ふたりとも幸せオーラ全開ね」

「僕たち、ここにいたら馬に蹴られそうだな」

冷やかしを受けるも、最愛の推しは、今日も幸せそうにアンナを腕の中に閉じ込め続けた。

濃蜜ラブファンタジー

Noche BOOKS

ノーチェブックス

すれ違う二人の濡れきゅんラブ♡

余命一年の転生モブ令嬢のはずが、美貌の侯爵様の執愛に捕らわれています

つゆり花燈

イラスト：氷堂れん

前世で好きだった小説のモブに転生したアリシティア。ヒーロー役のルイスの婚約者になり、『王家の影』に入って彼を襲う悲劇を回避しようとしたが、失敗した。数年後、ヒロインを愛しているはずのルイスがアリシティアに触れる手は優しく甘い。かと思えば意地悪を言う彼に翻弄されて——？　素直になれない二人の濃密ラブロマンス、開幕!

詳しくは公式サイトにてご確認ください

https://noche.alphapolis.co.jp/

淫魔なわたしを愛してください！ 1

漫画 ぽこた
原作 佐倉紫

男性恐怖症で、エッチができない半人前淫魔のイルミラ。姉たちには見放され、妹たちには馬鹿にされっぱなし。しかも、このまま処女を捨てられなければ、一年後にはこの世から消滅してしまう……！悩んだ末、イルミラは脱処女のため、人外専門の魔術医師・デュークのもとに媚薬をもらいに行くことに……ところが彼は自ら治療を買って出た！　昼も夜もなく彼から教え込まれる快感と悦楽にイルミラは身も心も翻弄されて――…？

B6判／定価：748円(10%税込)
ISBN978-4-434-32415-4

のご意見・ご感想をお待ちしております。
以下の宛先にお送りください。

東京都渋谷区恵比寿 4-20-3 恵比寿ｶﾞｰﾃﾞﾝﾌﾟﾚｲｽﾀﾜｰ 19F
ァポリス　書籍感想係

フォームでのご意見・ご感想は右のＱＲコードから、
いは以下のワードで検索をかけてください。

アルファポリス　書籍の感想　検索

ご感想はこちらから

メリバだらけの乙女《おとめ》ゲーで推《お》しを幸《しあわ》せにしようとしたら、
執着《しゅうちゃく》されて禁断《きんだん》の関係《かんけい》に堕《お》ちました

桃瀬いづみ（ももせ いづみ）

2024年 3月 25日初版発行

編集－羽藤 瞳・塙 綾子・大木 瞳
編集長－倉持真理
発行者－梶本雄介
発行所－株式会社アルファポリス
〒150-6019 東京都渋谷区恵比寿4-20-3 恵比寿ｶﾞｰﾃﾞﾝﾌﾟﾚｲｽﾀﾜｰ19F
TEL 03-6277-1601（営業） 03-6277-1602（編集）
URL https://www.alphapolis.co.jp/
発売元－株式会社星雲社（共同出版社・流通責任出版社）
〒112-0005 東京都文京区水道1-3-30
TEL 03-3868-3275
装丁イラスト－アオイ冬子
装丁デザイン－AFTERGLOW
（レーベルフォーマットデザイン－團 夢見（imagejack））
印刷－図書印刷株式会社

価格はカバーに表示されてあります。
落丁乱丁の場合はアルファポリスまでご連絡ください。
送料は小社負担でお取り替えします。

ISBN978-4-434-33590-7 C0093